LE DUC DES DÉSIRS

DARCY BURKE

Traduction par
SOPHIE SALAÜN

ZEALOUS QUILL PRESS

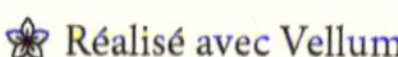 Réalisé avec Vellum

LE DUC DE DÉSIRS

Dix ans plus tôt, l'existence d'Ivy Breckenridge avait été détruite. Il lui avait fallu se réinventer, et aujourd'hui, après s'être laborieusement créé une place dans le monde, elle avait presque totalement oublié les rêves de foyer et de famille qu'elle avait autrefois nourris. Jusqu'à ce qu'un homme plonge les yeux dans son âme, et éveille le moindre de ses désirs cachés. Mais peu importe le bien qu'il lui fait, elle ne peut lui faire confiance : être seule par choix vaut bien mieux que l'être par obligation.

Sebastian Westgate, duc de Clare, dont la réputation d'initier les femmes mariées à l'art de la passion est connue de tous, est méprisé par certains et adulé par les autres. Il ne laisse personne s'approcher suffisamment pour voir au-delà de son charme extérieur. Quand Ivy découvre l'homme qui se cache derrière, soudain, c'est le séducteur qui est séduit. Captivé par son intelligence et son esprit, il en veut plus, mais dévoiler ses plus sombres secrets est un prix qu'il n'est pas prêt à payer.

À Duke

Cela m'a manqué que tu ne viennes pas t'installer entre mon portable et moi pour ce livre.

CHAPITRE UN

Wendover, Angleterre, août 1816

Un silence s'installa dans le grand salon, comme un nuage d'orage qui aurait plané sur la pièce et volé toute la lumière. Les conversations cessèrent au milieu d'une impression palpable d'attente.

Ivy Breckenridge leva les yeux du livre qu'elle lisait et repéra immédiatement l'origine de la perturbation.

Il se tenait sur le seuil, discutant avec Lord Wendover, l'hôte de la partie de campagne. Grand, avec des yeux noirs comme le péché et des cheveux plus sombres encore, il ressemblait à une sorte de héros d'autrefois ; il ne lui manquait plus qu'une épée à la main, et une cotte de mailles en travers de sa large poitrine.

— Mon Dieu, est-ce que c'est le duc des Désirs ? s'enquit pantelante l'une des deux femmes assises sur un canapé à quelques mètres d'Ivy.

C'était un surnom terrible, et Ivy ne pouvait s'en prendre

qu'à elle-même. À elle-même, et à ses meilleures amies, bien entendu.

Elle ressentit une pointe de tristesse en pensant à Aquilla et Lucy. Elles étaient mariées à présent. Enfermées dans une institution à laquelle, jamais, jamais Ivy ne consentirait. Elles avaient insisté sur le fait que leur amitié n'en pâtirait pas, mais elle avait déjà changé. Oh, elles s'écrivaient toujours, *presque* autant qu'avant, mais le ton était différent. Et comment aurait-il pu en être autrement ? Elles ne se contentaient pas d'être mariées, elles étaient follement heureuses.

Ivy ne voulait pas, et ne pouvait pas le leur reprocher. Même si elle ne serait jamais en mesure de comprendre ce charme qui les avait fait succomber.

— Je me demande avec qui il est venu, s'enquit l'autre femme à voix basse, mais suffisamment fort pour qu'Ivy l'entende.

Elles avaient à peu près le même âge qu'elle, mais c'étaient des femmes mariées respectables, alors qu'elle n'était que la dame de compagnie d'une lady. D'où sa place en retrait. Elle jeta un regard vers Lady Dunn, sa patronne, assise non loin de là avec son amie Mme Marsh.

Ivy laissa ensuite son regard errer de nouveau vers le seuil de la porte. Le duc semblait totalement ignorer l'agitation causée par son arrivée.

Lord Wendover scruta la pièce.

— Le duc de Clare est arrivé. À présent notre partie de campagne est au complet. Lady Wendover et moi-même nous réjouissons à la perspective de la prochaine quinzaine et de tous les événements passionnants que nous avons organisés, à commencer par le dîner formel de ce soir.

Il y eut une brève salve d'applaudissements, et le comte s'inclina avant de revenir à sa conversation avec Clare.

Les deux femmes assises sur le canapé en face d'Ivy

étaient penchées l'une vers l'autre et discutaient à voix basse, mais elle les entendait quand même.

— Êtes-vous au courant des dernières rumeurs au sujet de Clare ? s'enquit la femme blonde.

Son petit nez tressaillait régulièrement, lui donnant l'air d'un lapin.

— Il me semble que oui, mais, apparemment, il y a toujours quelque chose, lui répondit la femme aux cheveux noirs. Est-ce au sujet de sa dernière liaison ?

— Non, c'est une rumeur selon laquelle il serait le géniteur du fils cadet de Goodwin, dit le lapin. Ce garçon a des cheveux d'un noir d'encre.

L'autre femme hoqueta.

— Et Lord et Lady Goodwin sont tous deux blonds. Je n'étais *pas* au courant de cela !

Le lapin la regarda en clignant des yeux.

— C'était dans le journal il y a plusieurs semaines déjà. Comment avez-vous pu passer à côté de cela ? s'étonna-t-elle, sa voix grimpa légèrement.

L'autre femme soupira.

— Je crains que M. Pippin n'apprécie guère que je lise les pages à scandale, alors il tente de me les cacher. Parfois, malheureusement, il y parvient.

— C'est malheureux, murmura le lapin, de sorte qu'Ivy dut lutter pour entendre.

Pouah ! Elle n'avait aucune envie de les écouter. Elle referma son livre, et se leva pour marcher le long des fenêtres. C'était une journée nuageuse et fraîche. Au moins, il ne pleuvait pas. Ils subissaient un été très maussade, il avait même neigé en juin.

Ivy atteignit l'extrémité opposée de la pièce, et fit volte-face pour revenir. Lady Dunn serait bientôt prête pour son après-midi de répit. Ensuite, Ivy pourrait aller explorer la bibliothèque qu'elle avait repérée lors de la visite après leur arrivée la veille. Elle était si obnubilée par son impatience qu'elle faillit se heurter à un grand corps masculin qu'elle n'avait pas repéré avant.

— Je vous demande pardon, dit-elle en levant le menton pour voir avec qui elle avait manqué d'entrer en collision.

Évidemment qu'il s'agissait de *lui*.

Il effleura son bras du bout de ses doigts.

— Je ne voulais pas vous barrer la route.

Ivy recula pour mettre de la distance entre eux. Mais elle eut malgré tout le temps d'emplir ses narines de son odeur de santal et de pin. Il sentait divinement bon. Maudit soit-il.

— Tout va bien.

Elle s'obligea à lui adresser un sourire crispé et fit un pas de côté pour le contourner.

Il tourna en même temps qu'elle.

— Nous sommes-nous déjà rencontrés ?

— Non, Votre Grâce.

— Mais bien sûr, vous savez qui je suis, dit-il avec une note chaleureuse de gaieté dans sa voix grave. J'ai bien peur que ce soit le cas de tout le monde !

Ivy fut un peu surprise de cette autodérision. Mais elle ne se laissa pas charmer pour autant.

— Vous *êtes* un duc.

— Effectivement, j'en suis un. Et vous êtes ?

— La dame de compagnie d'une lady.

Elle jeta un œil autour d'eux, et le fossé qui les séparait lui fit l'effet d'un gouffre béant. Les gens devaient se demander pour quelle raison ils se parlaient. Il fallait qu'elle y mette immédiatement un terme.

— Bonne journée, Votre Grâce.

Ivy le dépassa en trombe avant qu'il ne poursuive leur échange inopportun. Elle retourna à son siège et était sur le point de s'y enfoncer avec soulagement lorsque Lady Dunn attira son attention. Mieux encore, elles pouvaient enfin partir. Dieu merci !

Ivy s'apprêtait à aider Lady Dunn à se relever, mais la vicomtesse se débrouilla sans elle. Le répit offert au milieu du temps humide lui permettait sans doute de se sentir plus alerte. Ivy n'était au service de la vicomtesse que depuis cinq mois environ, mais elle avait fini par se rendre compte que sa patronne ressentait plus vivement ses maux et ses douleurs les jours de pluie.

— Nous nous verrons au dîner, dit Lady Dunn à Mᵐᵉ Marsh avant de prendre la direction de la porte en compagnie d'Ivy.

Alors qu'elles quittaient la pièce, cette dernière tourna le cou juste assez pour voir Clare debout devant la fenêtre, à l'endroit où elle l'avait laissé. Son regard sombre était rivé sur elle. Elle tourna de nouveau la tête et s'en alla aux côtés de Lady Dunn.

— De quoi parliez-vous avec le duc ? s'enquit sa patronne alors qu'elles traversaient le spacieux hall principal en direction du grand escalier. Je n'avais pas réalisé que vous vous connaissiez.

— Ce n'est pas le cas, lui répondit Ivy. Il se montrait simplement poli. Il m'a fait un commentaire sur le temps.

Lady Dunn fit claquer sa langue.

— Ce n'est pas un sujet de discussion agréable. J'espère que la pluie ne sera pas de la partie pour les différentes activités qu'ils ont prévues. Je suppose que vous avez hâte de visiter le foyer.

— En effet.

Ivy apportait son soutien à de nombreuses œuvres caritatives à Londres, en particulier celles qui venaient en aide aux jeunes femmes.

Alors qu'elles commençaient à gravir les escaliers, Lady Dunn l'interrogea :

— Rappelez-moi depuis quand vous n'avez pas assisté à une partie de campagne ?

— Quatre ans.

Ivy avait été la dame de compagnie d'une lady pendant six ans, et Lady Dunn était sa troisième patronne. Mme Chapman, sa première employeuse, aimait organiser des parties de campagne. En fait, c'était lors de l'un de ces événements que Mme Chapman était tombée amoureuse de son futur époux. Ce fut à ce moment qu'Ivy prit son poste suivant.

— Bien que cette soirée soit un peu plus importante que celles que j'ai fréquentées.

— Oui, les Wendover ont tendance à inviter un peu trop de monde. Je me demande parfois comment ils font pour caser toutes ces personnes, mais la maison est immense.

Ivy se dit que le fait qu'elle dorme sur un petit lit de camp dans le dressing de la vicomtesse devait aider. Pourtant, à en juger par la visite de la veille, Wendover était sûrement la maison la plus grande dans laquelle elle avait jamais séjourné. Elles tournèrent pour emprunter le côté gauche de l'escalier, qui les mènerait à l'aile nord.

— Cela fait plusieurs années que vous venez ici, n'est-ce pas ? s'enquit Ivy.

Lady Dunn acquiesça d'un mouvement de tête.

— La mère de Lady Wendover était une amie très chère. Je dois dire que je me suis sentie honorée qu'elle continue de m'inviter, même après le décès de Barbara. Et elle a eu la gentillesse d'inclure mon amie, Mme Marsh, pour que j'aie une confidente.

Elle jeta un coup d'œil à Ivy qui agrippait la balustrade.

— C'est tellement important d'en avoir une à une fête comme celle-ci. Il se passe tant de choses qui nécessitent discussion et réflexion.

Les yeux pétillants, elle sourit.

Ivy était convaincue qu'elle faisait allusion à toutes ces

relations qui se nouaient tant au grand jour que derrière des portes fermées.

— Y a-t-il quelque chose qui mériterait une attention particulière de ma part ?

— J'imagine qu'il se formera un lien ou deux parmi les plus jeunes. Je parierais que Mlle Forth-Hodges se trouvera un mari, si l'un des jeunes dandys les séduit, elle et ses parents. Je regrette la façon dont les choses ont tourné pour elle avec Lord Sutton.

Elle regarda Ivy.

— Sans vouloir offenser votre amie.

Aquilla avait épousé Lord Sutton il y a quelques mois après une cour plutôt rapide. Ce qui était remarquable, car Sutton s'était intéressé à plusieurs jeunes femmes, au cours de plusieurs saisons, et ne s'était marié à aucune d'entre elles. Mlle Forth-Hodges avait été la dernière femme qu'on s'attendait à le voir épouser, jusqu'à ce qu'il passe à Aquilla et convole avec elle à la place. Son passage à l'acte avait constitué une source inépuisable de discussions et de spéculations, ce qu'Ivy trouvait regrettable, à la fois pour son amie et pour Mlle Forth-Hodges.

— Je ne suis pas offensée. Je le regrette pour Mlle Forth-Hodges également, et j'espère qu'elle trouvera le bonheur.

Ivy ne prit pas la peine d'ajouter qu'elle ferait bien de se détourner du mariage. Car il ne convenait pas à tout le monde.

Elles atteignirent le haut de l'escalier et se dirigèrent vers leur chambre à coucher.

— Un grand nombre d'hommes éligibles sont présents. Il se pourrait bien qu'elle attire l'attention du marquis d'Axbridge.

Une image du blond Axbridge vint à l'esprit d'Ivy. Lady Dunn pouvait le qualifier d'éligible, mais Ivy et ses amis le qualifiaient d'Insaisissable. C'étaient des nobles tellement au-dessus d'elles qu'ils en devenaient totalement inaccessibles. Jusqu'à ce qu'ils ne le soient plus. Lucy et Aquilla avaient toutes deux épousé des Insaisissables.

Elles donnaient également à ces hommes des titres correspondant à leur comportement. Axbridge, par exemple, était le duc Dangereux.

— Je ne sais pas si ce serait souhaitable pour elle. Il a une réputation un peu douteuse, n'est-ce pas ?

Lady Dunn hocha la tête.

— C'est exact, oui. Mais c'est un personnage sympathique, en dépit de son caractère impitoyable.

Elle tapota ses lèvres de son doigt.

— Toutefois, je ne sais pas si le fait qu'il se batte en duel le rend si impitoyable que cela. Je ne me souviens plus, est-ce lui qui les a initiés ?

— Je ne me rappelle plus.

Ivy suivait quelque peu les commérages, mais uniquement pour être en phase avec ses meilleures amies. En général, elle évitait d'aborder ce genre de sujet avec quelqu'un d'autre. Cependant, comme Lady Dunn aimait se tenir au courant des derniers scandales, Ivy avait appris à être plus attentive ces derniers mois.

— Peut-être pas Axbridge, alors. Et nous ne pouvons même pas envisager Clare. Avez-vous entendu comment les gens le surnomment ?

— Oui.

Parce qu'il faisait partie des Insaisissables, et qu'elle et ses amies lui avaient attribué son surnom. Mais Ivy avait eu une préférence pour le duc de la Débauche. Parler de désir le faisait paraître attirant, donnant l'impression de quelque chose que vous devriez vouloir. Et Ivy plaignait celles qui le voudraient.

— Je suppose que cela lui correspond, et comme ses aventures sont de notoriété publique, cela ne doit pas tant le déranger, j'imagine, dit Lady Dunn. Il semble arborer fièrement sa débauche.

Ivy se retint de rire.

— Oui, effectivement. La débauche est une manière bien plus appropriée de décrire son comportement. Peut-être pourrions-nous modifier son nom.

Lady Dunn gloussa.

— Les gens vont chercher à savoir qui il prendra comme prochaine amante. Peut-être même qu'elle assiste à cette partie de campagne.

Lady Dunn lui jeta un regard alors qu'elles entraient dans un salon qui donnait sur trois chambres à coucher, dont la leur.

— Je ne devrais probablement pas parler de ces choses devant vous, ma chère.

Ivy agita la main.

— C'est très bien. Dans ma profession, j'ai entendu ce genre de chose, et bien pire.

Âgée de vingt-sept ans, elle n'était pas non plus une jeune fille innocente.

— Je suis parfaitement consciente que le but premier des parties de campagne est de mettre les gens en relation, à des fins matrimoniales, et à d'autres activités moins... respectables.

— Tout à fait, répondit Lady Dunn en fronçant les sourcils alors qu'elle s'approchait de la porte. Je viens de me rendre compte que je ne me suis pas servie de ma canne. Je crois que je me sens plutôt bien aujourd'hui.

Elle leva les yeux vers Ivy, qui mesurait une douzaine de centimètres de plus qu'elle.

— Je vais redescendre la chercher, lui dit-elle.

Lady Dunn lui adressa un sourire chaleureux.

— Merci, ma chère. Avez-vous toujours l'intention d'aller visiter la bibliothèque ensuite ?

— Toujours, oui.

— Excellent. Je suis vraiment ravie que vous puissiez profiter de la collection de Wendover.

Elle entra dans sa chambre à coucher, où Ivy savait qu'elle serait entre les mains expertes de sa femme de chambre, Barkley.

Ivy descendit rapidement les escaliers et traversa le hall pour se rendre au salon, pièce principale située à l'arrière de la maison. Le groupe avait commencé à se clairsemer, soit que les membres participent à une activité quelconque, soit qu'ils se reposent avant le dîner.

Mais comme Ivy avait une chance inouïe, elle retrouva la canne de Lady Dunn dans un endroit des plus inopportuns : les griffes du duc de Clare.

Il était debout près de la chaise que Lady Dunn avait laissée libre, tenant sa canne à la main. Il posa son regard sombre sur Ivy.

— C'est vous.

Elle résista à l'envie de lui arracher la canne des mains et de s'enfuir.

— Oui.

Elle baissa les yeux sur ses doigts. Ils étaient longs et plutôt minces. Presque élégants.

— Je suis venue chercher la canne de Lady Dunn.

— C'est donc d'*elle* que vous êtes la dame de compagnie.

Ce n'était pas une question. Il avait déduit la réponse, et ils le savaient aussi bien l'un que l'autre. Il dégageait une confiance tranquille qui frisait l'arrogance. Il la parcourait du regard, et elle comprit qu'il n'avait peur de rien.

— Oui. Pourrais-je la récupérer, s'il vous plaît ?

Elle tendit sa main gantée.

— Et si je vous la rendais en échange de votre nom ?

Elle lui jeta un regard noir.

— Et si vous me la donniez et mettiez un terme à ces absurdités ?

Elle parlait à voix basse, et sa phrase s'acheva sur un sifflement rageur.

Il expira, mais ne sembla pas perturbé le moins du monde.

— Je ne comprends pas pourquoi vous trouvez mon amabilité absurde.

Parce que vous n'êtes qu'un vaurien dégénéré. Au lieu d'exprimer ses pensées à haute voix, elle s'obligea à sourire.

— Je suis simplement pressée. Je suis Mlle Breckenridge. La canne, s'il vous plaît ?

Il la déposa dans sa main, tout en frôlant sa paume avec le bout de ses doigts.

Ivy referma le poing autour de la canne et retira sa main.

Il arqua un sourcil sombre en la regardant.

— Vous êtes un peu susceptible, n'est-ce pas ?

— Et vous êtes plus qu'un peu inconvenant. Bon après-midi.

Elle se retourna et quitta le salon, sans se soucier des éventuels témoins de leur conversation. Elle n'avait pas remarqué si quelqu'un était assez proche pour les entendre. Non, elle était bien trop préoccupée par *lui*.

Elle s'empressa de remonter à l'étage pour apporter la canne dans la chambre de Lady Dunn.

Il l'avait qualifiée de susceptible. Ce mot lui donnait envie de rire, mais sans joie. Elle détestait qu'un membre du sexe opposé la touche. Elle détestait leur parler. Elle détestait les traiter avec déférence. Elle les détestait en général.

Et par-dessus tout, elle détestait les hommes comme Clare. Des hommes qui irradiaient le pouvoir et l'influence, et qui s'en servaient pour assouvir leurs plus viles pulsions. Il pensait probablement qu'elle n'était qu'une idiote aux yeux bovins qui était tombée sous son charme. Pourtant, elle ne correspondait pas à son terrain de jeu habituel, à savoir les femmes mariées. Puisque apparemment il était entre deux aventures, il cherchait peut-être à combler l'ennui à cette soirée avec quelqu'un comme Ivy.

Eh bien, il se trompait lourdement. S'il l'approchait à nouveau, peut-être pourrait-elle lui fournir une liste de femmes susceptibles d'être plus sensibles à ses attentions. Parce qu'Ivy ne voulait rien avoir affaire avec lui.

~

Sebastian Westgate, duc de Clare, regarda la belle s'enfuir du salon et tenta de ne pas observer le balancement de son séant. Dans sa robe terne et ordinaire, avec ses cheveux cuivrés tirés en une coiffure sévère, elle n'avait rien de particulier. Pourtant, West avait vu l'intelligence brûler au fond de ses yeux d'un vert vif et avait été instantanément intrigué. Ensuite, elle s'était déchaînée sur lui avec sa langue, et il avait eu un coup de foudre.

West n'aimait rien tant que les défis. C'était précisément pour cette raison qu'il était qui il était : un personnage qui poussait les gens, les conduisait à se remettre en question.

Wendover s'approcha de lui.

— Nous nous rendons au salon des gentlemen, Votre Grâce, si vous souhaitez vous joindre à nous. Sinon, vous pouvez aller vous promener.

West hocha la tête, se disant qu'un verre de whisky ne serait pas de trop après son long voyage. Il venait de Stour's Edge, son domaine dans le Suffolk, et le temps pluvieux avait prolongé le trajet, qui avait finalement pris trois jours. Il fit un geste en direction de la porte.

— Après vous.

Le compte le guida jusqu'au salon, situé à l'angle ouest de la maison. Des valets de pied étaient présents pour offrir des verres de spiritueux à l'assistance, et il y avait pas mal de gentlemen, que West reconnaissait pour la plupart. Son ami, le marquis d'Axbridge, buvait déjà un whisky en compagnie d'un homme avec qui il discutait. Il aperçut West et inclina la tête.

— Joins-toi à nous, West… enfin, Clare.

Il secoua la tête.

Leur amitié remontait à l'époque où West était le vicomte Westgate. Il avait grandi en se faisant appeler West et, à l'occasion, les gens l'appelaient encore ainsi. En fait, c'était ce nom qu'il demandait à ses plus proches amis et à ses intimes d'utiliser. « Clare » serait toujours son père.

West salua Axbridge d'un geste de la main.

— Je n'arrive pas à croire qu'ils t'aient invité ici.

Son ami éclata de rire.

— Moi ? C'est ma faute, j'aurais dû t'appeler par ton nouveau nom, duc des Désirs.

West accepta un verre que lui proposait un valet de pied, et sirota le liquide brûlant.

— Tu devrais. *Tout le monde* devrait le faire.

Soudain, il songea à Mlle Breckenridge qui prononçait ce nom avec ses lèvres pulpeuses et rouges, et il dut réfréner une vague de… désir. Oui, ce nom était plutôt approprié.

L'homme âgé qui se tenait près d'Axbridge, un certain Fowler, gloussa.

— Vous n'en avez pas honte, n'est-ce pas ?

West haussa les épaules.

— Le devrais-je ?

Fowler cilla.

— Votre réputation…

— Elle donne envie, n'est-ce pas ? lança Axbridge en donna une tape dans le dos de Fowler. Être connu comme le meilleur amant d'Angleterre. Il y a des choses bien pires que celle-ci.

Il leva son verre pour porter un toast à West.

Celui-ci sourit et leva son verre en réponse.

— En effet.

Fowler se renfrogna.

— Ce n'était pas de cela que je parlais. Mais de la partie où vous couchez avec les femmes d'autres hommes.

— Ah, oui, cette partie-là, répondit West. Croyez-moi si je vous dis que si je devais coucher avec *votre* femme, vous m'en remercieriez.

La mâchoire de l'autre homme se décrocha, et il fit demi-tour avant de s'en aller.

West le suivit du regard.

— Il est peut-être trop prude pour cette fête.

Axbridge hurla de rire.

— Peut-être. Wendover trouvera un moyen d'y remédier et le retirera de la liste pour la prochaine fois.

Il but son whisky à petites gorgées, une lueur amusée au fond de ses yeux bleus.

West reporta son attention sur Axbridge.

— En réalité, ta réputation est bien pire. Tu tues des gens pendant que je fournis un service.

Axbridge remua ses sourcils blonds.

— En troussant les femmes d'autres hommes.

— En *faisant l'amour* aux femmes d'autres hommes. C'est là tout l'intérêt. Une fois achevé notre temps ensemble, tout le monde est satisfait du résultat. Lorsque tu daigneras prendre une épouse, je serai plus que disposé à l'aider à apprécier le lit conjugal.

Axbridge faillit s'étouffer avec son whisky. Il toussa, cracha, et West lui donna une tape entre les omoplates.

— Ma femme, s'il s'en trouve une assez folle pour m'épouser, n'aura besoin d'aucune aide en ce domaine, espèce de faquin. Je lui procurerai tout le plaisir dont elle aura besoin. Par ailleurs, si tu couchais avec ma femme, il me faudrait te confronter, et je crois que nous savons tous les deux quelle en serait l'issue.

Ce n'était pas de la vantardise, mais un constat.

Axbridge était un tireur d'élite qui avait livré deux duels, dont l'un s'était soldé par la mutilation de son adversaire, et l'autre par sa mort. À la suite de quoi il avait quitté l'Angleterre pendant un an.

— Cela fait quoi, deux ans que tu t'es battu en duel la dernière fois ? Tu as peut-être perdu la main.

Axbridge rit encore.

— Peut-être. Wendover a organisé une séance de tir, cela me donnera l'occasion de démontrer mes compétences.

— Excellent. Ce sera un sacré spectacle.

Le marquis se rapprocha et baissa la voix.

— Es-tu en chasse ? Lady Greaves m'a déjà fait une proposition tout à l'heure dans le salon.

West connaissait bien la comtesse. Il l'avait aidée quelques années auparavant. Il était un jeune homme à l'époque, il devait avoir vingt-et-un ans, et elle avait plus de dix ans de plus que lui.

— Elle est un peu vieille, non ?

Axbridge lui jeta un regard perçant.

— Elle est encore ravissante.

West voulait bien le croire. Il devait bien admettre qu'une fois qu'il avait eu une aventure avec une femme, il la voyait différemment. Elle devenait une amie, quelqu'un avec qui il ne pouvait plus imaginer avoir de relations sexuelles. Il n'y avait absolument aucun lien émotionnel, et surtout aucune envie de maintenir la liaison plus longtemps que nécessaire.

Certaines femmes prétendaient tomber désespérément amoureuses de lui, mais il leur certifiait que ce n'était pas leur raison qui parlait. Et que leur esprit, lui, aimait toujours leur mari. En fin de compte, toutes retournaient de leur plein gré auprès de leur époux. Il n'y avait ni rancune ni regrets, et tout le monde était parfaitement satisfait. Surtout les maris. Ils avaient dorénavant des femmes qui n'avaient qu'une hâte, les amener au lit.

Évidemment, cela demandait des efforts de la part de ces gentlemen. De temps à autre, West tombait sur un type comme Fowler, qui n'aurait pas su comment faire jouir sa femme, même si sa vie en dépendait. West enseignait aux femmes comment instruire leur mari. Ensuite, il avait une conversation approfondie avec les hommes en question sur la façon dont leur vie allait changer pour le mieux. Presque tous l'en remerciaient plus tard.

— Tu n'as pas répondu à ma question, lui dit Axbridge. As-tu planifié une mission pour la fête ? Comme tu es entre deux liaisons, tu es libre de tremper ton bâton où bon te semble.

— C'est un peu vulgaire, non ?

Axbridge haussa les épaules.

— J'imagine que de temps à autre, c'est agréable de profiter d'une partie de jambes en l'air à l'ancienne plutôt que de faire ça dans le cadre d'un arrangement professionnel.

Cela faisait mercenaire.

— Il n'y a pas d'argent en jeu.

— Bien sûr que non.

Axbridge avait raison sur le premier point, même si sa description était grossière. Entre les aventures au cours desquelles West fournissait ses services, il se livrait à tout ce qui le tentait. De temps à autre, il gardait une maîtresse. À d'autres moments, il profitait simplement d'une occasion. Comme à une partie de campagne telle que celle-ci.

Une nouvelle fois, il songea à l'adorable Mlle Breckenridge.

Mais elle était hors limites. Il ne corrompait pas les demoiselles célibataires, en particulier les dames de compagnie. Quel dommage ! Il avait le sentiment que Mlle Breckenridge était aussi tendue que de la laine enroulée autour d'un fuseau et qu'elle avait besoin d'être détendue.

West avala une gorgée de whisky, savourant le goût riche et fumé sur sa langue.

— Quels sont tes plans pour la partie de campagne ?

Axbridge haussa une épaule.

— Rien de particulier. Je cherche juste à m'amuser un peu.

Il y aurait de quoi faire : la pêche, la chasse à la grouse, les pique-niques et, bien entendu, les jeux et danses obligatoires, s'il y avait suffisamment de monde intéressé. C'était un groupe important et diversifié. West imaginait qu'il pourrait se passer un certain nombre de choses, depuis des interludes romantiques clandestins jusqu'à des demandes en mariage haletantes parmi les plus jeunes. Il se disait qu'il aurait dû se considérer comme faisant partie de ce groupe, mais à presque trente-deux ans, il avait l'impression d'avoir dépassé ces attentes. Les jeunes filles en quête de mariage et leur maman avaient cessé de le regarder plusieurs années aupara-vant. Mais cela n'avait rien à voir avec son âge, et tout avec sa réputation. Pourtant, de temps à autre, une personne se présentait, espérant retenir son attention, dans l'espoir de l'inciter à se marier. Dans son esprit, ce n'était pas chose impossible, seulement il ne parvenait pas à l'imaginer. Cela ne l'intéressait pas non plus particulièrement. Il se nourris-sait de changements, de provocations et d'excitation. Or, le mariage, pour autant qu'il le savait, n'était rien de tout cela.

— T'amuser, dis-tu… N'en sommes-nous pas tous à ce point ?

West leva de nouveau son verre et ils trinquèrent avant de terminer leur whisky.

Le groupe se dispersa peu de temps après, et West se retrouva à déambuler dans la bibliothèque. Wendover avait une vaste collection qu'il enrichissait en permanence. La pièce, déserte, à ce moment-là, était grande, mais confortable

avec son immense cheminée et ses multiples sièges. À moins
que ce ne fût à cause de l'odeur du papier, qui rappelait
toujours à West le bureau de son père. Plus précisément, cela
lui faisait songer à toutes ces heures qu'il avait passées à
dessiner pendant que son père travaillait. West se souvenait
avec tendresse de ces après-midi tranquilles passés ensemble,
lorsque les choses étaient idylliques et qu'il était totalement
innocent.

Il s'avança vers l'une des étagères pour examiner les
tranches des livres. Le souffle d'une douce respiration
troubla le silence. Il se tourne vers l'alcôve qui se trouvait
dans le coin et en vit l'unique occupante.

C'était elle.

Elle occupait un fauteuil à haut dossier, dos à lui, et sa tête
dépassait sur le côté. Puis elle disparut quand elle se replaça
dans le siège, dissimulant à nouveau sa présence.

Mais il savait qu'elle était là.

Il s'approcha d'elle, lentement, comme si elle était une
proie qu'il risquait d'effrayer. Une certaine tension sembla
s'établir entre eux alors qu'il arrivait près du fauteuil. Il s'attendait à ce qu'elle se lève et s'enfuie, comme elle l'avait fait
plus tôt dans le salon.

— Bonjour.

Il se plaça devant son fauteuil et baissa le regard sur elle.

Elle avait la tête penchée en avant, le regard plongé dans
son livre ouvert. Elle ne dit rien et ne fit pas le moindre geste
indiquant qu'elle l'avait entendu, ou même qu'elle s'était
rendu compte qu'il était là. Mais évidemment, c'était le cas.
Elle l'avait regardé droit dans les yeux.

Il aimait son obstination. Il prit place sur le fauteuil en
face d'elle, le seul autre de l'alcôve, et s'adossa en étirant les
jambes devant lui.

— Que lisez-vous ?

Elle lui accorda alors un léger regard, levant à peine les

yeux de son livre. Elle pinça les lèvres, et il eut soudain la furieuse envie de les capturer avec les siennes, de goûter leur douceur moelleuse, et de voir si elles avaient aussi bon goût qu'elles en avaient l'air.

— Un roman.

— Vous ne m'aimez pas, n'est-ce pas ?

Elle ne leva pas le nez.

— Je ne vous connais pas, Votre Grâce.

— C'est vrai, néanmoins, vous vous êtes forgé une opinion. C'est dommage. Je pense que nous pourrions être amis.

Elle détacha enfin ses yeux de sa page et lui jeta un regard incrédule et troublé.

— Êtes-vous fou ?

— Pas du tout. Quelqu'un vous a-t-il dit que je l'étais ? Je sais que les gens font des commérages à mon propos, mais ceci, je dois l'admettre, c'est une nouveauté, jamais je ne l'avais entendu.

Elle cligna des yeux. Elle avait des cils d'un brun doré terriblement longs. Ils papillonnèrent brièvement contre le haut de sa joue avant qu'il ne soit récompensé par l'éclat de ses yeux verts qui le fixaient. Et le transperçaient.

— Cessez d'essayer de flirter avec moi. Peut-être avez-vous oublié que je suis la dame de compagnie d'une lady.

— Je n'ai pas oublié. Cela n'a aucune importance pour moi. Ne puis-je pas m'asseoir et échanger quelques politesses avec vous ? À quoi sert une partie de campagne si ce n'est à faire de nouvelles connaissances ?

Elle cilla à nouveau et inclina la tête sur le côté, posant son livre sur ses genoux tout en le gardant ouvert.

— Je suis convaincue que vous trouverez beaucoup d'autres motivations pour une partie de campagne. Fréquenter la dame de compagnie d'une lady ne devrait pas en faire partie.

— C'est vrai ? Je n'étais pas au courant de cette règle. Alors je ne dois pas parler aux dames de compagnie. Qu'y a-t-il d'autre que je ne devrais pas faire ?

— Beaucoup de choses, j'en suis certaine, mais je doute fort que vous suiviez mon conseil.

Il sourit, appréciant cette conversation encore plus qu'il ne l'avait imaginé. Il aimait l'aiguillonner, et elle lui rendait la tâche bien trop facile.

— Oh, je ne sais pas si c'est vrai, répondit-il doucement en croisant les mains sur ses genoux. Je vous en prie, gratifiez-moi de vos conseils.

Elle émit un bruit bas quelque peu inélégant qui ressemblait à un grognement. Le sourire de West s'étira.

— Vous gratifier ? répéta-t-elle. Je vous en prie, dites-moi pour quelle raison je vous gratifierais de quelque chose ? Vous n'avez rien fait pour le mériter.

Elle pinça les lèvres et lui jeta un regard noir.

— Peu importe. Cela n'a pas d'importance. Vous essayez simplement de me provoquer.

Elle referma le livre et commença à se relever.

Il s'avança sur son fauteuil, s'assit plus droit et se pencha vers elle.

— Ne partez pas, mademoiselle Breckenridge. Je vous trouve intrigante. Serait-ce si terrible que de vous asseoir et discuter avec moi quelques minutes ? Vous semblez être une personne intelligente, à l'esprit vif. Je rencontre si peu de femmes comme vous.

— Alors, peut-être devriez-vous remettre en question vos fréquentations.

Il ne pouvait pas la contredire à ce sujet. Certaines des femmes qu'il avait aidées étaient avisées et intéressantes, tandis que d'autres étaient plutôt écervelées. Il tentait de cerner le caractère d'une femme avant d'accepter de lui fournir ses services, mais il était quelquefois difficile d'évaluer son agilité intellectuelle avant d'avoir passé du temps ensemble.

— Je le prendrai en considération.

Il nota qu'elle ne cherchait plus à se relever.

— Cela signifie-t-il que vous allez rester et bavarder avec moi ?

Elle le transperça d'un regard sévère.

— J'aimerais rester et *lire*.

Il expira et se cala dans son fauteuil.

— Alors, je vous en prie, lisez.

Il baissa la tête et l'inclina pour tenter de lire la tranche de son livre.

— C'est *Patronage* de Maria Edgeworth.

— Je n'ai pas lu cette auteure. Le devrais-je ?

Elle agrippa le livre sur ses genoux.

— Je ne vais pas commencer à vous suggérer des lectures.

— Parce que ce serait le conseil dont j'espérais que vous me gratifieriez ?

Il observa ses narines se dilater légèrement alors qu'il frappait là où il le voulait. Elle était tout à la fois un défi, et extrêmement facile à provoquer. Il comprit que le véritable challenge serait de la provoquer d'une manière différente, de sorte qu'elle sourie, ou au moins se détende.

— Oui, « gratifier » était un mauvais choix de mots. Laissez-moi réessayer.

Il prit une profonde inspiration et la regarda avec un air sérieux.

— Allez-vous m'*honorer* de vos conseils ?

Et il la vit, cette minuscule faille dans son armure. Il n'eut pas droit à un sourire, mais à un léger relâchement des muscles de sa mâchoire.

— Vous vous croyez charmant, n'est-ce pas ?

— C'est ce qu'on m'a dit.

— Eh bien, à mes yeux, vous êtes une nuisance.

C'est alors qu'elle se leva et il se dressa d'un bond.

— Pourquoi ? l'interrogea-t-il, touchant son bras alors qu'elle commençait à se tourner. Pourquoi est-ce que je vous effraie, mademoiselle Breckenridge ?

Elle secoua son bras pour qu'il le lâche, et s'éloigna de lui.

— Il ne s'agit pas de peur, mais de dégoût. Je ne veux rien avoir affaire avec vous.

Il croisa les bras sur sa poitrine.

— Vous dites que vous n'avez pas peur, pourtant c'est la troisième fois que vous vous dérobez devant moi. Avez-vous des griefs personnels à mon encontre, ou s'agit-il des hommes en général ?

Elle écarquilla légèrement les yeux, et il comprit qu'il avait encore touché un point sensible. Peut-être plus profondément qu'avant. Elle retroussa les lèvres. Oui, il avait atteint sa cible, et comme ils ne se connaissaient pas avant aujourd'-hui, il ne pouvait que deviner qu'il s'agissait de la seconde solution.

— Si c'est à cause des hommes, peut-être pourrais-je vous aider.

— Vous ne pouvez pas…, dit-elle avant de refermer subitement la bouche. Vous êtes incroyable. Êtes-vous… ?

Elle tourna la tête pour scruter la bibliothèque vide, avant de poursuivre dans un murmure :

— Êtes-vous en train d'essayer de me séduire ?

— En avez-vous envie ?

Bon sang, ce n'était pas ce qu'il avait voulu dire ! Elle n'était pas son type. En fait, elle l'était. Il avait envie de s'emparer de cette masse de cheveux roux doré et d'y glisser les doigts, pendant qu'il l'embrasserait à perdre haleine.

Mais non, elle n'était pas son genre. Elle *était* dame de compagnie d'une lady, comme elle le lui avait signifié à plusieurs reprises, et elle n'était pas mariée. Ce qui signifiait qu'elle était innocente, et qu'il devait la laisser tranquille.

Elle n'était plus de première jeunesse non plus, et finirait probablement ses jours vieille fille. Une vie solitaire et ennuyeuse, dans laquelle jamais elle ne connaîtrait les joies du plaisir partagé.

Oh oui, Mlle Breckenridge représentait un défi. Et soudain, il ne regrettait plus de lui avoir demandé si elle voulait qu'il la séduise. Parce que *subitement*, il en avait envie.

Le regard d'Ivy se fit dur, et le canal voisin aurait pu geler tant son ton était glacial.

— Non, absolument pas. En fait, j'aimerais que vous me laissiez tranquille.

Elle fit volte-face et il la laissa partir, mais pas sans un dernier avertissement.

— La quinzaine sera longue, mademoiselle Breckenridge, et la maison n'est pas si grande.

Il perçut le subtil mouvement de ses épaules tandis qu'elle se déplaçait dans la bibliothèque avant de partir.

Oh oui, la quinzaine promettait d'être longue, et il était prêt à parier qu'elle serait fastidieuse.

CHAPITRE DEUX

Ce soir-là, la conversation d'après souper, au salon, entre les dames, portait sur les activités prévues les jours suivants. Il y avait une marche rapide sur la colline de Wendover, une promenade jusqu'au village voisin de World's End, où elles devaient déjeuner à l'auberge du Cygne, puis un tournoi de badminton entre gentlemen, auquel elles étaient toutes conviées à assister.

Comme à son habitude, Ivy resta en retrait et ne prit part à aucune discussion. C'était tout aussi bien, sinon elle demanderait pourquoi elles ne pouvaient pas avoir leur propre tournoi de badminton, ce qui ne manquerait pas d'horrifier plusieurs participantes.

Une jeune femme s'approcha d'Ivy et désigna d'un geste la chaise à côté de la sienne.

— Cela vous dérange-t-il que je m'asseye ici ?

Ivy leva les yeux vers la jolie blonde et reconnut Mlle Emmaline Forth-Hodges.

— Pas du tout.

— Merci. Je crains d'avoir assez supporté Mme Chalmers, dit doucement Mlle Forth-Hodges.

Oh oui, Mme Chalmers était une commère notoire, et plutôt bruyante en plus !

— Je comprends, murmura Ivy.

Mlle Forth-Hodges lui jeta un regard en coin.

— Vous êtes une amie de Lady Sutton, n'est-ce pas ?

Ivy se crispa.

— Oui.

Aquilla était l'une de ses amies les plus chères, et elle avait, selon certaines personnes, volé Lord Sutton à Mlle Forth-Hodges. En réalité il n'avait pas officiellement courtisé Mlle Forth-Hodges. Ceci étant, cela ne diminuait en rien la déception qu'elle avait pu ressentir en le voyant se détourner d'elle pour se concentrer sur Aquilla. Ivy avait tout entendu en matière de spéculations au sujet de la jeune femme : qu'elle en avait été dévastée aussi bien que soulagée. En l'absence d'informations venant d'Emmaline, Ivy choisit de ne croire ni l'une ni l'autre version. Pourtant, elle ne pouvait s'empêcher de ressentir de la peine pour cette femme qui devait souffrir de ces spéculations pénibles.

Elle ne voyait pas pourquoi Mlle Forth-Hodges aborderait le sujet. À moins qu'elle n'ait envie de se soulager d'un poids pour une raison ou une autre. Mais pourquoi avec Ivy ?

Mlle Forth-Hodges posa les mains sur ses genoux.

— Cela fait un certain temps que vous êtes amie avec Lady Sutton, n'est-ce pas ? Je me souviens vous avoir vues ensemble l'an dernier.

Ah oui ? Jamais Ivy n'aurait imaginé qu'une jeune femme du rang de Mlle Forth-Hodges pourrait les remarquer, ses amies et elle, car elles avaient tendance à faire tapisserie.

— Oui, nous sommes amies depuis environ cinq ans.

— Avec Lady Dartford également, si je ne me trompe pas.

— C'est exact.

Ivy se déplaça légèrement pour pouvoir étudier la jeune femme. Elle était exceptionnellement belle, avec des cheveux blond pâle et de pétillants yeux bleus. Avec son teint de porcelaine et sa silhouette élancée, qui donnait à ses vêtements un drapé parfait quoiqu'elle porte, Mlle Forth-Hodges était un diamant. Et pourtant, après deux saisons, elle n'était pas mariée. Ivy s'en demandait la raison, mais n'allait pas poser la question. Cela faisait bien longtemps qu'elle avait appris à contrôler sa langue.

— Comme ce doit être charmant, dit Mlle Forth-Hodges d'un ton mélancolique.

Elle tourna la tête pour poser sur Ivy un regard empreint de tristesse.

— J'ai trois sœurs beaucoup plus âgées, mais elles ne voulaient guère s'occuper de moi. Le temps que je sois assez vieille pour devenir intéressante, elles étaient déjà parties et faisaient leur chemin.

— Je suis sûr que vous étiez très intéressante, même quand vous étiez jeune.

M Forth-Hodges sourit, mais sa bouche portait les traces de ses regrets.

— Pas à leurs yeux. Elles étaient trop préoccupées à bien se coiffer, à porter de belles robes, et à tenter de séduire les hommes.

— Sont-elles toutes mariées aujourd'hui ?

Elle hocha la tête.

— Oui. Cela fait des années. Elles ont plusieurs enfants.

— Alors, vous n'êtes toujours pas proches ?

— Nous nous écrivons à peine.

Mlle Forth-Hodges se redressa et passa une main sur ses genoux pour enlever une infime tache sur sa robe.

— Quelle conversation larmoyante ! Mes excuses. Je voulais simplement m'éloigner de Mme Chalmers, et quand j'ai regardé dans la pièce, vous étiez seule. Je me suis dit que ce serait agréable si nous pouvions être seules ensemble.

Ivy fut ramenée à la soirée où elle avait rencontré Lucy et

Aquilla. Ces deux-là s'étaient déjà liées d'amitié, mais elles avaient aperçu Ivy dans un coin lors d'un bal, et Aquilla lui avait dit presque exactement la même chose : *être seul, c'est tellement mieux quand on peut le faire ensemble.*

Elle se sentit soudain proche de Mlle Forth-Hodges, et fut tout aussi choquée par ce phénomène que lorsqu'elle s'était liée d'amitié avec Lucy et Aquilla. Les deux étaient issues de familles respectables et bénéficiaient d'une mobilité sociale bien plus grande qu'Ivy. Le fait qu'elles la considèrent comme digne de passer du temps avec elles avait grandement amélioré ses perspectives.

— C'est toujours mieux d'être seul ensemble, répondit Ivy. Vous aimez les parties de campagne ?

Mlle Forth-Hodges haussa les épaules.

— Je suppose. Cela dépend des participants. Celle-ci semble prometteuse. Il y a plusieurs jeunes hommes éligibles. C'est pour cette raison que mes parents ont souhaité venir.

Le regard d'Ivy s'égara vers l'endroit où était assise Mme Forth-Hodges. C'était une femme aimable, bien qu'un peu dominatrice. Du moins, c'était l'avis de Lady Dunn. Ivy ne la connaissait pas assez pour en juger.

— Alors vous êtes à la chasse au mari ?

— *Perpétuellement !* répondit Emmaline avec plus de force qu'elle n'en avait montré jusqu'à présent. J'ai hâte d'avoir mon propre ménage à gérer. Et une famille, bien évidemment.

Un très vieux désir tirailla Ivy, mais elle le rejeta dans les recoins les plus sombres de son esprit. Ce n'était pas ce qu'elle voulait. Plus maintenant.

— Je vois. N'avez-vous jamais envisagé que vous pourriez avoir votre propre ménage à gérer sans avoir de mari ?

Ivy grimaça intérieurement. Elle n'aurait probablement pas dû dire ça.

Mlle Forth-Hodges remua sur sa chaise et se tourna vers elle.

— Non, je n'y ai pas songé, lui répondit-elle en inclinant la tête sur le côté. Comment pourrais-je gérer cela ? Mes parents mourraient d'apoplexie.

Ivy n'avait aucun mal à l'imaginer. Ce serait sûrement le cas des parents de n'importe qui. Sauf les siens, bien évidemment. Une nouvelle fois, elle repoussa cette pensée dans l'abîme des choses auxquelles elle ne voulait pas songer.

Il fut un temps, avant sa rencontre avec Dartford, où Lucy avait voulu ce genre de choses. Elle avait travaillé pour acheter un cottage pour elle et sa grand-mère. L'idée que les hommes étaient indispensables au bonheur ou à l'épanouissement était totalement absurde. Cependant, cela ne l'avait pas empêchée de tomber éperdument amoureuse de Dartford, et tous ses plans avaient changé. Ivy ne lui en voulait pas, mais elle se rendait compte à présent qu'elle se sentait exactement comme cinq ans plus tôt : seule.

— Oui, vos parents poseraient problème. Cependant, vous pouvez choisir de les ignorer. Après tout, il s'agit de votre vie, pas de la leur.

Mlle Forth-Hodges secoua la tête.

— Je ne saurais même pas par où commencer. Ce n'est pas comme si je pouvais simplement partir et créer mon propre foyer. Et le scandale qui s'ensuivrait…

Elle remua doucement l'épaule, un frémissement digne d'une dame.

Certes, c'était toujours un facteur à prendre en compte. À moins d'être Ivy. Elle n'avait pas à se préoccuper de faire honte à une famille, ni de son potentiel de femme à marier. Pourtant, elle prenait soin de se comporter avec la plus grande convenance, car son emploi, et donc sa subsistance en dépendaient.

Les hommes pénétrèrent dans le salon, et l'atmosphère se

chargea aussitôt. Le niveau sonore augmenta, et les voix masculines firent baisser la tonalité ; les femmes adoptèrent presque toutes un comportement de façade : elles s'assirent plus droites, jetèrent des regards provocants, se *pavanèrent*. Du moins, c'était l'impression qu'en avait Ivy, et elle avait pris l'habitude d'observer les gens. Qu'y avait-il d'autre à faire quand on était en retrait ?

Mlle Forth-Hodges expira.

— Je devrais aller m'asseoir avec ma mère pour qu'elle puisse jouer les entremetteuses.

— Pourquoi ? Dans ce cas, elle choisira pour vous, et ce n'est pas la bonne manière de trouver un mari, si vous êtes certaines que c'est la voie que vous souhaitez suivre.

Ivy ne pouvait s'empêcher de lui rappeler qu'elle avait des choix. Ils n'étaient pas aisés, mais ils existaient bel et bien. Cela faisait bien longtemps qu'Ivy avait compris que rien de ce qui valait la peine dans la vie n'était facile.

Les yeux bleus de Mlle Forth-Hodges s'éclairèrent, comme si un rideau avait été tiré et qu'elle voyait à présent plus clair.

— Vous avez raison. Ce sont eux qui voulaient que j'épouse Sutton. Je dois bien admettre avoir été un peu soulagée quand il est passé à autre chose. Je me doutais bien sûr qu'il le ferait, compte tenu de son histoire, cependant mes parents ne cessaient de répéter que j'étais différente, que je serais celle qui le mènerait au mariage.

— Alors, vous ne nourrissez aucune rancune à son égard ? l'interrogea Ivy.

— Pas du tout. Je suis ravie de voir qu'il est enfin heureux. Et je suis contente que ce soit avec votre amie. Elle avait coiffé Sainte-Catherine, n'est-ce pas ?

— Apparemment. C'est un sentiment qui m'est étranger. Ce n'est pas comme si nous commencions à perdre nos cheveux après une certaine date.

Mlle Forth-Hodges gloussa.

— Quelle excellente comparaison ! Non, nous ne les perdons pas, et ils ne grisonnent pas non plus ! Bonté divine, plus jamais je n'entendrai cette expression de la même manière.

Ivy sourit, chose qu'elle ne faisait pas très souvent.

— J'en suis ravie.

Elle avait l'impression d'avoir accompli quelque chose avec sa nouvelle amie, et c'était important à ses yeux. Attendez... Étaient-elles amies ? Elle fut surprise de se rendre compte qu'elle l'espérait.

— Eh bien, si vous souhaitez entendre d'autres analogies amusantes, j'espère que vous reviendrez vous asseoir à mes côtés.

— J'en serai ravie.

Elle s'avança sur sa chaise, se préparant à se lever.

— Allez-vous faire la promenade sur la colline de Wendover ? Ça a l'air revigorant.

Lady Dunn l'avait encouragée à y participer.

— Très certainement.

— Peut-être pouvons-nous marcher ensemble.

— Cela me plairait bien, lui répondit Ivy.

Mlle Forth-Hodges jeta un regard en direction de sa mère et grimaça.

— J'ai droit au regard de consternation de ma mère. Je ferais mieux d'y aller.

Ivy lui sourit à nouveau, appréciant sa description.

— Pourrais-je vous l'emprunter ? Le regard de consternation, je veux dire. C'est diablement bon.

Mlle Forth-Hodges sourit en se levant.

— Avec ma totale approbation.

Ivy inclina la tête et la regarda glisser élégamment à travers le salon. Elle nota aussi combien d'hommes observaient la progression d'Emmaline.

À l'exception de Clare. Il se tenait près de la cheminée et

observait Ivy. Elle fronça les sourcils en le regardant, et reporta immédiatement son attention de l'autre côté de la pièce.

Cet après-midi-là, après qu'il lui avait fait quitter la bibliothèque, elle s'était retirée dans le dressing pendant que Lady Dunn ronflait dans son lit. Ivy avait continué à lire, mais par moments, ce maudit duc avait envahi ses pensées avec ses yeux sombres comme le péché et son sourire arrogant. Elle ne saurait jamais comment elle était parvenue à attirer son attention.

Il n'allait sûrement pas continuer à l'importuner. Elle n'était pas le genre de femme avec qui il passait du temps. Elle n'était pas mariée ni intéressée par ses… offres.

Mmmh, le duc Maudit était un nom qui lui conviendrait à merveille.

Lord Wendover s'adressa au groupe.

— Nous sommes en train d'installer des tables de jeu dans le hall, si cela vous intéresse. Sinon, la comtesse va bientôt jouer du piano-forte et la danse pourra débuter.

Lady Dunn se leva, et Ivy fut certaine qu'elle irait dans le hall. Elle alla la rejoindre.

— Je vais jouer pendant un moment, lui dit sa patronne. Que comptez-vous faire, ma chère ?

— Je crois que je vais retourner à la bibliothèque.

— Vous pouvez monter à l'étage si vous le souhaitez. Je monterai quand j'aurai terminé.

Ivy hocha la tête, appréciant la liberté que Lady Dunn lui permettait. Sa dernière patronne aurait exigé d'elle qu'elle reste assise dans le hall, de sorte de pouvoir l'aider si nécessaire.

Elle se dirigea vers la bibliothèque, avec l'intention de dénicher quelque chose de divertissant à lire. Étonnamment, la pièce était vide. Ivy aurait pensé qu'au moins une autre personne serait venue ici pour s'échapper. Mais peut-être pas. Après tout, elle était une aberration en son genre. La plupart des gens appréciaient de se retrouver au milieu d'un événement convivial. Autrefois, c'était aussi le cas d'Ivy. Mais c'étaient de lointains souvenirs qu'elle choisissait d'oublier.

Elle parcourut une étagère et lança un regard vers la porte donnant sur le hall, s'attendant à moitié à voir que Clare l'ait suivie. Une étrange sensation de froid remonta le long de sa colonne vertébrale, et elle comprit tardivement que c'était de la déception.

Avec un petit ricanement moqueur envers elle-même, elle se remit à étudier plus attentivement les tranches et trouva finalement ce qu'elle cherchait : *Elle s'abaisse pour vaincre.* C'était sa pièce préférée. Elle l'avait lue tant de fois qu'elle pouvait en réciter de longs passages.

Elle se tourna vers l'alcôve pour lire, mais se rendit compte qu'elle serait une proie pour Clare s'il venait la chercher. Mieux valait se retirer à l'étage. Elle repartit dans le hall et prit la direction des escaliers. En chemin, elle attira l'attention de Lady Dunn. La vicomtesse inclina la tête, et Ivy monta dans leur chambre.

Alors qu'elle arrivait dans le salon, elle faillit trébucher. Assis dans un fauteuil, les jambes étirées nonchalamment devant lui, se trouvait le duc de Clare.

— Est-ce que vous m'attendiez ? lui demanda-t-elle d'une voix aiguë, presque stridente.

Bon sang, on aurait dit sa mère. Une nouvelle sensation de froid rampa le long de son échine, mais cette fois-ci, elle reconnut immédiatement le sentiment : le dégoût de soi.

Clare lui sourit.

— Un autre livre, à ce que je vois ? Oh, une pièce de théâtre ! C'est l'une de mes préférées.

Évidemment, maudit soit-il.

— Je pensais m'être montrée parfaitement claire.

Elle scruta de nouveau la pièce, nerveuse à l'idée que quelqu'un les surprenne seuls ici.

— Ne vous inquiétez pas. Cette chambre est occupée par M. et Mme Travill, qui seront parmi les derniers à regagner leur lit. Et cette chambre, dit-il en désignant la troisième et dernière pièce qui s'ouvrait sur le salon, appartient à Lord et Lady Kirkland et à leur fille, Viola. Ils ne reviendront pas de sitôt. Lord Kirkland doit déjà avoir perdu une vingtaine de livres aux tables, qu'il va passer toute la nuit à essayer de regagner, pendant que Lady Kirkland cherche obstinément à faire danser les jeunes hommes avec Viola.

Ivy cligna des yeux en le regardant.

— Comment êtes-vous au courant de tout cela ?

Il haussa les épaules.

— Je suis attentif.

Tout à coup, les capacités d'observation d'Ivy lui parurent bien ternes. Elle se sentit désemparée. Maudit soit-il une fois encore.

— Rien de tout cela n'a d'importance, car mes souhaits n'ont pas changé, l'informa-t-elle.

Il lui adressa un sourire presque jubilatoire.

— Je ne crois pas que vous m'ayez réellement donné l'occasion de les faire changer.

Elle sentit la frustration gagner sa poitrine, et elle dut réprimer une furieuse envie de lui jeter son livre à la tête.

— *Parce que je n'ai aucune envie que vous le fassiez.*

Il se leva avec une grâce féline. Puis s'approcha d'elle. Elle serra le livre contre sa poitrine, comme un bouclier.

— Mademoiselle Breckenridge, je pense qu'il y a quelque chose qui cloche chez vous. En dépit de vos dénégations, vous êtes effrayée. À cet instant, je ne lis rien d'autre que de la peur dans vos yeux.

Elle recula d'un pas.

— Parce que vous me harcelez.

— Je soupçonne, et je ne pense pas me tromper, que vous êtes une femme qui ne s'accorde aucun plaisir. Vous travaillez dur, et vous adoptez un code strict.

— Vous énoncez ces choses comme si elles étaient mauvaises.

— Elles le sont quand elles sont tout ce que vous avez.

Il inclina la tête avant de poursuivre :

— Je vous accorde que le fait de travailler dur est une admirable qualité. Dites-moi, comment vous divertissez-vous ?

— *Elle s'abaisse pour vaincre* est amusant, répondit-elle en agitant brièvement son livre vers lui.

— La lecture est-elle votre unique distraction ?

— Non. Je m'implique également dans plusieurs œuvres de charité.

— Oh, ce doit être incroyablement divertissant ! Encore une fois, c'est admirable, mais cela vous apporte-t-il la moindre joie ?

Elle sentit une colère légitime enfler en elle.

— Oui, effectivement, et le fait que vous ayez à poser la question est révélateur de votre caractère. Ou de son absence.

Il grimaça.

— Évidemment, cela vous apporte de la joie. J'aurais dû vous demander si cela vous comblait. À la fin de la journée, vous sentez-vous totalement satisfaite ?

Quelque chose dans sa manière de prononcer ces deux derniers mots provoqua un frisson dans son cou.

— Je ne crois pas que cela vous regarde.

— Alors qui cela regarde-t-il ?

Il se rapprocha à nouveau, adoptant cette démarche lente et séductrice qui lui semblait bien plus menaçante que s'il s'était précipité sur elle.

— J'ai aussi le sentiment que vous ne souriez pas assez. Voire pas du tout. J'adorerais vous voir sourire.

Il avait raison sur ce point.

— C'est vulgaire de sourire.

Il afficha un visage rayonnant.

— J'adore la vulgarité.

Elle ricana.

— Cela ne me surprend pas. En fait, cela ne me surprendrait pas non plus si c'était votre nom.

— Je m'appelle Sebastian, mais mes amis m'appellent West.

Il pencha la tête sur le côté.

— J'aimerais beaucoup que vous m'appeliez West.

— Ce serait tout à fait inapproprié. *Essayez-vous* de m'impliquer dans un scandale ?

Il s'arrêta à une trentaine de centimètres d'elle.

— Non, j'*essaie* de vous faire succomber à la tentation.

— Je préférerais qu'on me délivre du mal.

Elle avait envie de le contourner pour aller dans sa chambre, mais elle ne parvenait pas à bouger les pieds.

— En fait, je crois que vous aimeriez prendre un risque. Vous menez une vie simple, et un futur tout aussi simple s'offre à vous. Pourquoi ne pas prendre du plaisir en cours de route ? Vous méritez au moins cela.

Elle le regarda fixement, incapable de trouver une réplique adéquate. Il prit son silence pour un encouragement.

— Nous avons une quinzaine de jours à passer ensemble. Je peux vous assurer que personne n'en saura rien. Cela peut vous paraître difficile à croire, mais j'ai eu des liaisons dont personne n'est au courant, et je vous garantis que, à la fin de la partie de campagne, votre existence sera à jamais transformée.

Une rage telle qu'elle n'en avait pas connu depuis des

années la propulsa en avant jusqu'à ce que son visage ne soit plus qu'à quelques centimètres de celui du duc. Il mesurait quelques centimètres de plus qu'elle, mais Ivy était plus grande que la plupart des femmes et se dressa sur ses orteils pour plus de hauteur. Elle laissa un rictus courber sa lèvre.

— Vous êtes d'une arrogance stupéfiante. N'allez pas imaginer que vous me connaissez, Votre Grâce. Vous n'avez aucune idée des risques que j'ai pris ou des plaisirs que j'ai éprouvés. J'ai été la proie d'une personne telle que vous autrefois, et ma vie a *effectivement* été bouleversée pour toujours. Vous devrez me pardonner de ne pas avoir le moindre intérêt pour ce que vous colportez.

Elle le vit écarquiller légèrement les yeux, et ses narines s'évasèrent.

— À bien y réfléchir, je ne veux pas de votre pardon. Je n'en ai pas besoin. Ni du vôtre ni de celui de personne. J'ai travaillé trop longtemps et trop dur pour revendiquer ma propre vie, et la vivre comme je l'entends. Remballez vos suppositions et votre suffisance et filez droit en Enfer.

~

*P*ar tous les diables, elle était furieuse. Et sacrément belle, au passage. Sa poitrine se soulevait et s'abaissait au rythme de ses respirations furieuses, et ses joues avaient rosi. Avec ses lèvres entrouvertes, on aurait presque dit qu'elle venait de prendre du plaisir. Jusqu'à ce que l'on remonte à ses yeux, qui crachaient un feu vert brûlant.

Elle avait été détruite. Une crapule l'avait séduite et, semblait-il, l'avait rejetée. West avait envie de retrouver cette canaille et de le battre comme plâtre.

— Évidemment, je n'en savais rien, répondit-il tranquillement. Que s'est-il passé ?

Elle fit un petit pas en arrière. Sa poitrine était toujours agitée, et elle prit une profonde inspiration.

— Ce n'est pas votre problème. En fait, rendez-moi service et oubliez que j'ai dit quelque chose.

Jamais, au grand jamais, il n'oublierait ce dont il venait d'être témoin, mais il ne lui en dit rien.

— Je ferai tout ce qui vous rendra heureuse.

— Alors, laissez-moi tranquille. Comme je vous l'ai déjà demandé.

Il leva les mains en signe de reddition.

— Comme vous voudrez. Cependant, si jamais vous aviez besoin de mon aide, considérez que je suis à votre disposition. Je vous dois réparation pour mon injure involontaire.

— Involontaire ?

Elle éclata d'un rire creux qui lui arracha un morceau de la poitrine.

— Vous êtes un dépensier, un séducteur, un véritable dépravé. Vous insultez les femmes respectables par votre seule présence.

Il s'inclina devant elle.

— Votre langue m'a piqué au vif. Je vous prie de m'excuser.

Alors qu'il quittait le salon, il réfréna l'envie d'y retourner pour s'excuser. Non pas qu'il n'en avait pas envie, mais parce qu'elle souhaitait qu'il disparaisse de sa vue. C'était donc ce qu'il allait faire.

Il retourna directement à sa chambre à coucher, de l'autre côté de la maison, et rédigea un mot d'excuse qu'il confia à Seaver, son valet.

— Veillez à ce qu'il soit livré directement à la chambre de Lady Dunn, mais il est destiné à sa dame de compagnie.

— Très bien, Votre Grâce.

Seaver était prudent et entièrement digne de confiance. Il

veillerait à ce que la missive soit transmise en toute discrétion.

Frustré, West descendit au salon des gentlemen pour y boire un verre de whisky. Ou deux. Il avait tout faux en ce qui concernait Mlle Breckenridge. Jamais il n'avait rencontré de femme comme elle, et il était profondément intrigué.

Dommage qu'elle ne veuille rien avoir affaire avec lui.

Il avait envie de savoir ce qui lui était arrivé, et comment sa vie avait changé. Il était convaincu qu'elle avait été détruite. Qu'avait-elle été avant ça ? Avait-elle toujours été dame de compagnie ? Peut-être avait-elle été gouvernante. Et comment diable avait-elle réussi à renaître de ses cendres ?

Alors que West descendait, il regarda le hall en bas, où se déroulait le jeu. Des conversations animées emplissaient le vaste espace. M. et Mme Fowler le saluèrent au pied de l'escalier.

Ils échangèrent des regards inquiets avant que l'homme ne s'éclaircisse la voix.

— Ahem, bonsoir, Votre Grâce. Nous aimerions vous parler de vos… services.

La plupart des femmes ou des couples le contactaient par écrit et convenaient d'un rendez-vous. Parfois, ils l'abordaient au cours d'un événement social, mais il leur demandait toujours de prendre contact avec son secrétaire.

— Allons dans un endroit plus discret.

West leur indiqua d'un geste un petit salon qui donnait sur le hall.

Une fois à l'écart de l'agitation, West s'enquit :

— Vous souhaiteriez que je couche avec votre femme ?

Il s'autorisa à scruter Mme Fowler du regard. Elle était de petite taille, avec une poitrine généreuse et des cheveux noirs et brillants. Elle était jolie, mais cela ne l'impressionnait pas, tout obnubilé qu'il était par des cheveux blond cuivré et des yeux vert brillant.

Ce fut elle qui répondit.

— Oui, Votre Grâce. Nous pensons que cela aiderait… les choses. Comme il semble que vous soyez sans attaches pour le moment, nous espérions que vous pourriez m'accorder de votre temps au cours de la partie de campagne.

West se tourna vers Fowler, qui semblait plutôt mal à l'aise et impatient à la fois. Un muscle s'agitait dans sa mâchoire alors que son regard restait stable et sérieux.

— Qu'espérez-vous gagner ? leur demanda West.

Ils échangèrent de nouveaux regards, chacun espérant à l'évidence que l'autre parlerait. Les joues de Mme Fowler prirent une teinte écarlate tandis que celles de son mari étaient légèrement plus pâles. Il croisa le regard de West, mais seulement brièvement.

— Nous espérerions, euh, égayer notre lit conjugal…

— Je vois. Y a-t-il quelque chose en particulier dont je devrais être informé ? Par exemple, l'un de vous deux apprécie-t-il le sexe actuellement ?

Mme Fowler écarquilla les yeux et se détourna, tandis que la couleur de ses joues s'accentuait.

West se rendait compte que ce serait une mission difficile s'il l'acceptait. Ce qu'il n'était pas enclin à faire. Il avait le sentiment que Fowler souhaitait poursuivre dans cette voie, mais que sa femme n'était pas aussi enthousiaste. Cela ne fonctionnait pas si la femme n'était pas pleinement investie. West ne tenait pas à séduire les réticentes.

Sauf, semblait-il, les belles dames de compagnie qui touchaient une corde sensible.

Il marcha jusqu'à la cheminée, où des figurines de bergers montaient la garde sur la petite pièce. Un léger sentiment de malaise le saisit. Mlle Breckenridge représentait une situation tout à fait différente. Il voyait une femme qui avait besoin de se laisser aller, de se perdre dans le bonheur. Il craignait que dans le cas contraire, elle ne devienne encore plus véhémente. Pourquoi s'en préoccupait-il ? Parce qu'elle avait surmonté un grand malheur et avait persévéré. Il voulait qu'elle fasse plus que simplement persévérer, il voulait qu'elle *vive*.

— Voulez-vous savoir autre chose ?

La question timide de Fowler interrompit les réflexions de West.

Il se détourna du manteau de la cheminée.

— En temps normal, oui, mais j'ai de sérieuses réserves sur votre engagement dans cette affaire.

Il regarda Mme Fowler et lui expliqua gentiment :

— Il faut que vous ayez envie de coucher avec moi, et je ne suis pas certain que ce soit le cas.

Elle baissa les yeux, et West se sentit désolé pour elle. Il n'avait pas eu l'intention de causer du tort à leur mariage avec sa remarque à Fowler plus tôt dans la journée. Pourtant, il craignait de l'avoir fait. C'était un phénomène étrange, le fait qu'il n'aimait pas causer de désaccords conjugaux, mais c'était réel. Du moins, cela l'était devenu après ses toutes premières conquêtes, ce qui était entièrement dû au fait qu'il était jeune et désireux de démontrer ses prouesses.

Depuis cette époque, lorsqu'il entretenait une liaison avec une femme mariée, cela tenait au fait que son union permettait aux deux partenaires de vivre des liaisons. Ou bien, et là c'était là le cas qu'il préférait, parce qu'une femme souhaitait apprendre à satisfaire son mari et exigeait qu'il la satisfasse en retour. Il avait réussi à aider de nombreux couples, et cela le rendait heureux.

— Peut-être que vous deux devriez en discuter davantage, leur suggéra West. Dans tous les cas, je ne commencerai pas de nouvelle liaison au cours de la partie de campagne. Considérez que je suis en vacances, d'une certaine manière. Si vous souhaitez toujours poursuivre dans cette voie à ce moment-là, pourquoi ne pas me contacter à l'automne ?

— Nous le ferons, merci.

Fowler se tourna vers la porte et posa la main dans le dos de sa femme. Elle n'avait toujours pas relevé le nez du sol.

Quand ils atteignirent le seuil, West appela l'homme :

— Fowler, un instant, s'il vous plaît.

Celui-ci chuchota quelque chose à l'oreille de sa femme, qui avança dans le hall tandis qu'il revenait dans la pièce.

— Oui ?

— Si je peux me permettre une suggestion. Essayez de stimuler votre femme à l'aide de votre seule main. Concentrez-vous sur ce petit bouton tout autant que sur son fourreau, peut-être même davantage.

— J'ai essayé. Elle ne semble jamais pouvoir lâcher prise.

— Attachez-la au lit.

West retint un gloussement en voyant Fowler écarquiller les yeux.

— Et bandez-lui les yeux. Servez-vous aussi de votre bouche. Cela prendra du temps, mais elle se ravisera.

— Et si ce n'est pas le cas ?

— Alors, revenez me voir à l'automne.

Fowler hocha la tête.

— Merci, Votre Grâce.

West inclina la tête, et l'autre homme se retourna et partit.

Avec un soupir, West se frotta la pommette. Il semblait que Mme Fowler allait être un défi. Mais ce n'était pas le genre de défi qu'il voulait. Du moins pas pour le moment.

Éprouvant une fois de plus la brûlure de la frustration alors que Mlle Breckenridge s'immisçait dans ses pensées, il se rendit dans le salon des gentlemen et se dirigea directement vers le buffet où étaient présentés les meilleurs alcools de Wendover. Il se versa un verre du meilleur whisky qu'il put trouver.

— Tu vas directement aux bonnes choses, à ce que je vois.

Axbridge s'approcha de lui et remplit son verre du même breuvage.

— Je ne suis pas un imbécile.

— C'est pourquoi nous sommes amis. Qui est cette charmante femme que je t'ai vu reluquer après le dîner dans le salon ?

Bon sang, il l'avait remarqué ? West allait devoir se montrer plus prudent. Mais pourquoi ? Ce n'était pas comme s'ils allaient passer du temps ensemble. Elle s'était montrée très claire à ce sujet.

Pourtant, West ne voulait pas attirer l'attention sur elle.

— Personne en particulier.

— Eh bien, elle est éblouissante, même dans cette robe hideuse qu'elle portait.

West ne serait pas allé jusqu'à la qualifier de hideuse, mais elle était indubitablement terne. Il aurait aimé la voir porter une couleur vive, avec des bijoux étincelant à ses oreilles et contre sa gorge. Dommage que cela ne puisse jamais se produire.

Il descendit son whisky d'une traite et s'en servit un autre.

— Tu cherches à te saouler ? s'enquit Axbridge.

— Je ne cherche sûrement pas à rester sobre. Et bon sang, c'est un excellent whisky !

— Effectivement.

Axbridge prit une gorgée de son verre.

— Tu vas faire la promenade demain ?

— C'est bien possible.

Une activité physique exaltante lui paraissait des plus séduisantes. Surtout si une certaine dame de compagnie était de la partie. Même s'il ne pouvait la courtiser, rien ne l'empêchait de la regarder.

— Excellent, je t'y verrai alors.

Axbridge descendit le reste de son whisky et ses lèvres se recourbèrent en un sourire malicieux.

— Sauf si je suis trop fatigué.

Il plissa les yeux d'une manière explicite.

— Je vois. Et Lady Greaves sera-t-elle également trop fatiguée pour y participer ?

— Je ne saurais le dire.

Axbridge avait une attitude et un ton évasifs.

— Mmmh, voilà un excellent jeu pour moi. Deviner de qui tu vas réchauffer le lit.

— Garde cette information pour toi quand tu auras trouvé.

Il lança un sourire à West avant de s'en aller.

Ah, attendre avec impatience une nuit de plaisir inconnu. Si West y tenait vraiment, nul doute qu'il pourrait aisément trouver une partenaire consentante. Il était conscient de la manière dont la plupart des femmes le regardaient. *La plupart*, mais pas celle qu'il désirait vraiment.

Non, ce soir il irait se coucher seul. Et rêverait de la femme qu'il ne pouvait avoir.

CHAPITRE TROIS

Le brouillard du matin s'était dissipé pour laisser place à la lumière du soleil, mais alors que les courageux invités entamaient leur marche sur la colline de Wendover, les nuages commencèrent à s'amonceler de nouveau. Le fond de l'air était frais, et une légère brise agitait les rubans du béguin qu'Ivy avait noué sous son cou.

Mlle Forth-Hodges leva la tête vers le ciel.

— Pensez-vous qu'il va pleuvoir ?

— Peut-être, mais ce devrait être léger. Ces nuages ne sont pas particulièrement menaçants.

Un groupe d'une douzaine d'invités avait quitté Greensward, la propriété des Wendover. Ivy avait fait le point, et elle était tout à la fois déçue et ravie que Clare participe. Il était près de l'avant du groupe, et elle avait du mal à ne pas observer sa carrure athlétique alors qu'ils approchaient de la colline.

Elle ne cessait de repenser à ce mot qu'il lui avait envoyé hier soir. Elle l'avait lu tellement de fois qu'il était gravé dans sa mémoire.

Chère Mademoiselle Breckenridge,

Je vous prie sincèrement d'accepter mes plus humbles excuses pour l'affront que je vous ai fait. Jamais je n'ai voulu vous causer de peine, et je souffre de savoir que je vous ai acculée à un endroit qui vous a plongé dans la détresse. J'ai tendance à défier les gens, pour le meilleur ou pour le pire, et parfois j'en fais trop. Je m'efforce de considérer ces circonstances comme une occasion de m'améliorer.

« Les gens s'améliorent rarement quand ils n'ont d'autre modèle qu'eux-mêmes à copier. »

Merci pour ce cadeau éclairant. J'espère que vous apprécierez la partie de campagne.

Bien à vous,

Clare

C'était un billet très joliment rédigé, et la présence de la citation de Goldsmith l'avait fait sourire. Oui, sourire. Il avait réussi ce qu'elle s'était efforcée d'empêcher : il l'avait charmée.

Mlle Forth-Hodges trébucha à côté d'Ivy. Celle-ci tendit la main pour l'attraper par le coude.

— Vous allez bien ?

— Oui.

Elle rougit.

— Je ne regardais pas où j'allais.

Ivy leva les yeux et vit le vicomte Townsend à quelques mètres devant elles. Elle ramena son attention sur Mlle Forth-Hodges et remarqua qu'elle tentait de l'observer aussi secrètement que possible.

— Lord Townsend a-t-il attiré votre attention ? s'enquit-elle à voix basse.

Mlle Forth-Hodges hocha la tête.

— Nous avons dansé hier soir. C'est l'homme le plus charmant que j'aie jamais rencontré.

Elle paraissait essoufflée, et son regard arborait un éclat rêveur.

— Vos parents sont-ils d'accord ?

— Je pense que oui. Maman espérait un comte ou un marquis, ou même un duc.

Elle regarda Ivy.

— Elle a même évoqué Clare hier soir. Vous imaginez ?

En fait, elle le pouvait. Pas parce que cela se produirait un jour, car pour une raison quelconque, il ne semblait pas intéressé par le mariage, mais parce que c'était un spécimen extraordinaire. Quitte à choisir un mari, elle s'imaginait parfaitement l'élire lui.

À condition qu'elle passe outre ses liaisons permanentes.

Ce qu'elle ne pouvait pas faire. Ce qu'elle ne *ferait pas.*

Quelle importance cela avait-il, de toute manière ? Jamais Ivy n'épouserait Clare. Ou n'importe qui d'autre.

— Pourquoi votre mère irait-elle imaginer que Clare ferait un bon mari ? lui demanda Ivy.

— Je suis convaincue que cela a à voir avec le mot « duc », et rien d'autre.

— Eh bien, si les titres lui importent, un vicomte est très respectable.

Ivy ne savait pas grand-chose de Townsend. Il ne s'était pas suffisamment illustré pour être étiqueté Insaisissable. Pour cette raison, Ivy en conclut qu'il ferait un bon parti.

— Vous pourriez faire bien pire.

— Oui, je ne crois pas que j'aimerais être mariée à quelqu'un que l'on appelle le duc des Désirs.

Mlle Forth-Hodges gloussa.

— Celui qui a trouvé ce nom est un génie.

Ivy toussa. En temps normal, elle n'aurait rien répondu, mais Mlle Forth-Hodges et elle étaient amies, n'est-ce pas ?

— Vous ne le croirez peut-être pas, mais je vais m'en accorder le crédit.

Elle grimaça, regrettant aussitôt de l'avoir dit.

— Oubliez ça.

Mlle Forth-Hodges cligna des yeux en la regardant.

— Vraiment ? Je vous promets de ne le dire à personne, lui jura-t-elle en riant encore. Comme c'est charmant.

— Il fait partie des Insaisissables, c'est ainsi que Lady Dartford, Lady Sutton et moi-même les appelons.

Elle poussa un soupir dépité.

— À présent, elles sont mariées à deux d'entre eux.

— Vraiment ? Avaient-ils aussi des surnoms ?

Mlle Forth-Hodges leva un doigt.

— Attendez, je me souviens que Sutton était surnommé le duc Malhonnête au cours de la saison. C'était vous aussi ?

— Oui, répondit Ivy en baissant la tête. Dartford était le duc Audacieux.

— Ces noms sont spectaculaires, s'exclama Mlle Forth-Hodges avec un sourire. Y en a-t-il d'autres ?

— Axbridge… c'est le duc Dangereux. À cause des duels.

— C'est parfaitement logique.

Emmaline ouvrit de grands yeux en regardant Ivy.

— Vous ne le trouvez pas terrifiant ? Maman y a fait allusion également, mais je crois que je préférerais Clare.

Ivy n'était pas certaine de trouver Axbridge terrifiant, mais d'un autre côté, elle essayait de ne pas penser du tout à la plupart des hommes. Ce qui rendait la présence de Clare dans son esprit très contrariante.

— Clare est sans le moindre doute… agréable à regarder, dit Mlle Forth-Hodges. Je dois avouer que je le trouve un peu intimidant, mais c'est à cause de sa réputation. Je n'aimerais pas épouser un homme qui a un tel comportement.

Elle regarda son amie et ajouta :

— Même si je suppose qu'il y a également une part d'excitation.

Elle avait parlé si bas qu'Ivy dut faire des efforts pour

l'entendre, et elle se demandait même si elle avait voulu qu'Ivy entende sa remarque.

Excitation. Oui, c'était un mot qui convenait parfaitement à Clare.

— L'excitation n'est pas toujours une bonne chose, déclara-t-elle.

Mlle Forth-Hodges tourna la tête et haussa les sourcils.

— Vraiment ? Je préfère en avoir dans un mariage plutôt que de l'ennui.

— Vous préféreriez avoir un mari qui a des liaisons à droite et à gauche ?

— Bien sûr que non ! Je voulais seulement dire qu'il vaut mieux avoir un mari *excitant,* vous savez, lui dit-elle avec un regard explicite, que pas du tout.

Ivy se dit qu'elle devait faire référence aux prouesses sexuelles de Clare. À cet instant, Ivy n'avait qu'une envie, changer de sujet. Heureusement, Townsend n'était plus trop loin devant elles. Pendant qu'elles parlaient, soit elles avaient marché plus vite, soit il avait progressé plus lentement.

Ivy saisit sa chance pour changer de discussion.

— Mademoiselle Forth-Hodges, je serais heureuse d'avancer si vous souhaitez marcher avec Lord Townsend.

— Oh, c'est vrai ?

Ses yeux s'illuminèrent et elle afficha un grand sourire.

— Merci. Et je t'en prie, appelle-moi Emmaline.

— Alors tu dois m'appeler Ivy.

Elle lui adressa un petit signe de la main avant d'accélérer le pas et de dépasser Townsend qui s'arrêta pour attendre Emmaline.

Ivy jeta un regard en arrière et les vit marcher d'un même pas, la tête penchée, en pleine conversation. Elle ressentit une pointe de jalousie inattendue. Ce devait être agréable de se réjouir à l'idée de passer du temps avec quelqu'un, tout en sachant que l'autre personne ressentait la même chose.

Bien déterminée à s'ôter ces idées saugrenues de la tête, Ivy accéléra et, avant même de s'en rendre compte, fut à la hauteur de Clare. La conversation qu'elle venait juste d'avoir lui revint à l'esprit.

Il lui jeta un coup d'œil.

— Bon après-midi, mademoiselle Breckenridge.

— Bon après-midi, Votre Grâce.

Elle avait envie de le remercier pour sa missive, mais elle ne voulait pas que d'autres l'entendent. Mlle Kirkland n'était pas loin, ainsi qu'un jeune homme dont Ivy avait oublié le nom.

— Appréciez-vous la promenade ? lui demanda-t-il.

— Beaucoup, merci. Et vous ?

Il la regarda, mais ce n'était pas la même chose que leurs autres interactions où elle avait eu l'impression qu'il essayait de voir dans son âme.

— C'est assez rafraîchissant. J'apprécie l'activité physique.

Elle fut un peu surprise de constater qu'ils pouvaient avoir une conversation normale, sans flirt ni sous-entendus.

— Allez-vous participer au tournoi de badminton ?

— Je crois, oui. Bien que je n'aie pas joué depuis des années.

Une brise particulièrement forte tenta de faire tomber le béguin d'Ivy. Elle resserra les rubans sous son menton.

— C'est bien dommage qu'il n'y ait pas de tournoi féminin.

— Voilà une idée capitale. Souhaiteriez-vous jouer ?

— J'aimerais bien, mais je ne suis pas sûr d'y être autorisée.

— Bien sûr que si. J'insisterais sur ce point.

Son arrogance aurait dû l'agacer, mais, dans ce contexte, elle la trouva séduisante. *Bon sang !*

— Je préférerais que vous vous absteniez.

— Si tel est votre souhait.

Ce n'était pas le cas, pour autant elle ne voulait pas que Clare la défende non plus. Une partie d'elle-même, celle qu'elle gardait soigneusement enfouie, était flattée à l'idée qu'il veuille parler en son nom. Cependant l'autre partie, qui comptait le plus, était horrifiée à l'idée qu'il attire l'attention sur elle de telle manière. Elle acceptait sa situation en marge de la société.

Un doux rire féminin leur parvint du haut de la colline. Ivy tourna les yeux et se rendit compte qu'il s'agissait de Lady Pelham, qui marchait tout près de Lord Wendover, posant la main sur son bras.

— La rumeur dit qu'ils ont une liaison, annonça la voix grave de Clare toute proche.

Il s'était mis à côté d'elle pour lui transmettre cette information.

— Je n'en avais pas entendu parler. Lady Dunn ne doit pas être au courant, sinon elle m'en aurait touché un mot.

Elle apprécierait qu'Ivy lui fasse part de cette rumeur.

— Comment le savez-vous ?

Ivy se rendit compte que cela pouvait être interprété de plusieurs façons.

— Je voulais simplement dire, comment des rumeurs comme celle-ci naissent-elle ?

— En général, avec un noyau de vérité. Qu'ils s'adonnent réellement à des… activités ou non, de toute évidence ils sont mutuellement attirés. Il suffit de les regarder.

Ivy les étudia pendant un instant. Lady Pelham avait retiré sa main du bras de Wendover, mais elle le regardait souvent, et il en faisait de même avec elle. Et tous deux souriaient fréquemment. Lady Pelham rit encore, et ses doigts frôlèrent à nouveau le bras de l'homme.

— Je vois ce que vous voulez dire, répondit Ivy. Ne se rendent-ils pas compte ?

Clare haussa une épaule.

— J'en doute. Si c'était le cas, ils tenteraient sûrement d'être plus discrets.

— Alors, comment percevoir la liaison ?

— Dans certains cas, on ne voit rien. Je suis capable de dissimuler des liaisons. Cela demande du soin et de l'attention, mais c'est faisable.

La franchise avec laquelle il parlait de ses aventures aurait dû être choquante, voire offensante, mais elle trouvait cela rafraîchissant.

— Et pourtant, il semblerait que toutes vos liaisons soient de notoriété publique.

Il afficha un sourire énigmatique.

— Pas *toutes.*

— Pourquoi les laisser devenir publiques ?

Il haussa les épaules.

— Parfois on ne peut pas gérer le secret, surtout si l'autre personne est bavarde.

Ivy envisageait bien ce problème, surtout avec lui. Elle connaissait certaines femmes pour qui être avec Clare était un honneur. Cette conversation était tellement étrange !

— Vous êtes incroyablement direct.

Il gloussa.

— Vous aurais-je encore offensée ? Je vais rédiger une autre lettre d'excuse.

Il glissa un regard vers elle, et elle se rendit compte qu'elle prenait quand même plaisir à cette bizarrerie. À quand remontait la dernière fois qu'elle avait apprécié de converser avec un gentleman ? Répondre à cette question reviendrait à déterrer le passé enfoui.

— J'ai apprécié votre message, lui dit-elle d'une voix douce, mais assez forte pour qu'il soit le seul à l'entendre. Vous avez cité Goldsmith.

— Vous avez dit que vous aimiez *Elle s'abaisse pour vaincre.* Je me suis dit que vous aviez sûrement lu ses autres œuvres.

— C'est le cas. Et vous aussi.

Il rit en lui jetant un regard amusé.

— Vous semblez un peu surprise.

— Impressionnée, en réalité.

Elle s'attendait à une quelconque réplique charmeuse et, comme rien ne venait, elle dut admettre qu'elle était déçue. La veille au soir, elle lui avait demandé en termes très clairs de la laisser tranquille et, à présent, elle avait envie de recevoir toute l'attention qu'il lui avait accordée.

Eh bien, dans ce cas, elle n'aurait qu'à enfouir ce désir dans les ténèbres avec les autres.

Ils se promenèrent sans parler pendant un moment, et, pour la première fois, Ivy ressentit le silence assez nettement. Elle était habituée au calme, et le recherchait généralement. Mais à présent qu'il marchait à ses côtés, elle se languissait d'une conversation. Il lui parlait comme si elle était intéressante. Non, c'était encore plus basique que ça. Il la traitait comme une personne et non comme un objet inanimé que l'on ignorait jusqu'à ce qu'on en ait l'utilité.

Oh, elle était ridicule. Beaucoup de gens la traitaient comme une personne. Lady Dunn. Lucy. Aquilla. Leur autre amie, Nora, qui était aussi la duchesse de Kendal. La belle-mère de Nora, Lady Satterfield.

La liste s'arrêtait là. Peut-être que « beaucoup » était exagéré.

Ivy revint à l'endroit où elle avait envie d'être : à leur conversation.

— Pensez-vous que leur comportement contrarie Lady Wendover ?

— Je ne sais pas, mais je soupçonne que non. Je crois qu'elle a des vues sur Lord Kirkland.

— Mon Dieu, vous êtes *vraiment* observateur !

Elle avait envie d'affiner ses compétences.

— Comment le savez-vous ? demanda-t-elle.

— Il envisageait de participer à la promenade, mais Lady Wendover s'est empressée de lui rappeler le tournoi de cartes qui se déroule à la maison.

— C'était tout ?

— Pas tout à fait. Par la suite, Lady Kirkland a déclaré qu'elle pourrait vouloir rester aussi, mais leur fille voulait désespérément venir. Lady Pelham s'est proposée comme chaperon et elle fait du bon travail, n'est-ce pas ?

Il rit.

— Quoi qu'il en soit, cette question réglée, Lady Kirkland parut aussi ravie que si elle avait volé le dernier bonbon du plateau. Et le léger froncement de sourcils de Lady Wendover indiquait son irritation, du moins à mes yeux.

Il était terriblement observateur.

— Je réfléchirai toujours à mes agissements lorsque je serai en votre présence. Ce que vous pourriez percevoir m'effraie.

— Je ne crois pas que vous ayez à vous inquiéter. Je ne vous ai pas décryptée le moins du monde.

L'amusement dans sa voix réchauffa le cœur d'Ivy. Elle aimait le dérouter, car jusqu'à présent, c'était lui qui la déroutait. Elle aurait dû l'ignorer, au lieu de cela, elle ne pouvait se résoudre à s'éloigner. Tout ça à cause de ce stupide mot d'excuse. Peut-être, juste peut-être, avait-elle aimé les choses qu'il lui avait dites hier.

Ne lui dis jamais.

Une goutte de pluie frappa le bord de son béguin, et elle fut heureuse de cette interruption au milieu de ses pensées troublées.

— Apparemment, il va pleuvoir, annonça Clare.

Il rejeta la tête en arrière pour observer le ciel. Ivy scruta attentivement son profil. Il tourna la tête, et leurs regards se croisèrent. Ivy trébucha.

Il la rattrapa, refermant les mains sur ses bras pour la

stabiliser. Il ne dit pas un mot, mais ses yeux semblaient lui demander si elle allait bien. Elle lui adressa un signe de tête et se redressa, plantant fermement ses pieds sur le chemin.

Il haussa légèrement les sourcils en la laissant partir. Puis il hocha la tête une fois, et c'était comme s'ils avaient partagé une communication silencieuse. Elle s'était écartée de lui toutes les autres fois où ils s'étaient touchés. Cette fois-ci, elle ne l'avait pas fait.

Avant qu'elle ne puisse analyser cette pensée, Lord Wendover se tourna et s'adressa au groupe.

— Nous allons devoir faire demi-tour, car il commence à pleuvoir. Comme nous allons descendre une pente, je suggère d'avancer rapidement pour ne pas finir trempés.

Il entreprit de descendre la colline, et tout le monde attendit qu'il avance et prenne la tête du groupe. Lady Pelham accéléra la cadence pour le suivre.

Ivy et Clare restèrent à l'arrière, avec Mlle Kirkland et l'autre homme qui marchait avec elle.

Clare n'entreprit pas tout de suite la descente.

— Qu'attendez-vous ? lui demanda Ivy.

Il leva les yeux vers le sommet de la colline et fronça les sourcils.

— J'avais vraiment hâte de voir cette vue.

C'était également le cas d'Ivy.

— Allez-vous continuer ?

Il posa les mains sur ses hanches, et expira.

— J'aimerais bien.

Elle sentit un tiraillement dans sa poitrine.

— Oh, si je pouvais être un homme !

Il posa les yeux sur elle.

— Pourquoi ?

— Parce que vous êtes libre de décider si vous souhaitez continuer ou non jusqu'en haut de la colline.

— Vous pouvez venir si vous le voulez.

— Avec vous ?

Elle secoua la tête.

— Vous comprenez sûrement de quoi cela aurait l'air.

— Oui. J'ai bien peur de ne pas avoir assez réfléchi. Je vois ce que vous voulez dire par « être un homme ».

M{^lle} Kirkland les avait dépassés pendant qu'ils parlaient. Son compagnon s'était hâté de prendre de l'avance alors que les gouttes de pluie commençaient à tomber plus régulièrement.

Ivy jeta un œil au ciel qui s'assombrissait.

— Je ne crois pas que ce sera une simple petite averse.

Clare leva de nouveau les yeux.

— Je pense que vous avez raison. Alors je devrai finir cette promenade un autre jour.

Un cri soudain les poussa à se tourner vers la descente. M{^lle} Kirkland était au sol.

Clare se précipita vers elle, et Ivy le suivit aussi vite qu'elle le pouvait. Le sol devenait déjà instable, et M{^lle} Kirkland avait dû glisser.

Quand elle arriva auprès de la jeune femme à terre, Clare était à genoux auprès d'elle.

— Laissez-moi vous aider à vous relever.

Il lui saisit le bras et mit la main dans son dos.

M{^lle} Kirkland essaya de se relever, mais retomba. Ses yeux sombres étaient remplis d'effroi.

— Je me suis fait mal à la cheville.

— Tout va bien, lui dit Clare.

Il parlait d'une voix grave et apaisante. La pluie se mit à tomber plus dru.

Ivy regarda en bas de la colline et fut surprise que personne d'autre ne soit revenu pour s'assurer que M{^lle} Kirkland allait bien. Certains étaient déjà presque en bas. De toute évidence ils étaient pressés de retourner à Greensward.

Clare ajusta son chapeau de sorte que le bord soit plus bas sur ses yeux.

— Mlle Kirkland, je vais vous porter au bas de la colline. J'ai bien peur de ne pas avoir d'autre choix. Si je vous laisse ici, vous allez être trempée.

Mlle Kirkland semblait au bord des larmes. Ou peut-être pleurait-elle déjà. Son visage était relevé pour regarder Clare, et des gouttes de pluie tombaient en cascade sur ses joues.

— Comprenez-vous ? lui demanda-t-il alors qu'elle ne lui répondait pas.

— Oui. Je vous en prie, dépêchez-vous.

Il hocha la tête en la prenant dans ses bras. Il jeta un œil à Ivy.

— Pouvez-vous aller chercher de l'aide ? Je ne pourrais pas me déplacer rapidement.

— Bien sûr.

Ivy aurait aimé y penser tout de suite au lieu de regarder Clare passer à l'action. C'était étrangement excitant.

Excitant ?

Serrant les dents, elle commença à descendre la colline aussi vite qu'elle le pouvait. De temps à autre, elle tournait la tête pour vérifier leur progression. Clare maintenait un rythme régulier en dépit de son fardeau et de la pluie qui tombait.

Oh, cette maudite pluie ! Elle tombait encore plus fort, parfois même latéralement. La robe d'Ivy était complètement trempée, collant à ses jambes et entravant sa progression. Pourtant elle se mit à courir, impatiente de rentrer.

Enfin elle atteignit la pelouse arrière. Des valets de pied attendaient avec des couvertures en haut des marches du patio. Ivy les gravit en courant.

— Vous devez aller aider le duc. Mlle Kirkland est blessée, et il l'a portée en bas de la colline.

Elle se retourna pour regarder au-delà de l'herbe, et les

vit progresser lentement face aux torrents d'eau qui s'abattaient sur eux.

Deux des valets de pied dévalèrent les escaliers et traversèrent la pelouse. Ils jetèrent une couverture sur Mlle Kirkland, et une autre sur la tête de Clare.

— Venez à l'intérieur, mademoiselle, la pressa l'un des valets de pied restants en tendant une couverture à Ivy.

Ivy entoura sa tête et ses épaules de la laine douce, mais ne bougea pas. Elle resta là, sous l'averse, jusqu'à ce que Clare commence à monter les escaliers.

— Que faites-vous dehors ? lui demanda-t-il en atteignant le patio. Rentrez avant d'attraper froid.

Il passa rapidement devant elle pour entrer dans la maison, et elle le suivit à l'intérieur.

Wendover était toujours dans le salon quand ils entrèrent. Il fixa Mlle Kirkland avec de grands yeux.

— Bon sang, Clare, que s'est-il passé ?

— Elle a trébuché en descendant la colline et s'est blessée à la cheville.

— Quel désastre !

Il regarda l'un des valets de pied, un jeune homme plutôt grand et large d'épaules.

— Thomas, pourriez-vous récupérer Mlle Kirkland des bras du duc ?

— Oui, monseigneur.

Clare transféra la jeune femme pâle au valet de pied alors que Lady Wendover pénétrait dans le salon, suivie de Mme Kirkland.

— Oh mon Dieu ! s'écria cette dernière. Que s'est-il passé ?

— Venez, portons-la à l'étage, ordonna lady Wendover, prenant les choses en main.

Elle les conduisit hors du salon, laissant son mari avec les quelques invités trempés qui s'égouttaient toujours sur le tapis.

— Je ferai en sorte que vous bénéficiez tous de bains chauds, annonça le comte. Et vous, Clare, une bouteille de mon meilleur whisky vous attendra à l'étage.

Celui-ci s'inclina.

— Eh bien, je vous remercie. Je m'efforcerai de sauver une personne chaque jour.

Sa boutade provoqua les rires des personnes présentes dans la pièce.

Tout le monde quitta le salon, mais Ivy hésita.

— Qu'attendez-vous ? lui demanda Clare.

Il retira son chapeau et l'eau ruissela du bord sur le tapis.

— Je suis…

Elle secoua la tête, incapable de répondre à sa question.

— C'était remarquable.

— C'était nécessaire.

Son regard était sombre et intense.

— Je ne suis pas un héros, mademoiselle Breckenridge.

Elle voulait bien le croire, mais elle commençait à se demander s'il n'y avait pas plus chez lui que les idées préconçues qu'elle en avait.

— Ivy ?

Lady Dunn entra en clopinant dans le salon, appuyée sur sa canne.

— Mon Dieu, vous êtes trempée ! Venez à l'étage, nous allons vous sécher.

Elle agita le bras pour faire signe à Ivy d'avancer.

Celle-ci envoya un dernier regard à Clare et quitta le salon.

La journée ne s'était pas déroulée comme prévu. Elle était déçue de ne pas être allée au sommet de la colline de Wendover. Mais plus encore, elle était choquée de se rendre compte qu'elle avait hâte de revoir Clare.

CHAPITRE QUATRE

Après une matinée revigorante de chasse à la grouse, West décida de descendre pour voir quels seraient les divertissements de l'après-midi. Ou peut-être avait-il simplement envie de voir si Mlle Breckenridge était là.

Elle n'avait pas assisté au dîner hier soir, mais c'était le cas de plusieurs personnes qui avaient participé à la promenade. L'orage soudain les avait probablement obligés à se mettre au lit. Il espérait qu'elle n'était pas malade. Sa patronne, Lady Dunn, avait participé au dîner et s'était présentée aux tables de jeu, mais ses tentatives d'entendre un quelconque commentaire de sa part au sujet de sa dame de compagnie étaient restées vaines. Elle n'avait pas mentionné Mlle Breckenridge une seule fois en sa présence. Il avait fini par abandonner et s'était rendu au salon des gentlemen.

Arrivé en haut des escaliers, il vit qu'un jeu de colin-maillard était en cours dans le hall. Tous les jeunes gens célibataires jouaient, accompagnés de quelques personnes mariées qui servaient indubitablement de chaperons.

Deux dames étaient assises en retrait : Mlle Kirkland, la jambe surélevée sur un tabouret, certainement à cause de la

mésaventure de la veille lors de la promenade, et Mlle Breckenridge. Elle était assise à côté de la blessée et observait le jeu. Le
vicomte Townsend, un jeune homme doté d'un sourire vif et
d'une intuition encore plus prompte, avait les yeux bandés.
Alors qu'il déambulait, bras tendus, essayant de trouver une
cible, tout le monde se dérobait devant lui. À l'exception de la
jolie Mlle Forth-Hodges qui semblait vouloir se faire attraper.

West descendit l'escalier et se tint sur la dernière marche
pour observer l'action. Townsend trouva finalement sa proie,
et c'était effectivement Mlle Forth-Hodges. Elle gloussa
quand il passa ses mains sur son visage. West remarqua que
le bout de ses doigts semblait s'attarder contre ses lèvres.

— Je crois que c'est Mlle Forth-Hodges, annonça
Townsend.

Tout le monde éclata de rire, et il retira le bandeau avec
un sourire.

— Votre tour.

Son regard semblait transmettre quelque chose de
plutôt… intime, si West ne faisait pas erreur. Et c'était rarement le cas quand il s'agissait de tels sujets. Townsend lui
tendit le bandeau.

Mlle Forth-Hodges accepta la soie noire.

— Merci.

Elle se retourna vers Mlle Breckenridge. Elles discutèrent
un moment, et West eut une folle envie de savoir de quoi
elles parlaient.

Axbridge s'avança vers l'escalier où West était appuyé
contre le poteau de l'escalier.

— Tu vas jouer ?

— Je n'arrive pas à croire que *toi* tu joues ! lui dit West.
Axbridge haussa ses sourcils blonds.

— Et rater l'opportunité de tripoter de jeunes femmes ?
West lui adressa un petit sourire en secouant la tête.

— Même moi je ne suis pas indécent à ce point.

— Je me permets de contester, mais dans tous les cas, je plaisantais.

— Pas tout à fait, à mon avis.

Son ami éclata de rire.

— Allez, c'est une manière amusante de passer l'après-midi.

West vit Mlle Breckenridge se lever. Elle noua le bandeau autour de la tête de Mlle Forth-Hodges et la fit tourner trois fois. Puis, au lieu de retourner à sa place, elle s'éloigna rapidement de la jeune femme. Si elle jouait, alors West aussi voulait jouer.

— Très bien, lança-t-il à son ami. Si tu insistes.

— Excellent.

West descendit sur le sol en marbre et évita aisément Mlle Forth-Hodges. Elle se déplaçait lentement, bras tendus. Les rires et taquineries emplissaient l'air tandis que tout le monde cherchait à lui échapper. Puis les participants se firent plus audacieux et commencèrent à se pousser mutuellement vers la jeune femme aux yeux bandés. Ce qui suscita encore plus de rires et de mouvements exagérés, les gens se précipitant dans tous les sens.

Mlle Breckenridge évita le jeune M. Travill, le fils adulte des Travill. Puis son regard plongea dans celui de West, et elle ne détourna pas les yeux. Lui non plus.

Elle était stupéfiante avec ses yeux vert vif rivés aux siens, provoquant une excitation des plus inconvenantes. Ses cheveux roux doré étaient toujours retenus dans cette coiffure soigneusement sévère, mais aujourd'hui une mèche solitaire s'en était échappée. La vrille ondulée caressait le côté de son visage, et il aurait voulu être cette mèche.

Leur moment fut interrompu quand Mlle Forth-Hodges attrapa Mlle Breckenridge par-derrière.

— Ah ah ! lança-t-elle, remontant immédiatement les mains sur le visage de sa captive.

Sauf qu'elle posa les mains sur ses cheveux relevés. West aurait voulu pouvoir glisser les doigts dans cette masse riche et soyeuse.

Mlle Breckenridge parut alarmée, ses yeux s'écarquillèrent et ses lèvres s'entrouvrirent.

— Devrais-je… ?

Elle referma rapidement sa bouche et ferma brièvement les yeux. Quand elle les rouvrit, West lut l'agacement dans son regard.

— Je reconnais cette voix, dit Mlle Forth-Hodges avec joie. Mlle Breckenridge !

— C'est son nom ? s'enquit quelqu'un à proximité.

Évidemment qu'ils ne la connaissaient pas, vu que c'était une dame de compagnie. Pourtant, cela agaça West. Tout le monde aurait dû connaître son nom. Ou du moins, ne pas parler d'elle comme si elle n'avait aucune importance.

— Oui, répondit doucement Ivy.

Avec un sourire, Mlle Forth-Hodges défit le bandeau qu'elle retira de sa tête.

— C'est ton tour maintenant. Tu es prête ?

Ivy pinça la bouche. Elle semblait très mal à l'aise, mais elle hocha la tête. West avait envie de se mettre sur son chemin, mais il n'osa pas. Il resta plutôt en retrait pendant que Mlle Forth-Hodges attachait la soie noire autour des yeux d'Ivy. La voir avec son bandeau, ses lèvres roses entrouvertes, attisa la convoitise de West d'une manière tout à fait inopportune. Il maîtrisa son corps de sorte qu'il ne trahisse pas son excitation.

Mlle Forth-Hodges la fit tourner, et le jeu commença. Tout le monde se dispersa et, pendant un moment, Mlle Breckenridge resta sans bouger. Quand elle finit par s'avancer, elle leva les mains, mais sans étendre les bras. Cela risquait de durer une éternité si elle ne se déplaçait pas plus rapidement et ne se servait pas de ses bras pour attraper quelqu'un. Plus que jamais, West avait envie de se mettre devant elle, ne serait-ce que pour lui rendre les choses plus faciles. Il n'avait pas envie de la voir déstabilisée. Il imaginait bien qu'elle détesterait cela, surtout avec un public autour d'eux. Il avait compris que sa fierté était l'un de ses biens les plus précieux.

Elle se dirigea vers lui, et il fit mine de s'écarter, juste au moment où il était assuré de claquer le talon sur le marbre pour qu'elle entende que quelqu'un était proche.

Elle se retourna, perdit l'équilibre et vacilla un instant. Il résista à l'envie de la prendre dans ses bras pour la redresser, mais elle se reprit. Elle tendit les bras pour se stabiliser, et à cet instant ses doigts frôlèrent son manteau.

Se tournant vers lui, elle agrippa le tissu entre ses mains.

— Je vous tiens !

La légère insistance de sa voix, associée à la sensation de contrôle que ces mots évoquaient, attisa davantage sa convoitise. Il allait devoir quitter la pièce avant de se mettre dans l'embarras. Sauf que maintenant, cela allait être à son tour d'avoir les yeux bandés. À moins qu'elle ne devine pas que c'était lui.

Il resta immobile, et le silence se fit dans la pièce alors qu'elle se rapprochait. Il sentit sa chaleur à cet instant. Elle sentait le citron et les épices, un parfum frais et étonnamment enivrant.

Elle s'agrippait toujours à son manteau d'une main, l'autre remontant pour se poser sur sa poitrine. Il prit une grande inspiration, mais il était convaincu que seuls Mlle Brecken-ridge et lui avaient conscience de sa réaction.

— C'est un gentleman, dit-elle en s'approchant davantage.

Elle relâcha sa manche et posa les deux mains sur ses épaules. Elle passa les doigts sur ses clavicules jusqu'à son cou. Elle ne portait pas de gants, et le contact de sa chair contre lui fit grimper sa température en flèche.

Le regard fixé sur elle, West bloqua sa respiration. Le contraste entre le bandeau de soie noire et sa chair crémeuse était frappant et magnifique. Il songea à un millier de choses qu'il pourrait lui faire pendant qu'elle ne verrait pas. Si elle le laissait faire.

Les mains d'Ivy remontèrent sur son visage, caressant sa mâchoire. Il dut faire un véritable effort pour rester parfaitement immobile. Chacun des muscles de son corps se languissait de la toucher.

Du pouce, elle toucha sa lèvre. Il aurait pu si facilement l'attirer dans sa bouche, ou le lécher. Il n'osa pas. Les regards de toutes les personnes présentes dans la pièce formaient une sorte de corps vivant, qui pesait sur lui et veillait à ce qu'il se maîtrise.

Elle écarta les doigts et frôla ses joues et ses yeux. Il faillit lui dire de faire attention, mais cela l'aurait trahi.

Elle effleura son front, et passa le bout des doigts dans ses cheveux. Puis elle respira par le nez. Elle retira ses mains et ses lèvres s'entrouvrirent sur un doux halètement.

— C'est vous, murmura-t-elle.

— C'est moi, répondit-il doucement.

— Le duc de Clare, annonça-t-elle à haute voix.

Tout le monde l'acclama et applaudit. Elle essaya de dénouer le bandeau, mais se trouva en difficulté.

— Laissez-moi faire, lui proposa-t-il.

Elle se retourna, et il retira le nœud de soie. Au moins l'un de ses souhaits se réalisait alors qu'il touchait ses cheveux pendant qu'il relâchait le bandeau. Il le serra dans sa main. Elle se retourna lentement, plongeant les yeux dans les siens.

— Comment avez-vous su que c'était moi ? lui demanda-t-il, prenant soin de parler à voix basse.

— Votre parfum. Vous sentez le bois de santal et le pin.

Ce désir qu'il avait du mal à contenir menaçait de le submerger.

— Vous connaissez mon odeur ?

Elle baissa les yeux.

— Apparemment.

Elle n'en semblait pas particulièrement ravie.

— C'est ton tour, Clare, lança Axbridge quelque part derrière West.

Il parlait d'un ton plutôt suffisant.

— C'est exact.

Il tendit le bandeau à Mlle Breckenridge.

— Voulez-vous bien l'attacher ?

— Vous êtes plutôt grand, Votre Grâce.

— Je vais m'en occuper, proposa Axbridge.

Il dépassait West de quelques centimètres. Le marquis s'approcha et lui prit le ruban de soie des mains.

— Dommage, murmura West.

Il ne la quitta pas du regard jusqu'à ce que le bandeau recouvre ses yeux et qu'il soit plongé dans le noir.

Axbridge serra fort le ruban de soie.

— Nous y sommes. Je vais vous laisser le faire tourner, Mlle Breckenridge. Faites de votre mieux pour lui donner le vertige.

West entendit l'humour dans le ton de son ami. Il se fichait bien de ce qu'elle ferait du moment qu'elle le touchait encore.

Ses mains s'agrippèrent à ses bras, et elle le fit tourner, avec son aide, bien entendu. Trois petits tours, et elle disparut.

West attrapa rapidement quelqu'un et devina aussitôt qu'il s'agissait d'un gentleman. Ce n'était pas Axbridge, et il était quasiment sûr que ce n'était pas Townsend. Restaient Travill et quelques autres. S'il se trompait, il faudrait qu'il recommence. Il y réfléchit, car cela voudrait dire qu'il pourrait peut-être trouver Ivy. Mais il y avait peu de chances que cela arrive.

Se concentrant sur son captif, West se servit de ses compétences d'observateur pour déduire son identité. L'homme en question était plus petit et plus mince que lui. Il passa en revue les personnes présentes, et trouva sa réponse sans toucher plus que l'épaule du type.

— C'est M. Upton.

— Vous êtes le plus rapide jusqu'à présent ! annonça une voix féminine.

— Clare est toujours en train de frimer, se moqua Axbridge.

West retira le bandeau qu'il noua rapidement sur les yeux d'Upton. Après avoir fait tourner le gentleman, West mit promptement de la distance entre lui et le nouvel aveugle. Il jeta un coup d'œil autour de lui, et ne trouva pas trace de Mlle Breckenridge.

Il n'était pas surpris qu'elle se soit enfuie. Il avait lu l'appréhension dans son regard après lui avoir retiré le bandeau. Ce qu'il ignorait, c'en était la cause. Y avait-il une chance qu'elle soit aussi attirée par lui qu'il l'était par elle ?

Probablement pas. Et c'était là que résidait son malheur.

CHAPITRE CINQ

Une ombre plana sur le livre d'Ivy alors qu'un nuage passait au-dessus de sa tête. Elle releva le nez et se demanda s'il allait pleuvoir. Eh bien, au moins aujourd'hui, ils étaient proches de la maison s'ils avaient besoin de courir se mettre à l'abri.

— Ooh !

Un chœur d'exclamations l'entoura, et elle reporta son regard sur le terrain de badminton qui avait été installé sur la pelouse.

— Axbridge remporte le match ! annonça Lord Wendover sous les applaudissements.

L'adversaire d'Axbridge, M. Travill père, lui serra la main de bonne grâce, et les deux hommes quittèrent le terrain.

— Et maintenant, nous allons faire une petite pause pour prendre des rafraîchissements.

Lord Wendover fit signe aux valets de pied qui entreprirent de déposer des paniers de nourriture et de boisson sur les couvertures qui avaient été étalées et sur lesquelles les spectateurs étaient assis.

— Oh parfait, j'ai très faim, dit Emmaline, qui était assise à côté d'Ivy.

Celle-ci referma le mince livre qu'elle lisait et le posa sur la couverture à côté d'elle.

— Il me semble que Townsend se dirige vers nous.

Emmaline rougit et tourna un regard impatient dans sa direction. Il était évident pour toute personne ayant des capacités d'observation rudimentaires qu'elle et le vicomte étaient amoureux l'un de l'autre. Même si Ivy n'était pas pour le mariage, elle était toujours heureuse quand quelqu'un trouvait le bonheur.

Il s'inclina en arrivant d'abord vers Emmaline, ensuite vers elle.

— Puis-je m'asseoir avec vous ?

— Bien sûr, dit Emmaline en souriant. Je vous en prie, joignez-vous à Mlle Breckenridge et moi.

Il s'assit, et Ivy se demanda comment s'excuser poliment, de sorte de les laisser seuls. Enfin, seuls au milieu de quelques dizaines de personnes.

Lady Dunn était assise sur la couverture voisine avec son amie, Mme Marsh. Ivy décida d'aller la voir.

— Si vous voulez bien m'excuser. Je dois aller voir Lady Dunn.

Elle se leva et avança avec précaution vers sa patronne.

— Puis-je vous offrir quelque chose, ma dame ?

— Vous êtes tellement adorable, lui lança joyeusement Lady Dunn. En fait, je voudrais un peu de mon tonique. Pourriez-vous courir à la chambre et me le rapporter ?

— Bien sûr.

Ivy fit demi-tour et se rendit à la maison.

Lady Dunn prenait parfois un fortifiant pour les maux de tête ou autres douleurs, et Ivy savait exactement où le trouver.

Une fois qu'elle eut récupéré la bouteille, elle reprit la direction des escaliers. En sortant du salon, elle rencontra Clare. Elle avait remarqué son absence au tournoi de badminton.

Remarqué ? Cela donnait l'impression d'une simple observation. Elle l'avait immédiatement cherché, et comme elle ne l'avait pas trouvé, elle n'avait cessé de regarder en direction de la maison dans l'espoir de l'en voir sortir. Le colin-maillard d'hier avait laissé une impression indélébile sur elle. Elle avait été profondément secouée par la manière dont il l'avait regardée.

— Mademoiselle Breckenridge.

Sa voix grave lui procura de la chaleur et quelque chose d'autre qu'elle refusa de reconnaître.

— Votre Grâce. Il me semblait que vous aviez prévu de participer au tournoi de badminton.

— C'est le cas. Je suis en route. Vous avez regardé ?

Elle hocha la tête.

— Axbridge a battu M. Travill dans le dernier match.

— Le père ou le fils ?

— Le père. Je crois que Townsend est le prochain. J'ai oublié contre qui il joue.

Clare sourit.

— Ah, alors je suis à l'heure. Je joue juste après.

Il désigna les escaliers d'un geste de la main.

— Y allons-nous ?

En dépit de leur proximité d'hier, ou quel que soit le nom qu'on pourrait lui donner, il ne semblait pas du tout affecté. Il la traitait avec la même gentillesse banale que pendant la promenade. Banale ? Elle le pensait seulement parce que, comparé à leurs interactions initiales, cela l'était. Cependant, il lui était impossible de qualifier de banal le jeu de colin-maillard de la veille. Non, cela avait été excitant. Palpitant. *Dangereux.*

— Devrions-nous arriver en bas ensemble ? s'enquit-elle timidement. Je ne veux pas faire de vagues.

— Je comprends votre préoccupation. Je serais ravi d'attendre un peu ici.

Il appuya son épaule sur le mur et croisa les bras sur sa poitrine. La pose était si négligemment masculine, si sublimement séduisante, qu'elle resta à le contempler un instant.

— À moins que vous ne vouliez que je descende en premier ?

Elle se secoua de sa torpeur. Qu'était-il en train de lui faire ? Elle se redressa, tira les épaules en arrière comme on le lui avait appris.

— Je vais y aller.

Elle se retourna, puis fit immédiatement volte-face.

— J'ai failli oublier.

Il haussa un sourcil, ce qui lui donna un air provocateur. Non, ce n'était pas tout à fait ça. Il avait *toujours* l'air provocateur, mais cela ne faisait que l'amplifier.

— Qu'y a-t-il ?

— Le livre que vous avez envoyé.

La veille au soir, elle avait trouvé un fin livre posé sur son oreiller en arrivant dans sa chambre. C'était le poème *La Dame du lac* de Walter Scott, et à l'intérieur de la couverture se trouvait un autre message de Clare. Celui-ci disait :

Chère Mademoiselle Breckenridge,

J'espère que vous ne me trouverez pas trop effronté, mais je sais que vous aimez lire, et je me demandais si vous aviez eu l'occasion d'apprécier ce poème. C'est mon préféré, et je l'ai lu des dizaines, si ce n'est des centaines de fois.

Puis il avait de nouveau cité Goldsmith :

« La première fois que je lis un excellent livre, c'est précisément comme si je m'étais fait un nouvel ami. Lorsque j'en parcours un que je connais déjà, il me semble que je rencontre un ancien ami ».
Bien à vous,
Clare

— Merci, dit-elle doucement, encore un peu déconcertée par sa prévenance. S'agit-il de votre exemplaire ?

— Oui.

Elle inclina la tête.

— Je vous le rendrai quand je l'aurai terminé.

— Gardez-le. J'en ai deux autres.

— Vous en avez trois exemplaires ?

Il sourit.

— Je vous ai dit que c'était mon préféré. J'en garde un à Londres et un à Stour's Edge, et celui que je vous ai donné, c'est celui que je garde avec moi.

Il voyageait avec son livre préféré. Intérieurement, elle se pâma. Comment était-il possible qu'un dépravé tel que Clare puisse être charmant, prévenant *et* cultivé ?

— Essayez-vous de me séduire ?

Elle se surprit elle-même de poser la question, mais ne le regrettait pas.

Il déplia les bras et s'écarta du mur.

— Non. J'*essayais.* Avant.

Elle le savait, mais l'entendre l'admettre de manière si franche lui donna des frissons.

— Alors, pourquoi m'envoyer des excuses et un livre ?

— Parce que je vous apprécie ?

Il se rapprocha d'elle.

— Est-ce qu'aucun homme ne s'est jamais montré gentil envers vous, mademoiselle Breckenridge ?

Sa respiration se bloqua.

— Pas comme ça.

— Alors ce sera mon privilège.

— Arrêtez ça, lui dit-elle. Cessez d'être si…

Merveilleux ? Charmant ? Gentil ? Toutes ces choses et plus encore. C'était tellement difficile de ne pas l'apprécier. Elle se rendit compte que c'était le contraire pour elle. Non pas que cela changeait quoi que ce soit.

— Peu importe. Merci encore pour le livre. Je le chérirai.

Le chérir ? Elle serra les dents.

— Excellent.

Il semblait plutôt serein, comme si cette conversation n'avait rien bouleversé dans son for intérieur comme c'était le cas pour elle.

— Allez-vous descendre maintenant, ou devrais-je le faire ?

Elle se souvint un peu tard de la bouteille de fortifiant qu'elle tenait dans ses mains, et elle espéra que Lady Dunn ne serait pas contrariée par ce contretemps. Bien sûr qu'elle ne le serait pas.

— Je vais y aller. Il faut que je rapporte ceci à Lady Dunn.

Elle se retourna et s'empressa de descendre les escaliers avant de trouver un nouveau prétexte pour rester avec lui. Une fois dehors, elle se rendit directement auprès de Lady Dunn, qui la remercia pour le tonique.

Ivy reprit place sur sa couverture juste au moment où Townsend se relevait.

— Il est temps pour moi de me présenter sur le court, annonça-t-il. À plus tard, ma chère.

Il prit la main d'Emmaline pour y déposer un baiser.

Celle-ci le regarda partir avec un sourire béat qui illuminait ses traits. Doux Jésus, elle était aux anges !

Ivy s'assit et fouilla dans le panier pour y trouver quelque chose à manger. Elle dénicha une tourte à la viande, et un morceau de fromage. Tout en grignotant, elle laissa son regard dériver vers la maison. Elle vit Clare sortir sur le patio, et elle tourna rapidement la tête de peur qu'il se rende compte qu'elle l'avait guetté.

Emmaline soupira.

— N'est-il pas charmant ?

Ce n'était pas tant une question qu'une déclaration mélancolique.

— Les choses semblent progresser assez rapidement entre vous deux.

Ivy prenait soin de ne pas montrer son dégoût. Elle avait du mal à se réjouir de ce qui arrivait à Emmaline alors que cela ressemblait tant à ce qui lui était arrivé dix ans plus tôt. Elle serait une terrible amie si elle ne lui faisait pas montre de ses inquiétudes.

— J'espère que tu es prudente.

Emmaline la dévisagea.

— Qu'est-ce que tu as entendu ?

— Rien.

En dehors du commentaire de Lady Dunn l'autre matin sur le fait qu'ils formaient un charmant couple sur la piste de danse. Ivy prit une bouchée de tourte avant de faire sa propre remarque sur le fait qu'Emmaline ne devrait pas faire confiance à Townsend.

Les épaules de la jeune femme se détendirent.

— Je croyais que tu voulais dire…, commença-t-elle avant de secouer la tête. Oublie ça.

Elle baissa les yeux et retira un brin d'herbe de ses genoux.

— Je peux me confier à toi, n'est-ce pas ?

— Oui.

Ivy n'était pourtant pas sûre d'avoir envie qu'elle le fasse. C'était à la fois frustrant et douloureux d'entendre les succès amoureux de ses amies. Pourtant, elle était heureuse pour eux. Elle ne put s'empêcher de penser à Lucy et Aquilla, et elle était sincèrement ravie qu'elles aient toutes deux trouvé l'amour. Emmaline semblait être sur la même voie.

Celle-ci leva les yeux et ses lèvres se courbèrent en un sourire.

— Il m'a embrassée la nuit dernière. Sur la terrasse.

— Pas sur la bouche ?

Emmaline éclata de rire.

— Oh ! Si, sur la bouche. C'était divin.

Elle inclina la tête sur le côté.

— Est-ce qu'on t'a déjà embrassée ?

Ivy eut l'impression que ses entrailles se figeaient. Pendant un instant, elle fut projetée dix ans en arrière, à cette réunion où elle l'avait rencontré. Ils avaient éprouvé une attirance mutuelle instantanée. Et avaient partagé leur premier baiser ce soir-là, dehors, au-delà de la haie. Elle s'était crue la fille la plus chanceuse du monde.

Oh, comme elle avait eu tort !

— Non.

Emmaline lui jeta un regard empreint d'une lueur de pitié.

— Oh, eh bien… C'est assez splendide. Tu devrais essayer.

Elle écarquilla légèrement les yeux et se plaqua une main sur la bouche.

Ivy ne put s'empêcher de rire, ce qui était plutôt surprenant étant donné le sujet.

— Peut-être, mais, pour reprendre notre expression détestée, je suis une indécrottable catherinette.

Emmaline baissa la main et inclina la tête sur le côté pour étudier Ivy.

— Vraiment ? Tu m'as l'air jeune, même si je n'ai aucune idée de ton âge, et tu es très belle.

— Je suis simplement une dame de compagnie rémunérée, dit Ivy.

Elle balaya les alentours du regard pour s'assurer que personne ne les écoutait. Apparemment, ce n'était pas le cas.

— Et je n'ai rien pour me recommander.

— C'est tellement injuste ! s'exclama Emmaline. Tu ne devrais pas être seule.

Heureusement, Emmaline reporta son attention sur le terrain de badminton et se redressa.

— Le match va commencer !

Ivy contempla la couverture pendant un moment, l'esprit bloqué sur les paroles de son amie. En repoussant une impression de vide, Ivy prit une autre bouchée de tourte et tourna son regard vers la pelouse pour regarder le match.

Clare était assis près du bord du court, à côté d'Axbridge. Un profond sentiment de solitude transperça le corps d'Ivy. Pour la première fois depuis des années, elle se sentit soudainement dépourvue.

C'était grotesque !

Elle était une femme mûre, et elle avait appris à faire abstraction de telles sottises. Il n'y avait pas de place pour la mélancolie dans sa vie. Elle se retourna vers Emmaline, qui regardait le match avec une ferveur ravie.

Ivy n'avait pas non plus de temps pour les divertissements. Ou le flirt. Ou *le désir*.

Ou la joie.

Elle avait l'impression de ne pas pouvoir respirer. Reposant la tourte sur la couverture, elle attrapa un verre de bière.

— Il est pour moi ? demanda-t-elle à Emmaline, qui lui accorda à peine un regard.

— Oh, oui. Les valets de pied les ont apportés pendant que tu étais à l'intérieur.

Ivy en saisit un et en but la moitié d'une traite. Elle essaya de regarder le match en terminant la tourte, mais elle ne cessait de regarder Clare. Il portait un chapeau, mais elle le voyait de profil. Il souriait et riait souvent. Cela lui fit penser à ce qu'il lui avait dit, qu'elle ne souriait pas.

« *J'adorerais vous voir sourire.* »

La chaleur s'accumula dans son ventre, et se mit à palpiter bien plus bas. Cela avait beau faire des années, elle reconnut cette sensation.

Elle n'avait peut-être pas de temps à accorder au désir, mais il était quand même bien présent. Quelle qu'en soit la raison, le tristement célèbre duc des Désirs avait décidé de lui accorder son attention. Il avait admis avoir essayé de la séduire. Elle aurait dû le mépriser.

Elle avait essayé. Mais il était bien trop gentil, serviable et charmant.

Elle aurait dû l'ignorer.

Cela aussi, elle avait essayé. Mais il était trop attentif, trop grégaire et trop… omniprésent.

Des cris en provenance du terrain de badminton attirèrent l'attention d'Ivy. Elle ne distinguait pas très bien ce qu'ils disaient, mais Townsend se précipitait vers son adversaire, brandissant sa raquette comme une arme.

Emmaline haleta, et se leva d'un bond, les yeux rivés sur le terrain.

Ivy se leva avec elle, anxieuse. Elle reporta son attention sur le grabuge et vit Townsend frapper. Mais sa raquette ne toucha pas son adversaire. Clare plongea sur lui, l'écrasant au sol comme s'il était un chien enragé.

Maintenant c'était au tour d'Ivy de haleter. Elle espérait que personne n'avait remarqué puisque tout le monde était en train de hoqueter ou de se diriger vers le terrain.

Emmaline se fraya un chemin entre les couvertures pour arriver à l'avant. Ivy la suivit par réflexe. Une rangée d'hommes devant elles leur bloquait partiellement la vue. Emmaline se faufila et créa une ouverture.

Clare et Townsend étaient maintenant debout, le premier

retenant le second avec l'aide d'Axbridge. L'adversaire de Townsend, un homme plus âgé, mais plutôt agile, le regardait fixement. Il tenait sa raquette des deux mains devant lui dans une posture défensive.

Ivy prit place à côté d'Emmaline.

— Que s'est-il passé ?

Emmaline ne quittait pas Townsend des yeux.

— Je ne suis pas certaine, mais Geoffrey, euh, Townsend, s'est en quelque sorte senti offensé, je crois. Je pense que Pippin s'est moqué de lui.

Lord Wendover discuta brièvement avec Pippin avant de s'adresser à Townsend. Il parlait à voix basse pour que nul ne l'entende, bien qu'Ivy ait remarqué que les gens s'efforçaient physiquement de le faire.

Townsend se débarrassa de Clare et d'Axbridge, qui le laissèrent manifestement faire, car Ivy était convaincue qu'il n'aurait pas pu leur échapper autrement. Il brandit sa raquette en direction de Pippin.

— La prochaine fois, il n'y aura pas une foule de gens pour te défendre !

Clare lui arracha la raquette des mains, et Townsend lui jeta un regard féroce avant de se diriger vers la maison.

La foule entière parut tourner d'un seul bloc pour le regarder monter les marches de la terrasse et disparaître dans le salon.

— Je dois le suivre, dit Emmaline en avançant d'un pas.

Ivy posa une main légère, mais ferme sur son bras.

— Tu ne peux pas. De toute façon, il a besoin de retrouver ses esprits.

Emmaline lui jeta un regard indigné.

— Il ne les a pas perdus.

— Je voulais simplement dire qu'il a besoin de se calmer. Tu le vois bien.

Emmaline expira, et son corps sembla se flétrir.

— Je veux juste m'assurer qu'il va bien.

— Tu seras en mesure de le faire. Plus tard. Tout le monde regarde pour l'instant. C'est une chose de flirter avec lui et une autre de lui courir après.

— Bien sûr, tu as raison, céda-t-elle en regardant après lui.

Ivy reconnut le désir dans son regard. Oh, Emmaline était plus qu'amoureuse.

M. et Mme Forth-Hodges se rapprochèrent d'elles.

— Emmaline, ma chère. Pourquoi ne pas venir t'asseoir avec nous ? demanda Mme Forth-Hodges alors que son mari jetait un regard inquiet vers la maison.

— C'est une excellente idée, dit Ivy en adressant à Emmaline un sourire encourageant.

Elle ne souriait peut-être pas souvent, mais un moment comme celui-ci l'exigeait.

Emmaline opina et fut raccompagnée par ses parents.

— Je pense que cela conclura le tournoi de badminton pour aujourd'hui, annonça Lord Wendover. Pour ceux que cela intéresse, nous organiserons quelques divertissements dans le salon.

Ivy était étrangement déçue. Elle avait attendu avec impatience de voir Clare jouer. Cela lui aurait donné une excellente raison de le fixer sans retenue pendant un certain temps.

Dissimulant une grimace, elle retourna aux couvertures où elle retrouva Lady Dunn.

— Mon Dieu, quelle excitation ! s'exclama la vicomtesse. Avez-vous entendu ce qui s'est passé ?

— Pas vraiment.

— Oh, voyons, vous étiez avec Mlle Forth-Hodges. Elle sait sûrement ce qui est arrivé. Elle observait le match comme un faucon traque sa proie.

Lady Dunn avait évidemment envie d'entendre les

rumeurs, et Ivy savait qu'il était de son devoir de s'y plier.

— Apparemment, Pippin se serait peut-être moqué de Townsend. Je ne connais vraiment pas les détails.

Lady Dunn soupira.

— Ah, bon, eh bien, je suis certaine que cela finira par se savoir. Vous voulez bien m'aider à me relever, ma chère ? Je suis plutôt fatiguée.

Ivy guida Lady Dunn pour qu'elle se relève, et la raccompagna dans la maison. Une fois à l'intérieur, la vicomtesse déclara qu'elle pouvait monter seule à l'étage si Ivy souhaitait se rendre à la bibliothèque. Vaguement déstabilisée, Ivy se dit qu'un passage à la bibliothèque serait l'antidote parfait.

Cependant, dès son arrivée, elle vit qu'elle n'était pas seule. Lady Pelham était là, examinant l'une des étagères. Elles échangèrent des civilités, et Ivy se déplaça à l'autre bout de la pièce pour regarder les tranches des livres. Elle ne cessait de jeter des coups d'œil par-dessus son épaule, et se détendit quand Lady Pelham quitta les lieux.

Pourquoi était-elle si tendue ?

Parce qu'elle espérait que Clare se montrerait à nouveau.

Et pour quelle raison l'aurait-elle voulu ? Il représentait une menace pour sa vie bien ordonnée. Elle aurait dû vouloir se tenir le plus à l'écart possible de lui. Elle prit un livre sur l'étagère sans même en regarder le titre et partit attendre dans l'alcôve. Quand elle l'ouvrit, elle se rendit compte qu'elle avait pris un traité sur le bétail.

Un rire monta dans sa poitrine. Elle fit un petit bruit. Puis ses lèvres se retroussèrent. Et son rire fit alors l'impensable… il s'échappa.

— Vous riez.

Elle ne l'avait pas entendu arriver.

Elle lui sourit.

— Oui.

Totalement confus, il fronça les sourcils en entrant dans l'alcôve, et s'assit en face d'elle.

— Pourquoi ?

— Parce que j'ai pris…, commença-t-elle en levant le livre dont elle lut la page de garde. *Un traité général sur les bovins, les moutons et les porcs.*

— Je vois. Un récit captivant, c'est certain.

Elle rit encore plus fort.

Il se cala dans le fauteuil et étira ses jambes, croisant les chevilles.

— Eh bien, voilà qui est tout à fait charmant.

Cela la dégrisa.

Elle prit une grande inspiration et passa la main sur l'arrière de ses cheveux.

— Je suis ravie d'avoir pu vous divertir.

— Je n'ai pas dit que ça m'amusait. En réalité, cela m'a enchanté. Et je le suis toujours.

Et voilà qu'il se remettait à la flatter. À flirter avec elle. À la tenter.

— Vous devriez vraiment arrêter ça.

— Oui, je devrais.

Sauf qu'il n'avait pas l'air de penser ce qu'il disait.

— Mes excuses, je ne voulais pas recommencer. J'ai peur que votre rire m'ait spectaculairement pris au dépourvu.

Spectaculairement. Comme si c'était l'apogée de sa journée.

Elle reposa son livre sur ses genoux.

— Que s'est-il passé avec Townsend ?

Il laissa échapper un souffle.

— Il a perdu son sang-froid. Pour être tout à fait juste, Pippin se moquait de lui, mais comme tous les autres. Du moins, c'est ce qu'Axbridge m'a raconté, puisque je suis arrivé en retard. Townsend l'a pris trop au sérieux et s'est mis en colère.

Il haussa les sourcils.

— *Très* en colère.

Cela inquiétait Ivy, mais uniquement parce que son amie était très amoureuse de lui.

— Vous pensez qu'il va quitter la partie de campagne ?

— Je ne sais pas. Wendover ne le lui a pas demandé, et Pippin s'est excusé.

— J'espère que Townsend a fait de même.

Clare fronça les sourcils.

— Non. Je ne le connais pas bien, alors peut-être est-il simplement soupe au lait, et qu'il arrangera les choses plus tard.

Ivy fit glisser le bout de ses doigts sur le livre qu'elle avait sur les genoux.

— C'est à espérer.

Elle le regarda, évaluant son apparence. Il était beau, même avec des bouts d'herbe encore accrochés à son veston.

— Est-ce que vous allez bien ? s'enquit-elle.

— Moi ?

Il écarquilla les yeux un bref instant.

— Oh, à cause de l'altercation ? Oui. Je vais très bien.

Ils se turent un moment, et une fois encore Ivy ressentit vivement le silence, comme un battement de tambour dans son cerveau. Les émotions écrasantes qu'elle avait ressenties plus tôt pendant le tournoi remontèrent à la surface.

Elle le regarda, assis à quelques dizaines de centimètres. Son regard sombre s'attardait sur elle, mais il était impénétrable. Elle n'avait aucune idée de ce qu'il pensait. Ce qui rendait ce qu'elle était sur le point de dire encore plus terrifiant.

Elle fit courir sa langue le long de son palais. Soudain, elle eut la bouche sèche.

— Quand vous avez dit que vous pouviez changer ma vie, qu'est-ce que vous vouliez dire ?

Il plissa légèrement les yeux.

— Souhaitez-vous vraiment le savoir ?

Elle hocha la tête.

Il remonta les jambes et se pencha en avant, glissant sur le bord du fauteuil. Quand il parla, ce fut sombre et doux, mais elle entendit chaque syllabe.

— Je veux vous faire sourire. Rire, même. Même si, apparemment, je peux faire ça avec un traité bien placé sur le bétail.

Il retroussa les lèvres, la captivant plus encore.

— Et, si vous me le permettez, je ferais en sorte que vous soyez satisfaite, d'une manière que vous n'avez jamais connue encore.

Satisfaite ? Elle savait pertinemment de quoi il voulait parler.

— Vous parlez de… d'actes sexuels.

Il haussa une épaule.

— Je parle de vous donner du plaisir de toutes les manières possibles.

— Et s'il suffisait de simplement… me parler ?

Elle aimait les choses qu'il lui disait. Elle se sentait belle et spéciale grâce à lui.

Une voix au fond de son esprit lui soufflait que c'était comme avec Peter. Que Clare lui disait juste ce qu'elle voulait entendre pour obtenir ce qu'il voulait vraiment. Mais il parlait d'*elle*. Il n'avait rien dit de ses propres désirs.

Elle était plus âgée de dix ans aussi, et elle ne se faisait aucune illusion sur son avenir. Elle savait précisément ce qui l'attendait, et ceci pouvait être sa dernière chance de vivre quelque chose, ne serait-ce que pour un court moment.

Il la dévisagea d'un regard sombre et provocateur.

— Je pensais ce que j'ai dit : de toutes les manières possibles. Même s'il s'agit simplement de passer du temps avec vous. Nous pourrions même discuter de ce traité si vous en avez envie.

Oui, il paraissait être un homme honnête et intègre, même s'il était réputé pour sa séduction.

Les paroles d'Emmaline hantaient son esprit : « *Tu ne devrais pas être seule.* »

Non, effectivement.

Relevant le menton, Ivy le regarda droit dans les yeux.

— *L'une des plus grandes sources de malheur réside dans le regret et l'anticipation ; est donc sage celui qui ne pense qu'au présent, sans tenir compte du passé ni de l'avenir.*

— Goldsmith.

Ses lèvres s'étirèrent en un sourire malicieux.

— Oui.

Elle se leva, le traité à la main.

— Je vais vous accorder une chance de changer ma vie, Clare. Rien qu'une.

Il se leva à son tour de son fauteuil, la dominant de sa taille, puis s'approcha si près qu'elle ressentit la chaleur de son corps.

— S'il vous plaît, appelez-moi West lorsque nous sommes seuls.

Il s'approcha ensuite de son oreille et murmura :

— J'accepte votre défi. Et je vous promets qu'une seule fois ne sera pas suffisante.

CHAPITRE SIX

West entra dans sa chambre avec un sourire, choqué, mais heureux de la tournure soudaine et excitante des événements de l'après-midi. Jamais il n'aurait imaginé que Mlle Breckenridge changerait d'avis. Mais il était extrêmement heureux qu'elle l'ait fait.

Chaque fois qu'il acceptait une nouvelle liaison, il évaluait la situation et la manière dont il allait aborder les choses avec sa nouvelle amante temporaire. Mais là, c'était différent. Il n'était même pas tout à fait certain qu'il y aurait une dimension physique à leur relation. Elle avait simplement évoqué le fait de parler. C'était peut-être tout ce qu'elle désirait.

Son sourire s'effaça.

— Votre Grâce, y a-t-il un problème ? demanda Seaver en le retrouvant juste derrière la porte.

West croisa le regard de son valet.

— De quoi parlez-vous ?

— Vous sembliez plutôt content en entrant, et d'un coup, vous ne l'êtes plus. Quelque chose ne va pas ?

West s'avança dans la pièce et retira son manteau.

— Ah, non, tout va très bien.

Il découvrirait bien assez tôt ce qu'elle désirait, et il pensait ce qu'il lui avait dit : il ferait n'importe quoi. Il voulait simplement la voir sourire. L'entendre rire.

Et peut-être gémir aussi. Était-ce si terrible ?

— Il se pourrait que j'aie besoin de votre aide pour une nouvelle liaison.

Ou pas. Il fallait qu'il fasse preuve de prudence.

Seaver lui prit son manteau et le plia sur son bras.

— Tout ce que vous voudrez.

Cela faisait quatorze ans qu'il était son valet fidèle, discret et digne de confiance. West l'avait promu au poste de valet de pied à Stour's Edge à la suite de la mort de son père. Il avait choisi le plus vif des serviteurs, qui se trouvait aussi être le plus proche de lui en âge, et celui devant lequel les servantes se pâmaient. À cet égard, Seaver et lui étaient des âmes sœurs. Ils aimaient et appréciaient les femmes, leur conversation, leur douceur, leur sexualité.

West desserra sa cravate et déboutonna son gilet.

— La discrétion sera primordiale. Plus que d'habitude.

Seaver inclina la tête.

— Je vois. Avez-vous une tâche spécifique à me confier ?

West retira sa cravate qu'il tendit à Seaver.

— Pas encore. J'essaie de trouver un endroit où nous pourrions nous retrouver plus tard dans la soirée. Pour pouvoir... parler ?

— Cela ne devrait pas poser trop de difficultés lors d'une partie de campagne.

— Certes, mais la situation est particulière.

West lui jeta un regard perçant.

— La dame n'est pas mariée.

Sous le coup de la surprise, Seaver haussa brusquement ses sourcils roux.

— *Effectivement*, c'est spécial. Je comprends pourquoi la

discrétion est si importante. Pardonnez mon impertinence, mais pourquoi chercheriez-vous à abîmer une jeune dame ?

West perçut le choc, et peut-être un soupçon de jugement, dans le ton de Seaver. Comme il détestait ce mot, « abîmer ». Il ne l'avait jamais fait, et il n'avait pas l'intention de commencer maintenant. Il fronça les sourcils, se demandant s'il ne profitait pas d'elle.

— C'est une dame de compagnie. Et je ne suis pas tout à fait certain que notre liaison sera de nature physique.

— Mlle Breckenridge ?

Seaver savait qui elle était puisqu'il s'était arrangé pour livrer les messages et le livre que West avait envoyés.

— Puisqu'elle est plus proche de ma classe sociale que de la vôtre, puis-je vous faire remarquer qu'il n'y aurait pas besoin d'une liaison physique pour la détruire si vous étiez découverts ? Si l'on vous voit ensemble dans des circonstances suspectes, c'est-à-dire si vous n'êtes pas tombés l'un sur l'autre à la bibliothèque, par exemple, elle sera sans doute renvoyée et peinera à trouver un nouveau poste.

West faillit sourire d'entendre les suppositions de Seaver, étant donné que les rencontres fortuites à la bibliothèque étaient la base de leur relation.

— Vous êtes en train de me dire que je devrais la laisser tranquille.

Il avait essayé. Vraiment. Mais ensuite, elle lui avait *demandé* de changer sa vie. Ce n'était pas une jeune fille innocente.

Il avait aussi joué le rôle du séducteur.

Bon sang de bonsoir.

Il devait la laisser diriger le navire. Mais il pouvait au moins organiser une rencontre « fortuite ».

— Y a-t-il un autre endroit que la bibliothèque où je pourrais rencontrer Mlle Breckenridge ?

Seaver y réfléchit un instant.

— Que pensez-vous du jardin d'hiver ? Cela me semble être un endroit raisonnable pour y croiser d'autres participants à la fête.

— Cela pourrait fonctionner. Il faudra que vous apportiez un autre message à sa chambre.

West savait que ce ne serait pas un problème puisque Seaver s'était occupé de ses précédentes missives. Seaver s'était lié d'amitié avec l'une des servantes, et elle était tout à fait disposée à l'aider… en toute discrétion, bien entendu.

West alla vers le bureau, et son regard se posa sur un verre du whisky que Wendover lui avait offert, placé à côté d'une lettre qu'il n'avait pas ouverte.

— Sacré bon sang !

Seaver vint près de lui.

— Oui, je crains que ce soit à nouveau le moment.

L'anniversaire de West aurait lieu dans quelques jours, et c'était l'une des deux périodes de l'année où il pouvait s'attendre à une missive, l'autre étant aux alentours de Noël. Alors que leur arrivée était planifiée, il était prompt à oublier cette imminente contrariété. Mais alors, pourquoi choisir de s'attarder sur quelque chose de désagréable ?

— Merci pour le whisky, dit West.

Seaver avait initié cette tradition lorsqu'il avait reçu sa seconde lettre. Cela faisait plus de dix ans maintenant. Après avoir vu à quel point cela l'avait bouleversé, le valet lui avait simplement donné la suivante accompagnée d'un verre de whisky. Ce qui lui avait rendu la lecture plus facile.

— Vous pourriez la mettre au feu, suggéra Seaver, comme il le faisait toujours.

Quelquefois, West avait été à deux doigts de le faire. Il avait lu certaines immédiatement, alors qu'à d'autres occasions il avait attendu d'être au moins éméché. Pourquoi se torturait-il ? Et si la lettre qu'il brûlait était celle où elle s'excusait enfin ? La lettre dans laquelle elle expiait ses fautes et lui disait qu'elle l'aimait ?

— Finissons-en avec ça.

West commença par récupérer son verre qu'il descendit d'une traite. Il en savoura le goût riche et chaud, puis inspira un grand coup après avoir avalé.

Seaver disparut dans le dressing au moment où West soulevait la lettre du bureau. Il l'ouvrit lentement, la peur au ventre.

Comme toujours, elle tenait sur une page et était rédigée de l'écriture la plus droite et la plus élégante qu'il avait jamais vue.

Clare,

Joyeux anniversaire. J'espère que cette lettre te trouvera en bonne santé. Et avec un peu de chance, marié, ou sur le point de l'être. Tu as un devoir envers le titre, et ton incapacité à fournir un héritier pèse lourdement sur mon esprit. Ton père serait amèrement déçu.

West froissa le bord de la lettre entre ses doigts recourbés. *Ce n'était pas vrai.* La seule chose qui rendait son père amer, c'était elle.

Si tu ne trouves pas à te marier, tu pourrais au moins réparer ton atroce réputation. J'ai beau me trouver en Cornouailles, je suis parfaitement au courant de tes transgressions, tout comme mes voisins. N'as-tu donc aucune considération pour la honte que je ressens, à défaut d'en éprouver pour toi-même.

Je vais bien et continuerai de prier pour ta réhabilitation. Il n'est jamais trop tard pour embrasser la dévotion et rejeter le péché. Parfois, je me demande ce que j'ai fait de mal pour engendrer un fils tel que toi, mais je sais que c'est le diable qui te corrompt. Je n'aurais rien pu faire de mieux.

Sauf peut-être l'aimer ? Ou son père ?

Il s'obligea à aller jusqu'au bout.

J'espère toujours que tu me répondras un jour. D'ici là, je reste ta mère <u>fidèle</u> et inquiète.

La colère lui brûla les entrailles. Elle avait souligné le mot « fidèle », comme elle le faisait à chaque fois. Elle y voyait un reproche à son père, qui lui avait été infidèle, mais uniquement parce qu'elle ne lui avait pas laissé d'autre choix. Que pouvait faire un homme dont la femme ne lui manifestait plus aucun intérêt depuis plus de dix ans ? Son père avait été un sacré saint, et elle ne faisait que déshonorer sa mémoire avec ses inepties.

Il froissa le papier dans son poing et le laissa tomber sur le bureau. Il l'aurait jeté dans le feu s'il y en avait eu un.

Pourquoi s'était-il donné cette peine ? Elle ne changerait jamais. Dix mois après la mort de son père, quatorze ans auparavant, elle avait déménagé en Cornouailles, au grand soulagement de West. Les premiers temps, il avait tenté de répondre à ses missives, mais elle ne faisait que lui répondre avec plus de vigueur. Il avait fini par abandonner, et cela faisait presque dix ans qu'il n'avait rien tenté. Le fait qu'elle ait continué à lui écrire témoignait de sa ténacité. Mais il n'en avait jamais douté.

L'obstination avait toujours été l'un de ses plus grands traits de caractère. Avec le détachement et le dédain. Il ne s'en était pas vraiment rendu compte avant l'âge de dix ans Il s'était mis à passer plus de temps hors de la nurserie, notamment avec son père, et le gouffre entre ses parents avait fini par devenir assez évident. Il l'avait surtout remarqué lors des visites chez sa tante et son oncle, ou chez les voisins. West avait noté que ces gens échangeaient des sourires, des regards, qu'ils se touchaient mutuellement. Quand il rentrait chez lui, il avait l'impression d'entrer dans un mausolée, où ne régnaient que l'obscurité et la morosité.

Il s'était mis à détester cela. Et lorsque son père lui avait avoué la vérité, qu'il avait essayé d'aimer sa femme, mais qu'elle était incapable de l'aimer en retour, West avait commencé à la détester.

Un coup frappé à la porte de sa chambre l'extirpa de ses souvenirs. Il inspira profondément et cilla, concentrant son regard sur la pièce autour de lui.

Seaver sortit du dressing.

— Dois-je répondre à la porte, Votre Grâce ?

West ne voyait pas de qui il pouvait bien s'agir, mais il était ravi de cette interruption.

— Non, je m'en occupe.

— Avez-vous déjà rédigé la note ? Si c'est le cas, je peux m'en occuper maintenant.

— Non, pas encore. Comme à son habitude, la duchesse a complètement ruiné ma bonne humeur.

— Mes excuses. Peut-être souhaiteriez-vous un autre verre de whisky ?

On frappa un second coup à la porte.

— Dans un petit moment, merci.

Seaver acquiesça et retourna dans le dressing pendant que West allait ouvrir la porte. Il fut surpris de trouver Townsend en l'ouvrant.

Le vicomte devait avoir cinq ans de moins que West, qui avait en avait presque trente-deux. Il était également plus petit de quelques centimètres et possédait une maigre carrure athlétique et une touffe de cheveux brun clair. Ses yeux bruns comme l'écorce paraissaient troublés, et il eut du mal à croiser le regard de West immédiatement.

— Townsend, à quoi dois-je cette visite ?

— Votre Grâce, je me demandais si je pouvais vous déranger quelques minutes. J'ai besoin de quelques conseils, et vous me semblez être la personne la mieux placée pour m'aider.

West ouvrit la porte plus grande.

— Certainement. Entrez.

Alors que Townsend s'exécutait, il essaya d'imaginer dans quel domaine il pourrait bien lui donner des conseils, et en arriva à une seule conclusion : le sexe. Le nombre de jeunes hommes qui avaient sollicité ses conseils était trop important pour être calculé.

Après avoir refermé la porte, West le suivit dans la chambre, vers le coin salon près de l'âtre.

— C'est… inattendu.

Townsend ne prit pas place sur l'un des deux fauteuils. Il joignit les mains, l'air agité.

— Vous étiez là cet après-midi au terrain de badminton.

Cette déclaration ressemblait de loin à une question, mais on aurait surtout dit qu'il cherchait une confirmation.

West fronça les sourcils ; son semblant de demande paraissait étrange.

— Oui, si vous vous souvenez bien, je vous ai fait tomber à terre.

Townsend se massa le front du bout des doigts.

— Oh oui, oui.

Il laissa retomber sa main sur le côté.

— Je vous présente mes excuses. J'ai bien peur de ne pas avoir été tout à fait moi-même.

— J'ai remarqué.

Il n'était nul besoin de connaître Townsend pour se rendre compte que l'homme avait totalement perdu l'esprit pendant un moment.

— Que s'est-il passé ?

Le regard soudain brillant, Townsend posa vivement les yeux sur West.

— Vous étiez là. Vous avez entendu ce que Pippin a dit.

En fait, il n'avait pas vraiment entendu ce que l'autre homme avait crié.

— Il vous a provoqué d'une manière ou d'une autre.

— Il m'a traité de lavette.

Rien que ça ?

— On m'a traité de bien pire, le rassura West.

— Face à face ?

Sa propre mère l'avait insulté.

— Oui.

Townsend s'affaissa.

— Qu'avez-vous fait ?

— J'ai ri. Que faire d'autre ?

— Provoquer la personne en duel, rétorqua Townsend, indigné, en plissant les yeux.

West le scruta un petit moment, estimant qu'il devait être l'un des hommes les plus colériques qu'il avait jamais connus.

— Je suppose que c'est une possibilité, mais à moins d'être le marquis d'Axbridge, je ne vous recommande pas d'essayer. En fait, il ne répond pas aux défis, alors peu importe.

West secoua la tête et revint au sujet à l'ordre du jour.

— Quel genre de conseil êtes-vous venu chercher ?

Il était à présent presque sûr que cela n'avait rien à voir avec le sexe, et il en était ravi.

Townsend soupira, et ses épaules se voûtèrent de nouveau.

— Il se pourrait que ce qui s'est passé aujourd'hui m'ait donné une mauvaise image. Que puis-je faire pour sauvegarder ma réputation ?

En utilisant le mot « pourrait », il donnait l'impression de ne pas être certain de l'impact négatif.

West croisa les bras sur sa poitrine.

— Eh bien, ce qui est fait est fait. Vous devez reconnaître que vous avez agi de manière irréfléchie, et il faut le faire savoir aux autres. En commençant par Pippin. Il s'est excusé sur le terrain. Vous ne l'avez pas fait. Avez-vous rectifié cela ?

— Pourquoi le ferais-je ?

Il y eut à nouveau cet éclair de colère légère.

— Parce que vous l'avez menacé.

Ne se rendait-il pas compte qu'il se fourvoyait ?

— Si vous espérez faire la cour à Mlle Forth-Hodges, il vous faudra vous excuser.

Townsend blêmit.

— Vous avez raison, bien sûr. J'ai bien peur d'être un peu… passionné parfois.

C'est une manière de voir les choses, se dit West.

— Je m'excuserai avant le dîner, dit Townsend, l'air un peu résigné. Je ne veux pas gâcher mes chances avec Mlle Forth-Hodges. J'apprécie votre conseil.

West raccompagna le vicomte jusqu'à la porte, heureux qu'au moins Mlle Forth-Hodges puisse l'inciter à se comporter comme il le devrait.

— Si je peux vous donner un autre conseil ? Essayez de ne pas prendre la vie, ou vous-même, trop au sérieux. Trouvez de la joie partout où vous pouvez.

Townsend se retourna et lui adressa un regard pensif.

— Merci, Votre Grâce.

West ouvrit la porte et le regarda partir avant de refermer une fois encore. Il retourna à son bureau et songea immédiatement à la duchesse. La repoussant dans un coin de son esprit, il s'assit et rédigea une courte missive à l'attention de Mlle Breckenridge. Satisfait, il la plia et appela Seaver qui partit immédiatement pour en organiser la livraison.

West avisa le papier froissé sur le coin du bureau et plissa les yeux. *Magno cum gaudio* était la devise des Clare, « avec une grande joie ». West en avait fait son credo personnel. À quoi bon vivre si on n'en profitait pas au maximum ?

C'était précisément ce qu'il espérait transmettre à

Mlle Breckenridge. Elle avait besoin de joie dans sa vie. Et il avait bien l'intention de lui en donner.

~

Au cours du dîner, Ivy avait tenté de ne pas envoyer trop de regards à Clare… West. Pouvait-elle vraiment l'appeler ainsi ? La tâche n'était pas aisée. Il était incroyablement trop attirant. Vêtu d'un veston noir et d'un gilet vert foncé, il était le parfait exemple du gentleman bien habillé. En sa qualité de personne la plus haut placée dans l'assistance, il était assis à côté de Lord Wendover et se faisait dorloter par tous ceux qui l'entouraient. Il était l'exemple même de l'Insaisissable.

Seulement, il était à sa portée. Du moins, temporairement.

Il lui avait fait parvenir un mot l'invitant à le retrouver dans le jardin d'hiver à vingt-trois heures. Et l'avait rédigé comme une charmante invitation.

Ma chère Mademoiselle Breckenridge,

Je serais honoré de vous « rencontrer » dans le jardin d'hiver à vingt-trois heures.

Il ne l'avait pas signé, mais il n'en avait pas eu besoin. Elle reconnaissait son écriture maintenant. Elle était élégante pour un gentleman. Très séduisante. Comme lui.

Cependant, elle était curieuse de savoir pour quelle raison il avait mis le mot « rencontrer » entre guillemets. Devaient-ils s'y retrouver, ou faire semblant de se rencontrer ou autre chose ? Elle était terriblement inexpérimentée dans ce genre de choses.

Heureusement, ses pensées furent interrompues par la conversation qui démarrait sur le canapé à sa gauche.

Mmes Pippin et Chalmers essayaient de parler discrètement, mais Ivy entendait chaque mot, ce qui ne les dérangeait probablement pas étant donné leur nature cancanière.

— Pensez-vous que les parents de la jeune fille l'autoriseront à la courtiser maintenant ? s'enquit Mme Pippin en regardant vers l'endroit où Emmaline et Townsend se tenaient de l'autre côté de la pièce.

— Je ne peux pas imaginer qu'ils le fassent et, sincèrement, j'espère qu'ils refuseront. Il a beau s'être excusé auprès de Harry, je ne peux passer outre son comportement.

— Moi non plus, dit Mme Chalmers. Vraiment, Mlle Forth-Hodges pourrait trouver mieux. Je n'arrive toujours pas à comprendre pourquoi elle ne s'est pas encore mariée.

— Vous pensez que quelque chose ne va pas chez elle ?

— Comme quoi ? s'enquit Mme Chalmers, si impatiente d'avoir la réponse qu'elle n'en respirait plus.

Ivy leva les yeux au ciel et réfréna l'envie de leur demander de se taire et de s'occuper de leurs affaires. Au lieu de cela, elle se leva et s'éloigna des harpies. Alors qu'elle prenait place près des fenêtres, elle vit Clare, ou plutôt *West*, entrer dans la pièce. Il scruta l'endroit, et son regard passa rapidement sur elle.

Ne l'avait-il pas vue ?

Il se dirigea vers l'endroit où Axbridge discutait avec Kirkland, et y resta quelques minutes. Elle détourna son attention de lui et aperçut Emmaline et Townsend qui quittaient le salon, les parents de la jeune femme sur les talons.

Ivy tourna la tête pour observer la réaction des deux harpies. Elles se tenaient penchées l'une vers l'autre, et les regards qu'elles jetaient sans cesse vers la porte trahissaient le sujet de leur conversation feutrée.

Étouffant un ricanement, Ivy tourna de nouveau la tête et haleta brusquement. À moins d'un mètre d'elle se tenait

Clare. *West.* Elle fut surprise d'arriver à trouver un nom, et a fortiori deux.

— Je ne resterai qu'une minute, lui dit-il dans un murmure. Avez-vous reçu mon message ?

— Oui.

Elle pinça les lèvres.

— Pourquoi le mot « rencontrer » était-il entre guillemets ?

Il sourit et sembla sur le point de glousser, mais n'en fit rien.

— Nous allons nous rencontrer, mais si quelqu'un nous voit, nous jouerons la rencontre fortuite, et partirons aussitôt chacun de notre côté.

C'était logique.

— Je vois. Vous êtes étonnamment doué pour ce genre de choses.

Il inclina la tête avant de poursuivre :

— Merci.

— Je ne suis pas vraiment persuadée que cela soit un compliment, rétorqua-t-elle avec ironie.

Cette fois, il ne put se retenir de glousser, mais le fit à voix basse, doucement, et elle le ressentit plus qu'elle ne l'entendit.

— Faites-moi confiance.

Il retroussa les lèvres en un léger sourire, et s'en alla.

Lui faire confiance ? Elle ne faisait confiance à personne, pas même à elle-même.

Disposant de quelques heures avant leur rendez-vous, Ivy monta dans le salon après avoir vu Lady Dunn installée à l'une des tables de jeu. Ivy tenta de lire l'ouvrage que lui avait envoyé West, mais elle devait sans arrêt relire des passages entiers, car son esprit vagabondait.

Vers le jardin d'hiver. Et ce qui pourrait se passer.

Pensait-elle sincèrement qu'ils allaient tomber dans les

bras l'un de l'autre ? Des souvenirs lointains l'assaillirent, mais elle les repoussa. La plupart d'entre eux. Elle s'autorisa à repenser à cette première fois où Peter l'avait embrassée. À ce désir qu'elle avait ressenti jusqu'au fond de ses tripes, presque insurmontable. Elle l'avait désiré plus que tout. Assez pour se comporter comme une parfaite imbécile.

C'est différent, se dit-elle. Elle n'était plus une jeune fille innocente, et elle avait déjà subi le pire de ce qui pouvait arriver. Et elle s'était reconstruite. Certes, elle n'avait aucune envie de recommencer, mais le savoir lui donnait du courage. Peut-être se faisait-elle un peu confiance malgré tout.

— Oh, Ivy ! s'écria Emmaline en arrivant précipitamment dans le salon, des larmes roulant sur ses joues. Je suis tellement heureuse de t'avoir trouvée !

Ivy referma le livre et le posa à côté d'elle sur le canapé.

— Que se passe-t-il ? Viens t'asseoir.

Elle tapota le coussin et se tourna face à son amie.

Emmaline s'assit et s'essuya le visage avec ses mains.

— La chose la plus horrible est arrivée. Townsend a demandé à me faire la cour.

Ivy ne comprenait pas.

— En quoi est-ce affreux ? Je croyais que tu l'appréciais ? Plus que cela, en réalité.

Emmaline pinça les lèvres et secoua légèrement la tête.

— Ce qu'il y a d'affreux, c'est que mon père a *refusé*.

Une autre larme coula sur sa joue d'un rose vif.

Ivy posa la main sur l'épaule d'Emmaline.

— Je suis désolée d'entendre ça. A-t-il expliqué pourquoi ?

— Il dit que les finances de Townsend sont désastreuses, mais je crois que c'est à cause de ce qui s'est passé cet après-midi au match de badminton. Père a également dit qu'il devait apprendre à maîtriser son tempérament, qu'il manquait de maturité.

Ivy était d'accord sur la partie concernant le tempérament de Townsend. Peut-être avait-il besoin de mûrir un peu.

Emmaline plissa les yeux, et sa mâchoire se contracta un instant.

— Ils lui ont dit que si dans un an j'étais toujours célibataire, ils reconsidèreraient la question, à condition qu'il s'améliore. J'étais mortifiée !

Les larmes avaient cessé, et elle semblait plus en colère qu'autre chose. Parfait. Cela faisait longtemps qu'Ivy considérait les larmes comme inutiles.

— Un an n'est pas si long, lui dit-elle doucement.

Emmaline lui jeta un regard noir.

— Je ne veux pas attendre un an, et je ne veux pas épouser quelqu'un d'autre.

Elle se redressa et se passa à nouveau les mains sur le visage, semblant retrouver son calme en grande partie.

— Je suis tombée amoureuse de lui, et lui de moi. Nous *allons* nous marier.

Ivy entendit et reconnut la détermination dans sa voix. Elle avait exactement la même que la sienne dix ans plus tôt. Oh, comme elle avait eu tort !

Elle voulait trouver les bons mots pour la réconforter, mais rester pragmatique aussi.

— Je sais à quel point cela te semble horrible en ce moment, mais vraiment, attendre un an, ce n'est pas si mal. Rien ne t'oblige à épouser quelqu'un d'autre dans l'intervalle. Tes parents ne te forceraient pas, n'est-ce pas ?

Emmaline détourna le regard d'Ivy et sembla réfléchir à la question.

— Jusqu'à présent, ils ne l'ont jamais fait. Je me suis comportée de manière particulière, et ils m'ont laissée faire.

Elle fronça les sourcils.

— Mais ils m'ont poussée vers Sutton. Ils étaient très

contrariés qu'il n'ait pas formalisé les choses. Elle posa de nouveau les yeux sur Ivy.

— Peut-être que cette fois, ils *vont* essayer de me forcer.

Ivy savait trop bien à quel point les parents pouvaient se montrer inflexibles et horribles. Mais elle n'allait pas le raconter à Emmaline. Elle avait besoin de réconfort et de soutien, pas des avertissements d'Ivy basés sur une expérience horrible.

— Je suis certaine que tu pourras rester célibataire et attendre Townsend. Il est résolu à se battre pour toi, n'est-ce pas ?

C'était la question la plus importante. Rien de tout cela n'avait d'importance si Townsend n'était pas sérieux quant à leur avenir ensemble. *Cela*, Ivy le savait mieux que quiconque.

Emmaline lui adressa un petit signe de tête.

— Oui. Absolument.

Ivy lui tapota l'épaule.

— Alors il ne te reste plus qu'à être patiente.

— Un an, c'est si long !

Emmaline semblait abattue, mais pas démoralisée. C'était une bonne chose.

— Merci. Je vais un peu mieux, mais pas encore assez pour retourner chez mes parents. Peut-on rester assises ici un moment ?

Ivy jeta un œil à l'horloge sur la table d'appoint et se crispa. Il était déjà vingt-trois heures cinq. Elle était en retard. West l'attendait.

Elle scruta les yeux tristes de son amie et sut qu'il l'attendrait toute la nuit.

CHAPITRE SEPT

*L*e soleil du matin tentait de percer les nuages, mais il ne parvenait pas à projeter davantage qu'une lumière grisâtre sur la terre. West flânait dans le hall en surveillant la procession des participants à la partie de campagne qui se rassemblaient pour aller à l'église dans le village de Wendover. Il n'avait pas particulièrement envie de s'y rendre, mais si Mlle Breckenridge était de la partie, il ferait l'effort.

Elle ne l'avait pas retrouvé la veille au soir. Il avait arpenté le jardin d'hiver jusqu'à près de minuit avant de déclarer forfait. Mécontent et déçu, il n'avait pas bien dormi, cherchant à comprendre pourquoi elle n'était pas venue.

La seule conclusion à laquelle il parvenait, c'était qu'elle avait eu des doutes et y avait succombé. Il espérait seulement que leur liaison, ou quoi qu'il y ait entre eux, n'était pas terminée avant même d'avoir commencé.

Un bruissement de soie attira son attention. Il releva la tête pour regarder le haut de l'escalier. La soie n'appartenait pas à Mlle Breckenridge, mais à sa patronne. Mlle Brecken-ridge était vêtue d'un vêtement beaucoup plus résistant, une mousseline beige avec un motif répétitif de fleurs ou quelque chose du genre. C'était difficile à dire à cette distance.

Apparemment, elle allait à l'église.

West sortit pour rejoindre le lieu de stationnement des véhicules et constata que son hôte avait également fourni des chevaux.

Wendover s'approcha de lui.

— Bonjour, Clare. Souhaitez-vous une monture, ou prendrez-vous une voiture ?

Il avait envie d'emprunter une voiture bien particulière, avec une personne bien particulière, mais il savait qu'il leur serait impossible d'avoir une conversation privée.

— Je prendrai un cheval.

— Très bien. Je craignais que nous n'ayons pas assez de place, mais il nous manque une personne ce matin, j'en ai bien peur.

Il baissa la voix et se pencha.

— Townsend est parti.

West fut surpris de l'apprendre. Il l'avait aperçu avec Mlle Forth-Hodges dans le salon hier soir.

— Que s'est-il passé ?

— Je n'en suis pas certain, mais je serais enclin à penser que M. Forth-Hodges a décliné son offre.

Il jeta un coup d'œil à West.

— Je ne peux pas lui en vouloir, au vu du comportement de Townsend hier. Mais c'est quand même un sacré coup dur pour la partie de campagne. Lady Wendover n'est pas contente.

— J'imagine bien, murmura West, le regard rivé sur la porte.

Il se fichait éperdument de ce que pouvait ressentir la comtesse. Il était un peu navré pour Townsend, qui semblait très intéressé par Mlle Forth-Hodges.

Mlle Breckenridge sortit de la maison sur les talons de

Lady Dunn. Alors qu'on les conduisait vers une voiture, le regard de la jeune femme dériva vers West.

Il lui adressa un petit sourire, mais reporta immédiatement son attention sur Wendover, de peur que le comte ne remarque quelque chose. Ce qui était peu probable. Wendover n'était pas particulièrement observateur ni attentif. S'il l'avait été, il se serait rendu compte que son aventure avec Lady Pelham n'était pas aussi discrète qu'il le croyait.

Une fois Mlle Breckenridge et Lady Dunn installées dans leur voiture, West trouva une monture. Il décida de partir à cheval et de prendre un chemin détourné, afin de profiter de l'exercice.

Lorsqu'il arriva à l'église, située sur une colline à l'extérieur de la ville, les véhicules étaient tous vides, et tout le monde se trouvait apparemment à l'intérieur. Il descendit de cheval et remit les rênes à un valet de pied, qui s'occupa du cheval pendant que West se dirigeait vers le porche. Il s'arrêta lorsqu'il vit Mlle Breckenridge debout dans l'embrasure de la porte ouverte.

Elle croisa son regard, et il jeta un coup d'œil autour de lui. Ne voyant personne, il accéléra le pas, impatient de passer ne serait-ce qu'un moment seul avec elle.

Il s'arrêta devant Ivy.

— Mademoiselle Breckenridge, vous êtes plus belle que jamais.

Elle recula pour le laisser franchir le porche couvert. Il était un peu fermé, les protégeant à la fois de l'extérieur et de l'intérieur.

— Merci. Je voudrais m'excuser pour hier soir. J'ai été… retenue par Mlle Forth-Hodges. C'est… ah, c'est une amie.

Il ne s'était pas rendu compte qu'elles étaient plus que des connaissances.

— Je crois savoir que Townsend est parti.

Elle écarquilla brièvement les yeux.

— Ah oui ? C'est malheureux. Mlle Forth-Hodges n'est pas venue à l'église ce matin. Sa mère non plus.

— Les parties de campagne ne sont jamais ennuyeuses.

Elle lui jeta un regard empreint de mécontentement.

— J'espère que vous ne trouvez pas de plaisir dans le chagrin des autres !

— Bien sûr que non. C'est ce qui s'est passé ? La rumeur dit que Forth-Hodges a refusé la requête de Townsend.

— Oui.

Elle détourna la tête un bref instant pour regarder vers la nef.

— Emmaline était très déçue.

Elle le dévisagea sans ciller.

— Je pensais terminer la promenade sur la colline de Wendover cet après-midi, pendant que Lady Dunn se repose. J'aimerais voir la vue.

Si cela avait été n'importe quelle autre femme, West aurait été certain qu'elle l'invitait à le rejoindre. Cependant, Mlle Breckenridge n'était pas une femme comme les autres. Elle était tout à fait délicieusement unique.

— Je suis impatient de voir cela aussi. Je ferai peut-être la même promenade.

— Je l'espère, murmura-t-elle avant de baisser les yeux et de se tourner pour pénétrer dans l'église.

Et à présent il savait : elle voulait qu'il la rejoigne. Il réfréna un sourire enthousiaste.

Il la regarda entrer et envisagea de partir. Il avait obtenu ce qu'il était venu chercher, une autre rencontre avec Mlle Breckenridge. Cependant, s'il partait, il devrait trouver à se divertir au cours des prochaines heures. Pourquoi ne pas passer au moins une partie de ce temps au même endroit qu'elle ? Il pourrait lui voler autant de regards qu'il le souhaitait, surtout s'il s'asseyait dans le fond.

Il entra dans la nef au moment où le service commençait.

Elle était assise dans l'aile au côté de sa patronne, à peu près au milieu de l'église. Il s'assit sur le banc du fond, d'où il bénéficiait d'une vue imprenable. Il prit soin de ne pas la fixer, mais il la regarda tout son soûl. Elle était d'une beauté saisissante, avec une pointe de nez effrontée et un menton fortement incliné. La courbe de sa mâchoire et l'élégance de son cou réveillaient l'artiste en lui. Cela faisait bien longtemps qu'il n'avait pas dessiné, mais soudain il ressentait l'envie de poser un crayon sur un parchemin.

À la fin de l'office, il sortit et patienta, attendant une occasion de discuter avec Wendover. Il croisa le regard du comte qui s'approchait.

— Comment s'est passé votre trajet, Clare ?

— Très bien, merci. Votre animal est excellent. En fait, si cela ne vous dérange pas, je vais de nouveau l'emprunter pour aller faire un tour avant de rentrer à Greensward. Je ne voudrais pas gâcher ce bel après-midi.

Wendover rit.

— Bel après-midi pour *cet* été en particulier, je suppose. Serait-ce trop demander d'avoir un peu plus de soleil, ou moins de froid ?

La température d'aujourd'hui était assez correcte, mais la brise était fraîche.

— Au moins, il ne pleut pas. Je sais être reconnaissant des petites choses.

Wendover hocha la tête en signe d'approbation.

— Alors j'imagine que nous nous verrons au dîner.

— En effet.

West regarda Mlle Breckenridge se diriger vers sa voiture avec Lady Dunn. Elle jeta un coup d'œil dans sa direction, et ils échangèrent un très bref signe de tête.

Alors qu'il enfourchait son cheval et se rendait en ville à la recherche d'un pub, il bouillait d'impatience. Après s'être rafraîchi, il chevaucha lentement en direction de la colline de

Wendover. Il s'était assuré que le comte savait qu'il serait parti tout l'après-midi. Pour monter à cheval. Il attacherait l'animal près de la colline pendant que lui et Mlle Breckenridge feraient leur promenade.

Une fois la tâche accomplie, et quand il eut gratifié la bête de quelques tapes, West se dirigea vers le sentier de promenade. Plutôt que d'attendre Mlle Breckenridge à la vue de tous, il trouva des arbustes où se dissimuler.

Cependant, alors qu'il les contournait, il s'arrêta net. Les membres emmêlés, mais fort heureusement toujours vêtus, M. et Mme Travill étaient allongés sur une couverture dans l'herbe.

West tenta de reculer discrètement, mais il trahit néanmoins sa présence. Le couple se sépara, et Mme Travill laissa échapper un son à mi-chemin entre le cri et le halètement. Elle roula sur le côté, se servant de ses mains pour faire descendre sa jupe, que Travill avait fait remonter.

Travill rajusta sa braguette.

— Maudit sois-je, Votre Grâce. Vous nous avez surpris.

West se tourna.

— Mes plus profondes excuses. Je cherchais seulement un peu d'intimité moi-même.

— C'est vrai ?

Le ton blagueur de Travill laissait entendre qu'il savait ce que West faisait. Ou qu'il ferait dès qu'une femme arriverait.

— En fait, je me promène à cheval, et je cherchais un… un moment de répit. Je vais trouver un autre endroit.

— Ce serait plutôt élégant de votre part.

— Continuez.

West quitta les lieux et aperçut aussitôt Mlle Breckenridge venant dans sa direction. Il jeta un coup d'œil par-dessus son épaule pour s'assurer que les Travill étaient restés derrière la haie. Constatant qu'ils étaient occupés, du moins pour l'instant, il fit un signe de la main à Mlle Breckenridge et lui indiqua la colline.

Elle marqua un temps d'arrêt, mais il ne voyait pas son expression. Il se mit en marche dans la direction qu'il voulait qu'elle prenne, se déplaçant rapidement à grandes enjambées.

Elle comprit et modifia sa trajectoire.

West continua d'arpenter la zone pour s'assurer que les Travill restaient derrière les arbustes et que personne d'autre n'avait décidé de venir se promener. Ou pratiquer toute autre activité.

Il chercha un second sentier, mais n'en trouva pas. Finalement, il trouva un autre groupe d'arbustes et se plaça derrière eux. Quelques minutes plus tard, Mlle Breckenridge le rejoignit.

— Que faites-vous ?

Elle semblait vraiment déconcertée, et elle fronçait ses sourcils roux doré. C'était plutôt ravissant. D'ordinaire, elle était plutôt posée.

— J'attends que les Travill aient fini leur rendez-vous derrière les buissons, là-bas.

— Leur qu…

Elle rougit.

— Peu importe. Comment savez-vous qu'ils sont là ?

— J'allais me cacher en vous attendant. Apparemment, il se trouve que c'est un excellent endroit pour se dissimuler.

— Je vois. Tout comme ici, ajouta-t-elle en balayant l'endroit du regard.

Il avança d'un petit pas vers elle.

— Êtes-vous en train de suggérer que nous avons un rendez-vous ?

— N'est-ce pas précisément ce que nous faisons ? répliqua-t-elle en rougissant de nouveau. En quelque sorte.

— Je ne sais pas précisément ce que nous faisons. Cependant, je serais ravi de copier les Travill.

— Je ne...

Elle pinça les lèvres.

— Non. Je suis venue marcher. Si cela ne vous intéresse plus, je retournerai à la maison.

Elle commença à se tourner, mais il lui toucha le coude. C'était une minuscule connexion, mais il la ressentit au creux de ses os, de ses muscles, de ses nerfs.

— Je vous en prie, non. Je me tiendrai bien.

Elle haussa un sourcil en le regardant.

— Savez-vous comment faire ?

Il gloussa.

— À l'évidence, oui. J'ai eu un comportement exemplaire depuis que vous m'avez rappelé à l'ordre.

Elle opina du chef.

— C'est effectivement vrai.

Elle soupira et passa ses mains gantées sur sa jupe.

— Qu'allons-nous faire, alors ?

— Ils ne devraient pas être trop longs. Je vais jeter un œil.

Il jeta un regard derrière les buissons, vers l'endroit où se cachaient les Travill.

— Comment le savez-vous ?

Au vu de la braguette ouverte de Travill et de la manière dont sa main soulevait l'ourlet de la robe de sa femme, West était convaincu qu'ils ne jouiraient pas d'un interlude trop long.

— Si vous vous souvenez, je suis très observateur.

Elle porta la main à sa bouche.

— Oh, mon Dieu ! Étaient-ils... *en flagrant délit* ?

Il rit et dut maîtriser le volume de sa voix avant d'attirer l'attention sur leur présence.

— Pas tout à fait.

— Alors comment savez-vous combien de temps cela va durer ? Peut-être avez-vous gâché l'ambiance.

Il rit à nouveau avant de se calmer ; soudain, il la voyait un peu différemment.

— Qu'en savez-vous ?

Elle tourna la tête, mais il aperçut la légère coloration de ses joues.

— Rien. Juste ce que j'ai entendu dire.

Convaincu qu'elle était la femme la plus fascinante qu'il ait jamais rencontrée, il avait hâte de passer l'après-midi avec elle. Il jeta un nouveau regard par-dessus la haie et vit les Travill sur le chemin du retour vers la maison.

Il se tourna vers Mlle Breckenridge.

— Ils en ont terminé.

— Je commence à me dire que nous devrions en faire de même.

Il n'aimait pas entendre ça.

— Pourquoi ?

Elle hésita.

— Je ne sais pas. Parce que.

Elle semblait vouloir en dire plus, mais se contenta d'ajouter un autre « parce que ».

— Voilà une raison fascinante, si vous voulez mon avis. Je crois que nous devrions faire notre promenade. Il ne pleut pas, et la vue au sommet de Wendover m'attire.

Il lui présenta son bras.

— Me permettez-vous de vous escorter ?

Elle jeta un œil à sa manche, et sa lèvre remua comme si elle l'avait mordillée à l'intérieur.

— Et si quelqu'un nous voit ? Si les Travill étaient ici, ils ne sont peut-être pas les seuls.

Elle avait raison, mais cela ne le décourageait pas pour autant.

— C'est peu probable. Et si nous croisons quelqu'un, je trouverai une excuse. Je suis plutôt doué pour cela.

Elle le regarda avec méfiance.

— J'en suis certaine.

— Y allons-nous, alors ?

Elle posa une main timide sur son bras.

— J'espère que je ne vais pas le regretter.

Il couvrit ses doigts des siens.

— Je vous promets que ce ne sera pas le cas.

— Cessez de me promettre des choses.

Elle retira sa main.

— À bien y réfléchir, je ne devrais pas vous toucher. Cela n'aidera sûrement pas à trouver des *excuses* si nous rencontrons quelqu'un.

— C'est juste.

Il lui fit signe de le précéder. Quand elle le dépassa, il la laissa avancer de quelques pas avant de la rattraper.

— Et, mademoiselle Breckenridge ?

Elle tourna vers lui des yeux verts, brillant d'intelligence.

— Je ne promets que des choses que je peux offrir.

CHAPITRE HUIT

*I*vy le regarda en clignant des yeux, à la fois frustrée et flattée par son comportement séducteur et ses insinuations. Elle se rappelait que Peter avait flirté avec elle, mais il n'avait jamais été aussi doué. Il n'avait pas l'air sophistiqué de West. Et autre chose. West dégageait une certaine joie de vivre. Et elle devait bien admettre qu'il était difficile de rester insensible.

— Mademoiselle Breckenridge… Je viens de réaliser que je ne connais même pas votre nom de baptême. Comment est-ce possible ?

Cette situation l'amusait sans qu'elle puisse l'expliquer. Peut-être n'était-il pas aussi adroit qu'elle le pensait.

— Parce que je ne vous l'ai pas donné. Pourquoi le ferais-je ? Ce n'est pas une chose que l'on partage en général avec ses connaissances.

— Eh bien, j'eusse espéré que nous avions dépassé ce stade. Il me semble que je devrais le connaître. Il jeta un coup d'œil vers elle, et leurs regards se croisèrent brièvement.

— Cependant, j'ai le net sentiment que vous n'allez pas me le dire.

— Pourquoi le ferais-je, alors que je peux vous le faire deviner ?

Ses lèvres se retroussèrent alors qu'ils atteignaient le sentier.

Ils tournèrent et attaquèrent la montée. Le chemin, flanqué de bois qui passaient de clairsemés à denses, puis à nouveau à clairsemés, était plus qu'assez large pour qu'ils puissent marcher côte à côte.

— Je crois que vous aimez cela, lui dit-il.

— Qu'est-ce qui vous le fait penser ?

— Vous avez plus souri au cours de la dernière minute que depuis que nous nous connaissons.

Elle se savait particulièrement pondérée, mais il exagérait sûrement.

— Oui, j'aime cela. Comment croyez-vous que je m'appelle ?

Il tourna la tête pour la regarder en marchant. Du coin de l'œil, elle vit qu'il la scrutait.

— Je n'arrive pas à décider s'il s'agit de quelque chose de simple ou d'exotique. Je vous imagine avec l'un ou l'autre. Ou peut-être quelque chose de très féminin et beau.

Il garda le silence un moment, et Ivy sentit sa chair s'échauffer sous le poids de son examen.

— Comment parvenez-vous à faire cela ? lui demanda-t-elle.

— Faire quoi ?

— Me regarder tout en marchant, sans trébucher ?

— J'ai de nombreuses compétences.

Elle laissa échapper un rire peu féminin.

— Vous devez être l'homme le plus arrogant que j'ai jamais rencontré !

— Probablement. Mais j'essaie, et j'aime avoir du succès dans tout ce que j'entreprends.

Elle tourna la tête et lui jeta un regard moqueur.

— Vous ne vous arrêtez jamais ?

— Jamais.

Il regarda devant lui, détournant son regard d'elle.

— Est-ce mieux ainsi ?

Elle ne répondit pas et se concentra sur leur ascension.

— Mary.

Ivy avait beau avoir les yeux rivés sur le sentier, elle trébucha. Elle ne tomba pas, mais West plongea quand même.

Il la rattrapa par la taille.

— Est-ce que vous allez bien ?

— Oui.

Elle se redressa et leva les yeux sur lui. Il était très proche. Trop proche. Mais elle ne recula pas.

Il l'avait appelée *Mary*. Comment l'avait-il su ?

— Vous avez tort. Pourquoi avez-vous choisi ce nom ?

Elle frissonna et se demanda s'il sentait son léger tremblement.

— Vous êtes une personne compatissante, j'en déduis donc que vous avez eu une enfance chaleureuse et pleine d'attentions.

Il se fourvoyait là-dessus aussi, mais elle ne le détrompa pas. Elle pivota légèrement. Ce fut suffisant pour perturber leur connexion physique, et il la relâcha.

— Et c'est ainsi que vous en êtes arrivé au prénom Mary ?

— Je l'ai toujours aimé. C'est un nom heureux, et très beau. Il est aussi simple et féminin, tout comme vous.

Elle plissa les yeux en le regardant.

— Vous croyez que je suis simple ?

Il gloussa.

— Pas de cette manière. Vous n'êtes pas compliquée. La plupart des femmes de ma connaissance sont irritables ou… difficiles, d'une certaine manière.

Elle se remit en route et il marcha à ses côtés.

— Des femmes de votre connaissance, répéta-t-elle.

C'était l'occasion parfaite pour lui poser la question.

— Les femmes avec qui vous avez des liaisons ?

— La plupart du temps, oui.

— Pourquoi toutes vos conquêtes sont-elles mariées ?

— Parce que je les aide à avoir un mariage plus heureux.

Il l'avait dit avec franchise, sans la moindre ironie.

Elle faillit trébucher à nouveau.

— Comment diable faites-vous ça ?

— Vous tenez vraiment à le savoir ? lui demanda-t-il.

— Vous aimez me poser cette question.

— Je veux m'assurer que vous avez vraiment envie d'entendre ce que j'ai à dire. Certaines femmes, la plupart des femmes, préfèrent ne pas évoquer mes liaisons passées.

Elle n'en avait pas particulièrement envie non plus. Elle ressentait une étrange jalousie, mais aussi une curiosité perverse.

— Comment le fait d'avoir une liaison pourrait-il améliorer un mariage ?

— Parce que le sexe est inexistant dans ledit mariage ou qu'il présente des lacunes sur le plan sexuel.

Elle s'arrêta net et se tourna pour le regarder.

— Êtes-vous sérieux ?

Il se tourna vers elle.

— Tout à fait. J'aide la femme à trouver sa délivrance et je lui montre comment augmenter son plaisir et, par conséquent, celui de son mari. Cependant, l'accent est mis sur elle. De très nombreux hommes ne se soucient pas de la satisfaction de leur amante, à leur propre détriment.

Doux Jésus ! Elle avait du mal à croire ce qu'elle entendait. La chaleur qui lui montait aux joues lui indiqua qu'elle devait sûrement avoir le visage cramoisi. En réalité, il aurait tout aussi bien pu être en train de décrire son expérience avec Peter. Sur le plan émotionnel, il ne lui avait rien donné, et sur le plan physique, il avait éveillé en elle une passion qu'il n'avait jamais vraiment assouvie, bien qu'elle ne s'en soit pas rendu compte à l'époque. Non, elle était éprise, et il s'en était servi pour assouvir ses propres désirs égoïstes.

Elle se retourna brusquement et se remit à marcher à un rythme plus rapide qu'auparavant. Peut-être parce que son esprit tournait à toute vitesse pour essayer de donner un sens à ce qu'il venait de lui dire.

Il fallut attendre plusieurs minutes avant que l'un d'entre eux ne parle.

— Je vous ai choquée, n'est-ce pas ? lui demanda-t-il, la faisant sursauter.

Elle s'était un peu perdue dans les souvenirs du passé et… des pensées au sujet du présent.

— J'aurais envie de dire non, pour que vous me trouviez sophistiquée, mais je ne peux pas.

— Pourquoi voulez-vous que je vous trouve sophistiquée ?

Elle lui adressa un regard irrité. Il était bien trop avisé. Elle était, ou avait été, tout l'opposé. Elle avait été naïve, stupide, et totalement inexpérimentée. Quand elle avait démarré sa nouvelle vie, elle s'était efforcée de devenir le contraire. Elle s'était imaginée être sophistiquée *maintenant*, mais elle se rendit compte à quel point elle avait tort.

— Mademoiselle Breckenridge, dit-il dans une expiration, je ne connais toujours pas votre prénom, et je ne vous estime pas moins. Cela me surprendrait de ne *pas* vous avoir choquée.

Ils approchaient du sommet de la colline, et les arbres se clairsemaient. Elle voyait un grand espace ouvert au sommet.

— Il se trouve que je suis… curieuse.

Voilà, elle l'avait dit. Quand il avait parlé d'aider ces femmes mariées, on aurait presque dit une sorte de réveil. Et elle se demandait s'il serait capable de faire la même chose pour elle. Mais évidemment qu'il le pourrait. Il avait dit qu'il pouvait changer sa vie, et à présent elle savait comment il prévoyait de le faire.

— Dans un certain sens, on pourrait dire que vous offrez un service à ces femmes.

Doux Jésus, cela donnait presque l'impression qu'il était dans le commerce. Le commerce sexuel. Elle le regarda avec insistance et ralentit le pas.

— Elles ne vous *paient* pas ?

— Bon sang, non !

Il la regarda, ses yeux sombres scintillant dans l'ombre projetée par le bord de son chapeau.

— Mes excuses, mais je ne me vends pas.

— Je ne voulais pas vous offenser.

Elle comprenait toutefois sa réaction.

— Sincèrement, je ne pensais pas que c'était le cas. Mon esprit s'est un peu emballé. J'essaie de comprendre. Pourquoi aidez-vous ces femmes ?

Il ne répondit pas immédiatement, et elle se demanda pourquoi il hésitait. Y avait-il une vérité qu'il voulait garder enfouie ? Évidemment, elle était la reine des vérités enfouies.

Il s'arrêta au sommet et ne la regarda pas. Au lieu de cela, il scruta le vaste espace dépourvu d'arbres.

— Je me suis rendu compte à un assez jeune âge que j'appréciais les activités sexuelles. J'aime donner du plaisir à une femme, et il se trouve que je suis plutôt doué pour cela.

Il était d'une arrogance aussi stupéfiante que séduisante, pour être honnête.

— Parce qu'elles vous le disent toutes ? demanda-t-elle en s'arrêtant à quelques mètres.

Il gloussa.

— Oui. Mais elles n'y sont pas obligées.

Elle se tourna et haussa un sourcil.

— Vous voulez dire qu'il n'existe aucune femme qui ait quitté votre lit sans être satisfaite ?

— Oui, c'est ce que je suis en train de dire.

Son regard était inébranlable et impénitent.

— J'admets que je me suis retrouvé face à quelques défis, mais au final je les surmonte.

La jalousie l'envahit une nouvelle fois. Elle se souvint de ce qu'elle avait entendu le premier jour de la partie de campagne.

— Et qu'en est-il des enfants ? Est-il vrai que vous en avez engendré plusieurs ?

— Je ne sais pas s'il y en a *plusieurs*, mais il y en a sûrement un ou deux.

Son attitude cavalière mit Ivy en colère.

— Vous voulez dire que vous ne *savez* pas ?

Il se rapprocha un peu d'elle, mais pas trop, heureusement.

— J'ai des soupçons, mais je ne m'inquiète pas à ce sujet, parce qu'il ne tracasse personne d'autre. Et par personne d'autre, je parle de mes amantes comme de leur mari.

— La société s'en soucie.

C'était un argument stupide, surtout qu'Ivy se fichait de ce qu'ils pensaient. Non, ce qui la tracassait, c'était que lui ne semble pas se soucier qu'un autre élève son enfant.

— Pourquoi devrais-je m'inquiéter de cela ?

— Que faites-vous des enfants ? lui demanda-t-elle doucement. Vous ne vous souciez pas d'eux ? Cela ne vous dérange-t-il pas qu'ils ne soient pas à vous ?

Il ne répondit rien. Il la dévisagea, puis détourna le regard.

Elle s'éloigna de lui pour observer la vue. La vallée d'Aylesbury s'étendait devant eux. Elle voyait le village au loin, ainsi que Greensward. Il y avait des fermes, des pâturages vallonnés, et des haies bien taillées. C'était pastoral et serein.

Plutôt tout le contraire de ce qui se produisait en elle. Elle était dans un état de confusion totale. Elle aurait dû s'enfuir loin de cet homme, et pourtant elle était totalement attirée par lui.

— C'est bien dommage que nous n'ayons pas une véritable journée d'été. J'imagine qu'un ciel bleu vif serait merveilleux vu d'ici.

Il s'était rapproché d'elle. Plus près que ce que suggérait la bienséance. Elle se prélassa dans la chaleur de son corps, et inspira son parfum masculin.

Elle ferma brièvement les yeux, et profita simplement de sa proximité. Avec une profonde inspiration, elle leva les yeux sur le ciel gris, et acquiesça en silence.

— Je n'ai jamais trop pensé aux enfants, lui dit-il doucement. Et il n'y en a qu'un dont je sois vraiment certain. En fait, jamais je ne l'ai admis à haute voix. Je sais qu'il est aimé, et bien élevé. Je n'arrive pas à voir le mal dans tout cela.

— Mais cela ne vous empêche pas de poursuivre vos… activités.

— J'aime aider les gens.

Il parlait sur un ton simple et doux. Il l'enveloppait de chaleur et de prévenance.

— Et j'aime le sexe. Est-ce si grave que cela ?

Elle se tourna vers lui et recula légèrement. Elle n'allait pas s'enfuir, mais cela ne signifiait pas qu'elle n'allait pas ajouter un peu de distance bienvenue entre eux.

— Les maris ne s'inquiètent pas de votre… implication ?

— Certains le font, oui. Nous nous efforçons d'être discrets.

— Et pourtant, vos aventures sont légendaires.

— Légendaires ? Vous ne pensez pas que c'est un peu exagéré ?

Elle souleva une épaule.

— Peut-être.

Une brise fit bruisser sa jupe et les rubans de son béguin.

— Comment vous sentiriez-vous si quelqu'un séduisait votre femme ?

— Tout d'abord, il ne s'agit nullement de séduction. C'est un arrangement mutuellement recherché.

Il se détourna et scruta la vallée.

— Deuxièmement, je n'ai pas de femme.

— Et pourquoi cela ? lui demanda-t-elle, le trouvant de plus en plus intrigant. N'est-il pas de votre devoir de fournir un héritier ?

Il continua de regarder le paysage.

— J'ai un héritier. Un cousin quelque part dans le Norfolk.

— Alors vous ne prévoyez pas de vous marier ?

Il tourna la tête vers elle, avec une expression neutre.

— C'est exact. Je n'en ai pas l'intention.

Elle eut envie de lui demander pourquoi, mais s'abstint. Si elle lui posait trop de questions, cela pourrait lui donner l'idée d'en faire de même avec elle. Et elle n'avait pas l'intention d'y répondre.

— Je suppose que nous devrions rentrer, dit-elle en se retournant. Nous ne voudrions pas nous absenter trop longtemps.

Il la rejoignit et ils repartirent sur le chemin.

— Est-ce tout ce que vous avez l'intention de faire ? Vous m'avez donné une chance de changer votre vie. Si je ne me suis pas montré assez clair avant, laissez-moi l'être à présent. J'aimerais faire pour vous ce que j'ai réalisé pour d'autres femmes.

Elle pencha la tête pour lui lancer un regard effronté.

— Mais je ne suis pas mariée, et je ne le serai jamais.

— Jamais ? Qu'est-ce qui vous fait dire cela ?

— Vous connaissez mon statut, je présume ? Très peu de

gentlemen seraient intéressés par une compagne qui n'a rien à leur offrir.

Son regard s'attarda sur elle alors qu'ils commençaient à descendre le sentier.

— Je crois que vous avez beaucoup à offrir. Vous ne paraissez pas vous rendre compte que vous êtes vraiment magnifique. Ce qui n'est que l'une des nombreuses choses que je trouve attirantes chez vous.

Elle se détourna de lui et se concentra sur le sentier devant elle, afin de ne pas trébucher et chuter au bas de la colline. Au bout d'une minute, elle laissa échapper l'une des nombreuses pensées qui lui traversaient l'esprit.

— Que feriez-vous ? Avec moi, je veux dire.

— Vous souhaitez des détails ?

Elle lui adressa un subtil signe de tête, sans savoir s'il la regardait ou non. Elle ne parvenait pas à se résoudre à jeter un œil dans sa direction.

— Pour commencer, je toucherais votre visage. J'ai envie de savoir si votre peau est aussi douce qu'elle en a l'air, si vos lèvres sont aussi soyeuses que dans mon imagination.

Son corps s'éveilla soudain d'une manière qu'elle n'avait pas ressentie depuis une décennie.

— Ensuite, je vous embrasserais. Doucement… Je laisserais nos lèvres se rencontrer, se faire la cour, en quelque sorte, si vous voulez.

Dans sa bouche, cela paraissait charmant. Elle se rappelait la faim, l'insistance, la moiteur. Peter aimait se servir de sa langue. Cela n'avait pas été désagréable, simplement différent de ce que West décrivait. Et, bien entendu, avec Peter, elle n'avait eu aucun point de comparaison.

Arrête. Elle refusait de songer au passé.

— Une fois que nous serions tous deux satisfaits, à l'aise et disposés, je ferais courir ma langue le long de votre lèvre inférieure, doucement. Et si vous m'y invitiez, je glisserais ma langue dans votre bouche, en quête de la vôtre. Ensuite, quand elles se rencontreraient, elles se feraient la cour à leur tour.

Les langues. Mais cela ne ressemblait pas non plus à ce qu'elle avait vécu. La chaleur s'accumula dans son ventre, et enflamma son corps. Elle ne le regardait toujours pas. Elle en était incapable.

— Je crois que je vous embrasserais pendant un moment. Nous nous explorerions mutuellement, jusqu'à en perdre haleine. Pendant tout ce temps, je vous serrerais contre moi, bien entendu. Mes mains et mes doigts parcourraient délicatement votre cou et votre dos, votre taille et vos flancs. Puis, à mesure que notre désir enflerait, je trouverais vos seins, je les caresserais. J'imagine qu'ils combleraient aisément mes mains.

— Suis-je, euh, toujours vêtue ?

Sa voix semblait haut perchée et étrange, et elle voulut immédiatement retirer sa question. Sans nul doute, il percevait l'effet qu'il produisait sur elle. Rien qu'en parlant !

— Pour l'instant, oui. Il nous faut commencer par le début, n'est-ce pas ?

Jamais elle n'avait été dévêtue avec Peter. Une partie d'elle-même en avait envie. Elle se languissait de sentir le corps nu d'un autre homme, celui de West en réalité, contre le sien. La raison, c'était qu'elle était une dévergondée, comme le disaient sa mère et son père. Elle se sentait si coupable et honteuse qu'elle aurait pu dévaler la colline en courant. Mais elle se raccrocha aux sentiments que West avait fait renaître. Elle ne voulait pas des ténèbres. À cet instant, pour un court moment, elle désirait embrasser la lumière.

— Comme je le disais, poursuivit-il, je prendrais vos seins et les masserais délicatement. J'en chercherais les pointes et me servirais de mes doigts jusqu'à les raidir.

Ses mamelons étaient déjà dans cet état. Jamais ses vêtements ne lui avaient paru aussi inconfortablement étroits.

— Selon le vêtement que vous porteriez, je pourrais y
glisser ma main et caresser votre chair nue. L'extase me ferait
fermer les yeux, car vous seriez très chaude, douce et
parfaite.

Ivy ressentait des picotements partout. Elle quitta le
sentier et appuya sa main contre le tronc épais d'un arbre
pour rassembler ses esprits et reprendre son souffle. Alors
qu'ils descendaient la colline, elle avait l'impression de
grimper.

West la suivit, restant proche.

— Est-ce que vous allez bien ?

Elle hocha la tête.

— Oui. Je voulais juste me reposer un instant.

— Dois-je continuer ? s'enquit-il.

Non. Elle hocha de nouveau la tête, incapable de se
refuser cette torture exquise.

— Je trouverais l'ourlet de votre jupe et le remonterais
au-dessus de votre cheville. Je serrerais votre jambe, enroule-
rais mes doigts autour de votre mollet. Alors je glisserais
lentement ma main vers le haut, frôlant votre genou, laissant
ma paume contre votre cuisse. Vous écarteriez vos jambes
pour moi, et je trouverais votre cœur, cet endroit chaud et
doux protégé par des boucles soyeuses.

Sa voix était grave et sombre, totalement captivante.

— Dites-moi, sont-elles de la même couleur que vos
cheveux ou peut-être plus rouges ? Je les imagine plus
rouges, comme un feu qui couve.

Oh, mon Dieu !

— Rouge. Oui.

Elle paraissait essoufflée, comme si elle avait couru
jusqu'en haut de cette maudite colline.

Il s'était rapproché pour qu'elle sente la chaleur de son souffle quand il parlait.

— Vous vous ouvririez davantage pour moi, anticipant mes caresses. Votre corps frémirait de désir. Je vous caresserais très doucement, mes doigts effleurant votre chair. Vous gémiriez, je pense.

Elle faillit gémir à cet instant. Elle avait les yeux ouverts, mais ne voyait rien d'autre que lui qui faisait ces choses dans son esprit.

— Vous deviendriez moite de désir, et je sentirais l'humidité sur le bout de mes doigts. Me servant de mon pouce, je trouverais ce minuscule endroit près du haut de votre sexe. Saviez-vous que le plaisir d'une femme réside à cet endroit ? Si vous le caressez de la bonne manière, vous atteindrez la délivrance sans la moindre pénétration. Vous pourriez même le faire pour vous-même.

Ses jambes avaient la consistance du pudding. Elle se soutint à l'arbre de peur de fondre en une flaque à ses pieds.

— J'ai, euh, j'ai essayé cela. Je ne dois pas savoir m'y prendre.

— Je pourrais vous montrer.

Oui, oui, oui, s'il vous plaît.

Sa voix descendit jusqu'à son ton le plus profond et le plus séduisant.

— Mais, si vous me le permettiez, j'aimerais aussi introduire mon doigt, ou mes doigts, en vous. Peut-être suis-je en train de m'avancer. Oui, je le crois. Car je me surprends à rêver de poser également ma bouche sur vous et de faire usage de ma langue…

— *Arrêtez*, le supplia-t-elle en prenant une grande inspiration, son cœur s'emballant. Je vous en prie, arrêtez.

Elle ne pouvait le supporter un instant de plus. Elle était très proche de l'attirer contre elle et d'exiger de lui qu'il lui fasse toutes ces choses dans l'instant.

Il s'écarta légèrement d'elle, et elle lui en fut immensément reconnaissante.

— Je n'avais pas l'intention d'aller trop loin.

— Non. Ce n'est pas le cas. Je suis juste…

Qu'était-elle exactement ? Excitée. Submergée. Téméraire. Peut-être pas le dernier. Du moins pas encore. Elle s'écarta de l'arbre.

— Nous devrions rentrer.

Elle se remit en chemin, espérant qu'il tenterait de l'arrêter.

Comme il n'en fit rien, elle ne sut décider si elle s'en sentait soulagée ou déçue.

Ils descendirent jusqu'au pied du chemin dans un silence pesant. Ivy était aussi consciente de sa présence que s'ils se touchaient. Chacune de ses respirations résonnait comme un gémissement, et chacun de ses regards était une véritable caresse.

Quand le sol s'aplanit, il fit une pause.

— Continuez jusqu'à la maison. Je dois aller récupérer mon cheval.

— Merci pour la promenade.

Elle parvint à croiser son regard, et la chaleur de ses yeux pénétra son corps encore excité.

— J'ai hâte de recommencer.

Elle ne savait pas si elle pouvait s'engager dans cette voie. Elle n'était pas certaine non plus de ne *pas* s'y engager.

— Je vous verrai au dîner.

— J'en suis certain, murmura-t-il.

Elle se retourna et se força à marcher jusqu'à la maison. Sa démarche était longue et rapide. À chaque pas, elle se demandait si elle n'avait pas laissé échapper son unique chance d'être avec le duc des Désirs.

CHAPITRE NEUF

Un miracle se produisit lorsque le soleil traversa les nuages et que les dames de la partie de campagne ainsi qu'une poignée de messieurs entrèrent dans le village de Wendover. Lorsque le valet de pied ouvrit la porte de la voiture, Ivy leva les yeux vers le ciel et sourit. Elle était plutôt de bonne humeur depuis qu'elle avait passé l'après-midi précédent avec West. Elle regrettait encore un peu de ne pas avoir concrétisé ses désirs, mais était également très heureuse d'être partie.

Et voilà qu'aujourd'hui avait lieu l'événement qu'elle avait le plus attendu : l'excursion au foyer. Comme de nombreuses villes, Wendover possédait un petit foyer qui soutenait les pauvres locaux. Lady Wendover en était la dame patronnesse, et Ivy était impatiente d'entendre comment il fonctionnait.

Emmaline et Mme Forth-Hodges se rapprochèrent d'elle et de Lady Dunn. La jeune femme avait les yeux baissés, le corps affaissé. Elle n'était pas descendue dîner hier soir, et Ivy ne pouvait que supposer qu'elle était triste de ce qui s'était passé avec Townsend. Elle se demandait si elle saurait trouver un moyen d'apporter un peu de gaieté à son amie.

— Bon après-midi, dit Mme Forth-Hodges d'un ton joyeux.

Elle semblait raide, et son sourire un peu forcé.

— Bonjour, répondit Lady Dunn. C'est une journée capitale. Je suis très heureuse. Mlle Breckenridge et moi avons attendu cette visite avec impatience.

— C'est vrai ? s'enquit poliment Mme Forth-Hodges.

Lady Dunn acquiesça d'un mouvement de tête.

— Ma dame de compagnie est d'une nature charitable. Elle apporte son aide à l'hôpital Foundling à Londres et fait tout ce qu'elle peut pour assister les moins fortunés.

Emmaline croisa le regard d'Ivy.

— J'aimerais bien le faire.

— Nous le faisons, ma chère, dit Mme Forth-Hodges.

— Tu vas vraiment à l'hôpital ? s'enquit Emmaline auprès d'Ivy.

— Oui. Et dans quelques foyers. Les femmes y sont les plus défavorisées.

— Et que pouvez-vous faire pour les aider ? lui demanda Mme Forth-Hodges.

Elle semblait à la fois consternée et sincèrement intéressée.

Ivy était plus qu'heureuse de l'informer. Plus les gens comprendraient la détresse de ceux qu'ils ne côtoyaient pas, plus ils auraient de la compassion. Et plus de compassion signifiait qu'ils pouvaient contribuer à améliorer les conditions de vie de ceux qui étaient en difficulté.

— Je leur apprends à lire, expliqua Ivy. Et à compter. J'ai vu certains d'entre eux trouver un emploi et se trouver capables de quitter le foyer.

Lady Dunn tapota le bras d'Ivy.

— Je commence à en savoir plus depuis que Mlle Breckenridge travaille pour moi. J'ai été vraiment ravie d'être éduquée et de soutenir ses efforts. Je fais en sorte qu'elle ait du temps chaque semaine à consacrer à sa passion.

La vicomtesse sourit à Ivy et, pour la première fois depuis des années, Ivy sentit un nœud dans sa gorge. Elle n'avait pas l'habitude que les gens parlent d'elle de cette manière. En fait, elle n'avait absolument aucune expérience en la matière.

Lady Dunn reporta son attention sur Mme Forth-Hodges.

— C'est très difficile, ce que fait Ivy. Ces pauvres âmes sont tellement stigmatisées. Il faut trouver la bonne personne prête à les employer.

Le regard que Mme Forth-Hodges posa sur Ivy était proche de l'admiration. Un net sentiment de malaise déferla sur le corps d'Ivy. Elle se tourna vers Emmaline.

— Si tu souhaites venir avec moi un jour, je suis certaine que nous pourrons arranger cela.

— Est-ce que cela est sans danger ? demanda Mme Forth-Hodges.

— Bonté divine, oui ! s'exclama Lady Dunn.

— Pour ceux qui sont dans un quartier douteux, j'envoie un valet de pied avec elle, et vous pourrez faire de même.

Oui, la vicomtesse avait insisté pour qu'un valet de pied accompagne Ivy la toute première fois qu'elle avait demandé la permission d'aller dans un foyer. Elle en avait été choquée, tant par le soutien de Lady Dunn que par le fait qu'elle se souciait tant de la sécurité d'Ivy. Elle avait répondu qu'un valet de pied n'était pas nécessaire, et elles avaient fait un compromis : elle en prenait un quand elle visitait certaines zones, ce qui était logique.

— Lady Dunn est même venue avec moi une fois ou deux, dit Ivy.

Lady Dunn gloussa.

— Oui, mais j'ose dire que je n'en ferai pas une habitude. C'est le genre d'effort réservé aux jeunes.

Lady Dunn souleva sa canne

Lady Wendover leur fit un signe de la main et se tourna vers l'entrée du foyer.

— On dirait que nous allons entrer, dit Ivy.

Emmaline se plaça à côté d'elle et passa son bras sous le sien.

— Allez-y, les filles, lança Lady Dunn en leur faisant signe d'avancer. Je ne suis pas aussi vive que vous.

Elle se tourna vers Mme Forth-Hodges avec un sourire plein d'espoir.

— Vous pourrez me parler de toutes les actions caritatives auxquelles vous avez participé.

Emmaline traîna Ivy en avant.

— Ce sera une courte conversation, dit-elle doucement alors qu'elles se dirigeaient vers le foyer. Maman aime exagérer parfois. Souvent, en fait.

— Comment vas-tu ? s'enquit Ivy, à présent qu'elles étaient seules. Tu sembles triste.

— Je le suis. Et en colère. Et déçue.

Elle souffla.

— Mais que puis-je faire à part tenir bon et attendre que mes parents approuvent Townsend ? Il refuse d'abandonner.

Ivy espéra qu'il était sincère.

— Mais il est parti ?

— Il a pensé que c'était pour le mieux. Il m'a donné une lettre expliquant les choses et a également écrit à mon père qui a semblé impressionné par ce qu'il disait.

Elle lança à Ivy un regard empli de frustration.

— Non pas qu'il ait changé d'avis.

Elles pénétrèrent dans l'intérieur sombre du foyer. Lady Wendover se tenait sur le côté et invitait tout le monde à la rejoindre. Emmaline lâcha le bras d'Ivy alors qu'elles avançaient. Ivy prit place près de la comtesse, impatiente d'entendre parler de ses projets. Elle attendit patiemment que les gens continuent à entrer dans l'espace.

Et se figea momentanément quand West fit son entrée. Il paraissait plus grand que tout le monde et, étrangement, elle eut soudain l'impression qu'ils étaient les deux seules personnes présentes. La chaleur l'envahit, et elle détourna le regard. Mais alors, il vint dans sa direction et se tint juste à côté d'elle. Elle ne pouvait pas s'éloigner sans attirer l'attention sur elle, ce qu'elle ne voulait pas faire.

Ce qui signifiait qu'elle était piégée. À côté de lui.

Elle fit de son mieux pour ignorer sa présence.

~

West était l'un des cinq gentlemen venus en ville, mais il remarqua que le jeune Matthew Travill et lui étaient les seuls à être venus au foyer. Les autres étaient partis au pub en bas de la rue. Axbridge était resté à Greensward et s'était moqué de West qui allait au foyer, ce que ce dernier avait pris avec bonhomie. Il n'était pas encore prêt à avouer au marquis la vraie raison de sa venue, simplement pour être plus près de Mlle Breckenridge.

Bon sang, il ne connaissait *toujours pas* son prénom. Même si la réaction qu'elle avait eue envers le prénom Mary lui avait paru intéressante. Il s'était dit qu'elle avait pu simplement trébucher, mais le regard qu'elle lui avait jeté lui disait qu'il y avait plus. Il se demandait si Mary était son véritable prénom, et qu'elle ne voulait pas l'admettre.

Lady Wendover se mit à parler du foyer et présenta l'homme qui supervisait l'opération. Il avait été résident de l'endroit des années plus tôt. De grande taille, mais mince, avec une belle chevelure blonde et des yeux bleu brillant, il évoqua longuement le nombre de personnes qu'ils servaient ainsi que l'aide qu'ils leur offraient. Il incita les gens à faire des dons, soit ici, soit dans un foyer de leur district.

Mlle Breckenridge leva la main.

— Excusez-moi, M. Lunden. Quel type d'enseignement dispensez-vous ?

Il hocha vigoureusement la tête.

— Voilà une excellente question. Nous employons généralement une maîtresse d'école, mais la dernière nous a quittés pour un autre poste. Nous sommes à la recherche d'une remplaçante.

Mlle Breckenridge lui adressa un léger signe de tête.

— Je connais peut-être quelqu'un que cela pourrait intéresser. Je vais vérifier auprès d'elle.

Lady Wendover regarda Mlle Breckenridge avec une impatience à peine voilée. West savait reconnaître la supériorité quand il la voyait.

— Pouvons-nous commencer la visite ? s'enquit la comtesse.

Il avait eu l'intention de marcher avec Mlle Breckenridge, mais il dut se contenter de la suivre lorsqu'elle rejoignit M. Lunden. Ils se lancèrent aussitôt dans une discussion sur la routine quotidienne du foyer.

— Combien de résidents font partie du personnel ici ? demanda-t-elle en penchant la tête vers lui alors qu'ils pénétraient dans le principal atelier.

— Juste une poignée, puisque nous sommes tout petits, répondit Lunden. Nous avons deux femmes de ménage, une infirmière, une fille qui aide à la cuisine, et un garçon qui apprend à être commis.

Mlle Breckenridge dévoila l'un de ses rares sourires. Il était chaleureux et faisait rayonner tout son visage. West était totalement captivé.

— C'est merveilleux, dit-elle.

— Ce serait *plus* merveilleux encore si nous pouvions

trouver une autre maîtresse d'école en toute hâte. Vous connaissez vraiment quelqu'un ?

— Oui. Je me rends souvent dans un foyer à Londres où j'apprends à lire aux femmes illettrées. Il y a là une jeune femme assez intelligente qui a aidé la maîtresse d'école. Elle est plus que prête à se débrouiller seule.

Lunden rayonnait, les yeux pétillants de reconnaissance.

— Splendide. C'est toujours très gratifiant de voir un résident réussir. Je serais ravi de mener un entretien.

— Il me faut juste organiser son transport, lui expliqua Mlle Breckenridge. Cela pourrait prendre un peu de temps, puisque nous ne retournons pas à Londres avant l'automne. Je vais me renseigner.

West ne put s'empêcher de proposer son aide. La passion de la jeune femme pour cette cause était contagieuse.

— Si vous me le permettez, je demanderai à mon secrétaire d'organiser son transport dès que possible. J'enverrai une lettre dès que nous serons de retour à Greensward.

Mlle Breckenridge et Lunden marquèrent un temps d'arrêt, leurs têtes pivotant vers West dans un même élan.

— Ce serait très gentil de votre part, répondit le responsable du foyer.

— En effet, murmura Mlle Breckenridge.

Elle ne croisa pas vraiment son regard. Il se demanda pour quelle raison.

Ils poursuivirent la visite du foyer, et tout au long de celle-ci, elle posa des questions pertinentes et fit preuve d'une connaissance approfondie. Elle avait visiblement une grande expérience des foyers, et West avait hâte de l'interroger à ce sujet. Elle était pleine de surprises intrigantes.

À la fin de la visite, Mlle Breckenridge se tourna vers Lunden et le remercia pour le temps qu'il lui avait consacré. Elle se dirigea directement vers Lady Dunn, avec qui elle conversa quelques instants. Lady Dunn hocha la tête avec enthousiasme, puis Mlle Breckenridge revint sur ses pas vers Lunden.

West venait de finir de lui donner le nom de son secrétaire.

— Attendez-vous à une lettre de sa part détaillant le transport de la potentielle maîtresse d'école.

Lunden inclina la tête.

— Merci, Votre Grâce.

Mlle Breckenridge jeta un regard à West, mais concentra son attention sur le superviseur.

— Monsieur Lunden, je me suis arrangée pour venir ici tous les jours pour le restant de la partie de campagne pour aider avec les enfants ; mais je n'aurai qu'une semaine, j'en ai peur.

C'était de cela qu'elle avait discuté avec sa patronne.

Les yeux de Lunden s'illuminèrent, et il sourit avec gratitude.

— Ce serait très aimable de votre part… et utile.

— Excellent, je vous verrai demain matin à dix heures.

Elle savait à quelle heure venir grâce à leur discussion précédente sur la routine quotidienne.

West la regarda avec admiration tandis qu'elle souhaitait une bonne journée à Lunden. West fit de même et la suivit hors du foyer, sous le ciel nuageux. Le rayon de soleil qui s'était montré plus tôt avait disparu.

Certains membres du groupe remontèrent la rue jusqu'à la brasserie où ils étaient censés déjeuner, tandis que d'autres retournèrent à Greenward. West rejoignit le groupe à la seconde où il vit Mlle Breckenridge et Lady Dunn en route pour le pub. Il chemina aux côtés de la jeune femme.

— Votre connaissance des foyers est impressionnante, mais votre souci du bien-être des résidents l'est encore plus, déclara-t-il.

Elle jeta un très bref coup d'œil dans sa direction.

— Merci.

— Elle est très modeste, dit Lady Dunn. Du moins, c'est ce qu'il semble.

Elle gloussa.

— Elle a imposé comme condition de travail que je lui accorde certains moments pour mener ses activités caritatives. Comment pourrait-on refuser une telle exigence ?

— En effet.

West était certain de ne pouvoir refuser quoi que ce soit à Mlle Breckenridge. Il espérait seulement qu'elle lui demanderait de faire quelque chose. *N'importe quoi.*

Lady Dunn regarda sa protégée.

— Pendant un moment, j'ai cru que vous alliez offrir vos services à M. Lunden.

Mlle Breckenridge toucha doucement le bras de Lady Dunn.

— Et abandonner mon poste auprès de vous ? Je ne ferais pas ça.

West prit note de son petit geste. Il semblait… incongru. Il avait constaté qu'en règle générale Mlle Breckenridge était froide et distante. Il avait aperçu des bribes de chaleur et de charme, suffisamment pour le séduire. Et justement, parce que ces épisodes étaient peu fréquents, il avait envie de mieux la connaître. Il voyait qu'elle avait de l'affection pour sa patronne, ce qui ne faisait que renforcer son caractère.

Une fois arrivé au pub, West fut entraîné par les autres messieurs dans une salle à manger privée. Il aurait préféré rester avec Mlle Breckenridge et Lady Dunn, mais il ne pouvait le faire sans se donner en spectacle.

West et le jeune Matthew Travill se joignirent aux Lords Wendover, Kirkland et Greaves.

— On dirait que vous surveillez le petit ange de Kirkland, dit Greaves à Travill, faisant rougir le jeune homme.

— C'est une jeune femme charmante, déclara Travill.

West avait remarqué qu'ils semblaient partager un intérêt commun, mais Greaves prenait plaisir à embarrasser le garçon.

— Nous avons sûrement des sujets plus divertissants. Laissons les arrangements matrimoniaux aux femmes, d'accord ?

Il lança à Greaves un regard complaisant avant de se tourner vers Wendover.

— Rappelez-moi les activités de demain ?

— Je pensais faire une autre partie de chasse au faisan.

Il regarda Matthew.

— Vous êtes un bon tireur, jeune homme.

Celui-ci rougit à nouveau, mais son regard était empreint de fierté.

— Merci, monseigneur.

La conversation tourna autour de la chasse, et West but tranquillement sa bière. Au bout de quelques minutes, Greaves, assis tout près, se pencha vers lui.

— J'ai fait un pari avec Chalmers au sujet de votre amante actuelle. J'ai parié sur Lady Jessup, puisque son mari n'est pas présent.

— Vous voulez dire qu'aucune des autres femmes dont les maris *sont* présents n'a de liaison pendant la partie de campagne ? le taquina West.

Si seulement Greaves savait que sa femme avait une liaison avec Axbridge… Mais il n'avait pas l'intention de le lui dire.

— Ce n'est pas cela que je dis, bien sûr.

Il jeta un regard lourd de sens à Wendover, en train de divertir Lady Pelham. Et il était probable que Lady Wendover était occupée avec Lord Kirkland.

West jeta un coup d'œil à Kirkland, et Greaves hocha la tête d'un air entendu, levant sa bière en guise de salut. Après avoir reposé sa chope sur la table, il se tourna vers West.

— Alors, Lady Jessup ? J'aimerais réclamer mon gain à Chalmers ce soir.

West lui adressa un sourire neutre.

— Je crains que non.

— Quel imbécile je fais !

Il baissa la voix, et murmura en jetant un œil à Matthew.

— Dites-moi que ce n'est pas Mme Travill. C'est sur elle que Chalmers a parié.

Il semblait peiné, et West se demanda quelle somme ils avaient pariée.

— Ne vous en faites pas. Il n'y a personne.

Greaves cilla.

— Personne ? Comment est-ce possible ?

West haussa les épaules.

— Je n'ai pas toujours de liaison. Vous refuseriez un peu de répit à un homme ?

Greaves gloussa.

— Bon sang, non !

Il donna une tape sur l'épaule de West.

— Santé !

West souffrit tout le reste du temps qu'ils passèrent à la brasserie, impatient de retrouver Mlle Breckenridge. Mary ? Non, il ne songerait pas à elle sous ce nom, pas avant d'en avoir eu la confirmation.

Enfin, ils rejoignirent les dames et repartirent du pub en direction des véhicules qui les ramèneraient à Greensward. La chance sourit à West, car Lady Dunn était en grande conversation avec Mme Marsh ; Mlle Breckenridge était donc seule à les suivre.

Saisissant l'occasion, il s'avança à ses côtés.

— Avez-vous apprécié la sortie d'aujourd'hui ?

Elle lui jeta un rapide coup d'œil.

— C'était très bien, merci.

— À quel foyer rendez-vous visite à Londres ? Je voudrais faire un don.

Elle tourna prestement la tête vers lui, les yeux écarquillés.

— Vous feriez cela ?

— Oui.

Elle cilla et regarda droit devant elle.

— St George's. Merci.

— Votre dévouement et votre passion sont admirables.

Elle lui jeta un autre regard après qu'il avait dit *passion*. Il était tourmenté depuis leur promenade de la veille. Avait-elle ressenti la même chose ?

Il baissa la voix.

— J'ai apprécié notre promenade d'hier. En fait, je n'arrête pas d'y penser.

Elle garda les yeux rivés droit devant elle.

— C'était… révélateur.

— Je n'arrive pas à déterminer si c'est une bonne ou une mauvaise chose.

— Je dirais que c'était bien.

Il aperçut une légère rougeur sur ses joues et se sentit infiniment heureux.

— Alors nous devrons y retourner un jour.

Elle le regarda à nouveau brièvement.

— Ce pourrait être bien.

Pourrait ?

Il s'en contenterait. Et il avait hâte d'être à la semaine suivante.

CHAPITRE DIX

*I*vy était assise dans l'un des fauteuils près de la cheminée pendant que Barkley finissait de coiffer Lady Dunn pour le dîner. Elle avait beaucoup apprécié l'excursion d'aujourd'hui au foyer et s'impatientait à l'idée d'y retourner le lendemain. Ils avaient brièvement rencontré les enfants pendant leur visite, et Ivy avait hâte de mieux les connaître.

— J'ai été très impressionnée par le duc aujourd'hui, déclara Lady Dunn. Son cœur charitable parle en sa faveur.

Ivy se demandait s'il avait vraiment un cœur charitable ou s'il essayait simplement de l'impressionner. Elle détestait douter de lui, mais c'était dans sa nature. D'après sa propre expérience, on ne pouvait pas faire confiance aux gens ni à leurs motivations.

— C'est quand même un coureur de jupons.

Elle ne cessait de se le répéter. C'était la seule chose qui la retenait d'entamer une liaison avec lui, même si elle était persuadée que c'était ce qu'il voulait.

Mais à présent qu'elle connaissait la raison de son comportement, même si elle n'était toujours pas en accord avec, elle comprenait ses motivations, d'une certaine manière. Elle se demandait comment il parvenait à séparer ses sentiments de ce qu'il faisait. Mais toujours d'après son expérience, pour les gens de son sexe, les émotions n'avaient pas grand-chose à voir dans l'affaire.

— C'est étrange, dit Lady Dunn. Je lui ai parlé à quelques reprises au cours de cette partie de campagne, plus que je ne l'avais jamais fait auparavant, et j'ai du mal à faire le rapprochement entre cet homme agréable et charmant et le duc des Désirs. Les autres hommes de ma connaissance ayant la même réputation sont, pour ainsi dire, assez vils. Il y a quelque chose de sordide chez eux. Ce n'est pas le cas avec le duc.

Ivy était d'accord avec cette analyse. C'était ce qui la faisait réfléchir. S'il allait jusqu'au bout en ramenant la maîtresse d'école de Londres, elle devrait accepter qu'il fût un gentleman digne de ce nom. Et même plus encore. Gentil. Attentionné. Séduisant…

Un coup frappé à la porte tira Ivy de ses pensées et, heureusement, car elles dérivaient dans une direction qu'elle se refusait à prendre. La promenade de la veille avait déjà été assez éprouvante. Si on y ajoutait le comportement de West aujourd'hui, Ivy supplierait pour avoir son attention.

Elle s'était juré de ne plus jamais supplier un autre homme pour quoi que ce soit. *Jamais.*

Barkley acheva de coiffer Lady Dunn et alla ouvrir la porte. Elle revint rapidement en annonçant qu'il s'agissait de Mme Forth-Hodges.

Lady Dunn se leva de devant sa coiffeuse.

— Invitez-la à entrer.

La vicomtesse s'installa sur l'autre fauteuil près de la cheminée.

Mme Forth-Hodges s'avança vers elles, très agitée. Elle avait le visage rouge et serrait si fort ses mains l'une contre l'autre que sa chair en était blanche. Elle semblait avoir vieilli de quelques années depuis l'après-midi.

Ivy libéra son fauteuil, prévoyant que Mme Forth-Hodges en aurait besoin.

Lady Dunn lui adressa un regard reconnaissant.

— Bonsoir, Mme Forth Hodges. Je vous en prie, venez vous asseoir.

La mère d'Emmaline marcha vers le fauteuil et se laissa tomber assez mollement sur le bord, se juchant à peine sur le coussin. Elle tourna la tête pour regarder Ivy.

— J'espérais pouvoir vous parler, mademoiselle Breckenridge. Vous et Emmaline semblez avoir noué une amitié.

Ivy se déplaça, pour se tenir près du fauteuil de Lady Dunn, afin que Mme Forth-Hodges n'ait pas à se tordre le cou.

— Oui.

Mme Forth-Hodges tortillait ses mains.

— Elle semble avoir disparu.

Une larme roula sur sa joue, et elle l'essuya.

— Je ne l'ai pas vue depuis l'excursion de cet après-midi. Et vous ?

Ivy réfléchit. Elles s'étaient rendues au foyer ensemble, mais ensuite Ivy s'était retrouvée si absorbée par M. Lunden qu'elle n'avait pas remarqué où Emmaline était allée. Elle ne se souvenait pas non plus l'avoir vue au déjeuner.

— Non, je ne l'ai pas vue. Est-elle retournée à Greensward après la visite du foyer ?

Mme Forth-Hodges secoua la tête.

— Non. Je suis revenue pour me reposer, mais elle m'a demandé si elle pouvait continuer. Je me suis dit qu'il y avait plein de chaperons. J'ai dit à Lady Wendover qu'elle restait au village, mais la comtesse a perdu sa trace.

Elle regarda Lady Dunn.

— L'avez-vous vue ?

La vicomtesse pinça les lèvres un instant.

— J'essaie de me souvenir, mais je dois dire que je ne me rappelle pas l'avoir vue au pub. Elle secoua la tête et leva le nez vers Ivy.

— Et vous, ma chère ?

Ivy se sentit très mal. Son amie avait en quelque sorte disparu, et elle ne l'avait même pas remarqué.

— Je ne sais pas.

Une autre larme s'échappa de l'œil de Mme Forth-Hodges.

— Je vois. Eh bien, je pensais que cela valait la peine de vous poser la question. Je me demandais si… Enfin, j'espérais qu'elle vous aurait peut-être dit quelque chose ou laissé un mot sur ses intentions.

Bien sûr. Ils la soupçonnaient de s'être enfuie avec Townsend. Pourquoi Ivy n'y avait-elle pas pensé immédiatement ? Parce que, pour elle, s'enfuir avec un homme était le comble de la bêtise.

Elle aurait voulu pouvoir apaiser l'inquiétude de Mme Forth-Hodges, mais elle en était incapable. Pire encore, elle était presque certaine que les soupçons de la femme étaient exacts.

— Elle ne m'a rien dit, seulement qu'elle était déçue que vous ayez rejeté la requête de Townsend. J'ai essayé de l'encourager à être patiente.

Mme Forth-Hodges esquissa un sourire.

— Merci. Vous êtes une bonne amie.

Pas autant qu'Ivy l'aurait espéré. Elle aurait dû remarquer qu'Emmaline était partie. Si c'était bien ce qui s'était passé, comment était-elle parvenue à s'enfuir ?

Mme Forth-Hodges se leva.

— Je ne vous dérangerai pas davantage.

— Il n'y a aucun souci, lui assura Lady Dunn. Nous prierons pour que Mlle Forth-Hodges revienne saine et sauve.

Ivy commença à s'inquiéter. Et si Townsend n'était pas

l'homme qu'Emmaline pensait ? Et s'il était plus de la veine de Peter ? Non pas que ce dernier ait jamais demandé à Ivy de s'enfuir avec lui. Mais il n'avait pas eu besoin de le faire. Elle était tombée dans son piège sans même avoir à quitter Pickering.

Elle repoussa ces souvenirs au fond de son esprit, et chassa la tension de ses épaules.

— Si cela peut vous réconforter, je pense que Townsend tient à elle.

Ivy le disait pour que Mme Forth-Hodges se sente mieux, pas nécessairement parce qu'elle le croyait.

De nouvelles larmes coulèrent sur le visage de Mme Forth-Hodges, et elle s'essuya les joues.

— Oui, Emmaline nous l'a dit à plusieurs reprises. Et il semblait sérieux quand il est venu demander la permission de la courtiser. Peut-être nous sommes-nous montrés trop hâtifs. C'est juste… C'est notre bébé.

Lady Dunn se leva et adressa à Mme Forth-Hodges un regard de sympathie.

— Je comprends.

La mère d'Emmaline hocha la tête une fois, puis leur souhaita une bonne soirée. Barkley la raccompagna.

Lady Dunn se rassit avec un soupir bruyant.

— Mon Dieu, quel bazar ! Croyez-vous qu'ils se soient enfuis ?

Ivy fixa le mur pendant un moment.

— Je pense que c'est possible.

Elle se retourna vers Lady Dunn.

— Non, je crois que c'est probable.

La vicomtesse fronça les sourcils.

— C'est dommage. Mais s'ils sont amoureux et que ses parents ont annulé leur projet de mariage, quel autre choix avaient-ils ?

Ivy prit place sur le fauteuil que Mme Forth-Hodges avait

libéré.

— Trouvez-vous cela romantique ?

— Un peu.

Elle regarda Ivy, en penchant la tête sur le côté.

— Ce n'est pas votre cas ?

— Non. Au mieux, il y aura un scandale. Au pire, elle sera complètement dévastée.

Ivy s'efforça de ne pas prendre un ton dédaigneux. Elle aurait aimé qu'Emmaline se confie à elle ; ainsi, elle aurait pu au moins essayer de la convaincre de ne pas faire preuve d'autant d'inconscience.

— Oui, et ce serait dommage. Mais je doute que Townsend lui fasse cela. S'il était aussi sérieux que le dit Mme Forth-Hodges, il est probable qu'il emmènera Mlle Forth-Hodges à Gretna Green.

— C'est à espérer.

Ivy perçut le mépris dans sa voix, et faillit grimacer.

— Je suis sûr que ça ira bien.

Lady Dunn plissa brièvement les yeux.

— Vous n'en donnez pas l'impression. Avez-vous des raisons de douter des intentions de Townsend ?

Ivy leva une épaule et évita le regard de la vicomtesse.

— Pas particulièrement. Je suis seulement sceptique.

— Je me demande…, dit doucement Lady Dunn. Je me suis souvent demandé comment vous étiez devenue dame de compagnie. Vous êtes certainement bien assez jolie pour trouver un mari, et votre esprit vous aurait bien servi sur le marché du mariage.

— Je n'ai jamais été sur le marché du mariage.

C'était vrai. Mais elle n'aurait jamais participé à une saison[1] même si elle n'avait pas ruiné son avenir. Sa famille n'était pas bien placée ni riche. Ils s'attendaient à ce qu'Ivy épouse un fermier local ou peut-être un vicaire. Le fait qu'elle ait nourri le rêve de tomber amoureuse et d'épouser un vrai gentleman avait donné des sueurs froides à sa mère.

— Je peux dire sans crainte de me tromper que vous auriez eu du succès ! Mais qu'est-ce que j'en sais ? Vous êtes une jeune femme énigmatique, Ivy.

Lady Dunn la scruta pendant un moment avant de se lever.

— Venez, descendons dîner et voyons si le reste de la maison est au courant de ce développement scandaleux.

Quand Ivy se leva, elle fut prise d'angoisse. Elle détestait l'idée qu'Emmaline puisse alimenter les commérages.

— Vous n'avez pas l'intention de dire quoi que ce soit, n'est-ce pas ? s'enquit-elle auprès de la comtesse.

— Bonté divine, non ! J'adore les commérages, ma chère, mais pas quand ils impliquent une innocente comme Mlle Forth-Hodges. Je voulais simplement dire que je me demandais s'il y avait des rumeurs.

Elle adressa un regard compatissant à Ivy.

— Il y en aura forcément, j'en ai bien peur.

Ivy le savait, même si elle aurait préféré que ce ne soit pas le cas. Mais Emmaline avait créé ce désordre. Et, comme Ivy l'avait fait dix ans plus tôt, elle en subirait les conséquences.

~

La discussion d'après-dîner entre les messieurs portait sur la partie de chasse du lendemain. West n'avait pas décidé s'il irait. Il préférait largement trouver un prétexte pour passer du temps avec Mlle Breckenridge. Mais il doutait que cela soit possible. Les femmes étaient censées faire une promenade jusqu'à la folie que Wendover avait construite l'année passée.

Lorsque les hommes eurent terminé, West prit le chemin du salon dans l'espoir de trouver un prétexte pour parler à

Mlle Breckenridge, ne serait-ce que pour quelques instants. Que lui était-il arrivé pour qu'il cherche son attention comme un garçon mendiant des bonbons dans la cuisine ?

Il sentit la tension dans l'air à peine le seuil du salon franchi. Les femmes étaient en petits groupes, la tête penchée. Mlle Breckenridge était assise dans un coin, comme à son habitude, son attention concentrée sur un livre posé sur ses genoux.

Elle leva les yeux et croisa son regard. Il s'attendait à ce qu'elle se détourne à nouveau, comme elle le faisait habituellement, et fut surpris qu'elle s'en abstienne. À la place, elle inclina légèrement la tête vers la droite.

Il lança un regard dans cette direction, perplexe quant à ce qu'elle pouvait bien vouloir dire. Peut-être avait-il imaginé ce mouvement de sa tête.

Wendover annonça que les tables de jeu étaient installées et que Lady Wendover dirigerait les chansons. Mlle Breckenridge se leva pour rejoindre sa patronne. Elle aida la vicomtesse à se lever et la guida jusqu'au hall pour qu'elle puisse profiter d'une autre soirée de jeu, qui semblait être son passe-temps préféré.

West s'y rendit à son tour, et dès qu'il vit Mlle Breckenridge se diriger vers la bibliothèque, il comprit. Elle avait voulu lui dire de la retrouver là-bas.

Et s'il *espérait* simplement *que* c'était ce qu'elle voulait… ? Eh bien, il le découvrirait bien assez tôt.

— Ils essaient de le garder sous silence, mais c'est un scandale.

West perçut la conversation entre Mme Chalmers et Mme Pippin alors qu'elles passaient devant lui dans le hall.

Mme Pippin acquiesça longuement.

— *En effet*. Pas étonnant que les Forth-Hodges ne soient pas descendus ce soir. Je me demande s'ils ne vont pas carrément quitter la partie de campagne.

— Je ne pourrais pas leur en vouloir. Et en réalité, que pourraient-ils faire d'autre ?

Mme Chalmers avait adopté un ton joyeusement hautain.

West se glissa derrière elles alors qu'elles se dirigeaient vers l'une des tables. Il n'avait pas l'habitude d'écouter aux portes, mais il savait que Mlle Forth-Hodges était une amie de Mlle Breckenridge. Il voulait savoir quel était le « scandale ».

Mme Pippin soupira.

— Il n'y a rien qu'ils puissent faire. Mlle Forth-Hodges a jeté l'opprobre sur eux tous.

West aurait bien voulu rejoindre directement Mlle Breckenridge pour lui parler, mais il attendait son heure. Ensuite, il gagna le salon des gentlemen et dégusta un verre de whisky avec Axbridge avant de se rendre finalement dans l'alcôve où il retrouvait habituellement Mlle Breckenridge.

Elle leva les yeux vers lui à son approche.

— Cela vous a pris du temps.

Il investit son fauteuil habituel.

— Oui, eh bien, j'essayais d'être discret. Il semble qu'il y ait déjà un scandale en cours, apparemment.

Mlle Breckenridge pinça les lèvres et referma le livre sur ses genoux.

— Malheureusement, oui. Je comptais vraiment sur les Forth-Hodges pour garder le secret sur la disparition d'Emmaline, mais sa mère a commis l'erreur de demander à Lady Wendover si elle l'avait vue.

— Je suppose que vous ne pouvez pas lui reprocher de s'inquiéter pour sa fille.

Mlle Breckenridge soupira.

— Non, je suppose que non. Évidemment que cela ne pouvait pas rester un secret.

— Savez-vous ce qui s'est passé ?

— Nous n'en sommes pas sûrs, mais nous pensons qu'elle

s'est enfuie avec Townsend.

Effectivement, c'était un scandale. West aurait dû mettre un peu plus de bon sens dans la tête de Townsend l'autre jour. Non pas qu'il lui ait donné l'impression qu'il avait l'intention de s'enfuir. Mais, à ce moment-là, sa requête n'avait pas encore été rejetée. En réfléchissant à leur conversation, West imaginait sans mal Townsend en train de planifier une action aussi irréfléchie qu'une fugue.

— Je ne connais pas bien Townsend, mais il semble impulsif.

Mlle Breckenridge leva les yeux au plafond pendant un bref instant.

— Et je pense qu'Emmaline croit qu'elle est amoureuse.

— Vous ne pensez pas qu'elle l'est ?

— Je pense que s'enfuir avec un homme qu'elle connaît à peine est incroyablement stupide.

Elle le regarda attentivement.

— Pas vous ?

Il posa ses bras sur le fauteuil.

— En fait, si.

L'intensité de son regard ne faiblit pas.

— C'est étrange, n'est-ce pas ? constata-t-elle. Que vous ne trouviez pas cela romantique étant donné vos... penchants.

— Les deux n'ont rien à voir.

— Vous voulez dire que vous ne tombez jamais amoureux des femmes que vous... aidez ?

Il plongea dans la profondeur verte de ses yeux.

— Jamais.

Elle cligna des yeux.

— Vous *n'avez jamais* été amoureux ?

— Jamais.

Il trouvait son interrogatoire fascinant. Et peut-être révélateur.

— Et vous ?

Le regard de la jeune femme faiblit enfin. Elle baissa les yeux sur ses genoux et retourna le livre dans ses mains.

— Non.

Il ne la croyait pas. Il ne croyait pas non plus qu'elle lui en dirait plus s'il la brusquait.

— Eh bien, même si je n'ai pas été amoureux, je sais que certains l'ont été. Certains *le sont*. Townsend est peut-être impétueux, mais il semblait tenir à Mlle Forth-Hodges.

— *Il semblait.* Vous ne pouvez pas vraiment savoir.

Elle se pencha en avant et baissa la voix jusqu'à murmurer.

— Et s'il l'avait attirée pour parvenir à ses fins avec elle ?

Les pièces s'assemblèrent dans l'esprit de West.

— Vous avez été amoureuse, et vous avez eu le cœur brisé.

Ses yeux s'écarquillèrent, et elle pinça les lèvres.

— Non.

Il se déplaça jusqu'au bord du coussin et se pencha en avant.

— Vous n'avez pas à me cacher la vérité. Hier, vous m'avez révélé pas mal de choses, j'étais très attentif, et il ne vous est rien arrivé de mal, n'est-ce pas ?

Elle le dévisagea un moment.

— Qu'attendez-vous de moi ?

— Votre abandon.

Ses lèvres s'entrouvrirent et il remarqua que sa respiration n'était plus que superficielle. Il voyait aussi son pouls battre dans son cou.

— Pas envers moi. Envers vous-même. Si vous désirez quelque chose, vous devriez le prendre.

Elle détourna le regard, et il la regarda essayer de dissimuler la profonde inspiration qu'elle prenait. Au bout d'un moment, elle le regarda à nouveau, haussant un sourcil.

— Comme Townsend ?

Il était absolument convaincu que la même chose lui était arrivée. Il faillit tomber de son fauteuil en essayant de se rapprocher d'elle.

— Qui vous a fait cela ?

Elle mordilla l'intérieur de sa lèvre inférieure.

— Cela n'a pas d'importance.

— Cela en a pour moi. Et si jamais je découvre qui il est, il ferait bien de s'enfuir.

Elle déglutit.

— Et si les intentions de Townsend ne sont pas honorables ?

Un plan se dessinait dans l'esprit de West depuis qu'il s'était assis. Maintenant, il savait ce qu'il devait faire.

— Je vais aller les chercher dans la matinée.

Elle écarquilla soudain les yeux et ses narines se dilatèrent.

— Vraiment ?

Il se leva, réalisant que cela faisait un bon moment qu'ils étaient seuls ici tous les deux. Ils pourraient expliquer cette rencontre « fortuite », mais si quelqu'un s'en apercevait, cela pourrait commencer à faire hausser un ou deux sourcils.

— Oui, ce qui signifie que notre temps ensemble est presque arrivé à son terme. Je ne serai probablement pas de retour avant la fin de la partie de campagne.

Elle se leva de son fauteuil.

— M. Forth-Hodges ne devrait-il pas aller la chercher ?

— Peut-être, mais je peux voyager plus vite que lui et je serais heureux d'aider si je peux.

— C'est très gentil de votre part. Merci.

Il appréciait le message, mais il ne le faisait pas pour elle. Enfin, peut-être un peu. C'était la bonne chose à faire, pour le bien de Mlle Forth-Hodges.

— Je dois aller parler à M. Forth-Hodges pour lui faire

part de mes projets et lui demander quelles négociations il souhaite que je fasse.

— Que ferez-vous quand vous les trouverez ?

— Je suppose qu'ils sont sur la route de Gretna Green. Je les accompagnerai et m'assurerai que le contrat soit respecté.

Elle posa la main sur le devant de son veston. Le contact le traversa comme une décharge électrique. Il avait contenu à grand-peine son désir hier pendant leur promenade, et ne pas penser à elle depuis avait été une torture simple, mais efficace.

— Vous êtes un homme bon, lui dit-elle doucement.

— Vous ne diriez pas cela si vous saviez à quoi je pense en ce moment.

— Je crois que si.

Elle retira sa main de sa poitrine, et il lutta contre l'envie de la saisir et de presser ses lèvres sur son poignet.

Il s'obligea à s'éloigner d'elle d'un pas. Il ne pouvait pas la quitter sans au moins essayer…

Il se retourna et la dévisagea avec un regard séducteur.

— S'il vous prenait l'envie de, disons, vous rendre à la bibliothèque tard dans la soirée, ma chambre se trouve dans le coin sud-est de la maison. Il y a un vase de roses jaunes devant la porte, sur une table. Et si je ne vous revois pas avant de partir, sachez que vous rencontrer fut un privilège. Bonsoir, mademoiselle Breckenridge.

Il se retourna et quitta la pièce avant de faire l'impensable et de la prendre dans ses bras. Il espérait qu'elle trouverait sa chambre plus tard, mais il craignait de connaître la vérité.

Elle ne s'abandonnerait jamais.

------

1. Note de la traductrice : la « saison », liée à la saison parlementaire en Angleterre, est la période de l'année où les gens de familles aisées se retrouvent lors d'événements sociaux. C'est l'occasion pour les jeunes filles de faire leur entrée dans le monde et de trouver leur futur époux.

CHAPITRE ONZE

Une fois West parti de la bibliothèque, Ivy essaya de lire son livre. Alors qu'elle avait rencontré un maigre succès avant son arrivée, elle subissait maintenant un échec total. Elle lut un passage et se rendit compte qu'elle n'en avait pas compris un seul mot. Elle finit par abandonner et jeta le livre sur une table proche après avoir passé un bon quart d'heure sans tourner une page.

Elle entendait sa voix dans sa tête, sombre et séduisante, qui répétait : « *Vous ne diriez pas cela si vous saviez à quoi je pense en ce moment.* »

L'impatience tendait tous les muscles de son corps. Il avait beau être parti, elle ne parvenait toujours pas à se détendre totalement. C'était comme si elle était au bord d'une falaise et qu'elle contemplait une magnifique piscine cristalline. Elle l'appelait, l'incitant à sauter. L'idée était terrifiante et excitante à la fois. Et elle savait, elle le *savait* tout simplement, qu'elle ne le regretterait pas.

Pas comme elle regrettait ses erreurs passées.

C'était différent. West ne lui promettait pas un avenir

qu'il n'avait pas l'intention de lui offrir. Il lui offrait le présent. Et ne serait-elle pas idiote de s'en priver ?

Outre le fait d'entendre sa voix, elle voyait son regard pénétrant, sentait les battements de son cœur lorsqu'elle avait touché sa poitrine, et cette odeur masculine alléchante qui éveillait ses sens et son désir.

Oh, oui, elle le désirait. Plus qu'elle n'avait jamais désiré Peter. Elle faillit rire de la comparaison entre elle aujourd'hui, et la fille qu'elle était dix ans plus tôt. Elle s'était montrée stupide et naïve, et elle en avait payé le prix fort.

Réfrénant un gémissement, elle se leva et sortit dans le hall, où l'air était empli de rires rauques et de chuchotements empressés. Ivy savait qu'elles discutaient d'Emmaline et de sa folie. Comme elle aurait aimé que son amie ne fonce pas tête baissée dans ce scandale !

Pourtant, une partie d'elle savait combien il était difficile de rester rationnel dans les affres de l'amour. Emmaline était plus âgée et au moins un peu plus sage qu'Ivy à l'époque, mais elle était quand même devenue sa proie.

Et maintenant, West voulait partir à sa recherche. Il allait débarquer et tout arranger, comme un preux chevalier. La jeune fille de dix-sept ans qui sommeillait en Ivy aurait aimé en avoir un. Mais alors elle aurait été mariée à Peter, et elle avait assez mûri pour savoir qu'elle aurait été malheureuse. C'était un menteur, un indigne faquin. Elle se posa brièvement la question de savoir s'il s'était marié et s'empressa de plaindre sa femme.

Lady Dunn lui fit signe, et Ivy se dirigea vers la table.

— Je suis un peu endormie ce soir. J'aimerais monter.

— Bien sûr.

Ivy l'aida à se lever de la chaise tandis que la vicomtesse saisissait sa canne, appuyée contre la table.

— Je vais monter aussi. Je ne veux pas m'imposer, dit Mme Marsh.

Elle devait avoir cinq ans de moins que Lady Dunn, et elles étaient amies depuis des années. Elle ne se sentait pas très bien ces derniers jours, mais aujourd'hui elle paraissait avoir retrouvé son énergie.

Les deux dames quittèrent le hall et entreprirent de monter les escaliers, Ivy derrière elles. Une fois arrivée en haut, Lady Dunn fit claquer sa langue.

— Je ne pouvais plus supporter d'entendre parler de Mlle Forth-Hodges. Grands dieux, on croirait qu'elle est la première jeune femme à s'enfuir à Gretna Green avec un gentleman !

Mme Marsh hocha la tête.

— En effet. Oui, c'est scandaleux, mais s'ils finissent par se marier, ce ne sera certainement pas la fin du monde. Et elle deviendra vicomtesse.

— Précisément. J'espère seulement que Townsend est *véritablement* un gentleman et qu'il ne profite pas du cœur de la pauvre fille.

Ivy avait envie de leur dire ce que West avait prévu, mais ne pouvait pas. Le faire révélerait qu'ils avaient discuté, et elle ne voulait pas attirer l'attention sur ce point. Elle se rendit compte soudain que cela avait sans doute été leur dernière rencontre. Elle n'aurait pas l'occasion de le revoir, à moins qu'il ne la cherche lors d'un événement à Londres au printemps prochain. Il serait sans doute déjà pris par sa prochaine maîtresse à ce moment-là.

La poitrine d'Ivy se serra, et elle fut surprise de sentir un sanglot se former. Se réprimandant mentalement, elle garda le regard fixé droit devant elle et faillit heurter Lady Dunn.

Ivy s'était aperçu tardivement qu'elle et Mme Marsh s'étaient arrêtées pour se saluer.

— Bonne nuit, alors, dit Mme Marsh avec un sourire.

— Bonne nuit.

Lady Dunn conduisit Ivy vers leur chambre, et bientôt elles furent installées à l'intérieur.

Pendant que Barkley aidait Lady Dunn à se préparer pour le coucher, Ivy se rendit dans le dressing où se trouvait son lit de camp. Elle retira ses bas et sa robe, aucun de ses vêtements ne nécessitant l'aide d'une femme de chambre, et alla les ranger. Elle se déplaçait lentement, l'esprit concentré sur sa conversation avec West.

« S'il vous prenait l'envie de, disons, vous rendre à la bibliothèque tard dans la soirée, ma chambre se trouve dans le coin sud-est de la maison. »

Il n'était pas encore tard. Et dans ces circonstances, que pouvait-on considérer comme tard ? Elle entendit Barkley s'en aller et passa une de ses robes de chambre. Ample et confortable, c'était son vêtement préféré. Elle noua le devant du vêtement et retourna dans la chambre à coucher pour dire bonne nuit à la vicomtesse.

Lady Dunn tapota le côté de son lit.

— Venez vous asseoir une minute, ma chère.

Ivy accepta, se perchant sur le bord du matelas.

Lady Dunn lui sourit, creusant les plis autour de ses yeux.

— J'étais très fière de vous aujourd'hui au foyer. Si je le pouvais, j'écrirais à vos parents pour leur dire qu'ils ont une fille adorable.

Mais c'était impossible, car Ivy lui avait raconté qu'ils étaient morts. C'était beaucoup plus simple que de dire la vérité, et, de toute façon, elle ne connaissait pas deux autres personnes au monde qui s'intéressaient moins au devenir d'Ivy. Quant à la fierté ? Ivy doutait qu'ils n'aient jamais ressenti ça pour elle. Ils avaient gardé tout ça pour leurs deux fils. Parfois, Ivy songeait à sa jeune sœur Fanny. Elle avait tout juste neuf ans lorsque leurs parents avaient exigé qu'Ivy s'en aille, et elle n'avait pas compris pourquoi sa sœur était partie. En fait, elle doutait que Fanny sache que leurs parents l'avaient obligée à quitter la maison. Sinon, elle se serait probablement enfuie avec elle. Non pas qu'elle n'avait pas essayé.

Ivy surmonta la sensation de brûlure dans sa gorge et parvint à dire :

— Vous êtes trop gentille.

Lady Dunn agita la main.

— Bah. *Vous êtes* trop modeste. Vous êtes une jeune femme exceptionnelle. J'aurais aimé que votre sort soit différent.

Elle ajusta sa coiffe sur son front, la remontant un peu.

— Je voulais vous demander, et je sais que vous êtes très discrète, mais j'espère que nous avons établi une relation qui dépasse peut-être le cadre de l'employeur et de l'employé… Y a-t-il une chance que votre expertise sur le fonctionnement des foyers vous vienne d'une expérience personnelle ?

Le corps d'Ivy se raidit. Son esprit se figea. Que pourrait-elle répondre à ça ? La vérité. Ou du moins une partie de celle-ci.

— Oui, car j'en ai bénéficié pendant de nombreuses années. Une décennie, pour être exacte.

Lady Dunn posa la paume sur les jointures d'Ivy. Sa peau était chaude et douce et rappela vaguement à Ivy la grand-mère qu'elle avait connue dans son enfance.

— Je comprends. Quel que soit votre passé, je suis ravie de vous avoir comme dame de compagnie. À présent, je dois dormir.

Elle bâilla et lâcha la main d'Ivy pour couvrir sa bouche.

— J'imagine que vous allez rester debout à lire pendant un moment.

— Oui.

Elle se rendit compte qu'elle avait laissé son livre sur la table de la bibliothèque.

— J'ai laissé mon livre en bas. Je pense que je vais descendre et lire un peu là-bas une fois que le hall sera vide.

Le regard de Lady Dunn se posa sur la robe de chambre d'Ivy.

— Oui, même si je pense que vous pourriez descendre comme ça.

Ivy se leva.

— Bonne nuit.

— Bonne nuit, ma chère.

Lady Dunn se pelotonna dans le lit et se tourna sur le côté.

Ivy éteignit la lampe et repartit dans le dressing. Elle avait quelque chose à lire pendant qu'elle attendait, le livre que West lui avait donné. Cela faisait déjà probablement une demi-douzaine de fois qu'elle le lisait. Malgré cela, elle fut captivée une fois de plus, et lorsqu'elle eut terminé, elle décida qu'il était probablement assez tard pour s'aventurer en bas.

Prenant son chandelier, elle se faufila dans la chambre à coucher principale au son des doux ronflements de Lady Dunn. Elle entra dans le salon et referma doucement la porte derrière elle.

En chemin vers les escaliers, elle écouta attentivement les sons provenant du hall ou de partout. N'entendant rien, elle hésita. Devait-elle descendre, ou oserait-elle trouver le chemin de la chambre de West ?

Avant qu'elle ne se ravise, ses pieds se dirigèrent vers le coin sud-est de la maison. Son regard se posa sur le vase de roses jaunes, et elle hésita.

Puis elle entendit quelque chose et se précipita vers la porte. Elle ne prit même pas la peine de frapper, tourna simplement le loquet et entra.

Elle referma la porte et s'adossa au bois, serrant le chandelier dans sa main gauche.

West arriva d'une porte au fond de la chambre, probablement son dressing. Elle se rendit soudain compte que son valet pouvait être présent.

Mais elle ne se retourna pas pour partir. Et si le bruit qu'elle avait entendu était dû à quelqu'un qui la verrait quitter la chambre du duc ? Elle ferma les yeux et appuya la tête contre la porte.

— Mademoiselle Breckenridge ?

Sa voix grave venait de juste devant elle.

Elle ouvrit les yeux.

— Oui.

— J'espérais que vous viendriez.

Elle regarda derrière lui.

— Sommes-nous seuls ?

— Absolument.

Il toucha le chandelier.

— Puis-je vous prendre ceci ?

Elle fixa la flamme, momentanément troublée.

— Oui. Merci.

Elle lui confia sa lumière, et il la porta jusqu'à la table pour la poser.

Elle le regarda bouger, lentement, furtivement, comme un chat rôdant autour de sa proie. Elle se sentait comme un oiseau piégé au sol, effrayé et incapable de voler.

Mais elle n'avait pas vraiment envie de s'envoler, n'est-ce pas ? Elle était venue ici dans un but précis.

Il se retourna et revint vers elle avec des gestes mesurés, presque ensorcelants.

— Je suis sûr que personne ne vous a vue.

Elle secoua la tête, incapable de parler. Son corps palpitait d'impatience. De désir. Son esprit était vide de toute pensée, en dehors du fait qu'elle le voulait.

Il portait toujours son pantalon, mais elle remarqua ses pieds nus. Elle ne s'attarda pas trop longtemps sur eux, car il y avait un morceau de chair visible à la base de sa gorge, dans l'ouverture de sa chemise. Le lin blanc était dégagé de sa ceinture, et le tissu se déployait autour de ses hanches.

Elle aurait dû être scandalisée par cette tenue déshabillée, mais elle était fascinée. Et elle voulait en voir plus. Il avait dit qu'il voulait changer sa vie, mais c'était déjà fait.

Elle s'était sentie honteuse pendant si longtemps, et ce serait probablement toujours le cas. Mais à cet instant, cette nuit, elle ne ressentirait rien d'autre que ce qu'il lui offrirait. De l'excitation. De l'anticipation. Du plaisir.

Tellement de plaisir.

Elle s'autoriserait à laisser le passé de côté, même pour ce court moment, et c'était un véritable cadeau, dont elle avait l'intention de se saisir à pleines mains.

Passant à l'action, elle toucha son torse, le bout de ses doigts effleurant la peau nue. Il était chaud, et elle sentait son cœur battre.

Il posa sa paume sur le dos de sa main, mais garda les yeux rivés sur les siens.

— C'était courageux de votre part de venir ici.

— Je ne pouvais pas rester à l'écart. Je veux… Je veux ce que vous m'avez dit hier. Rien de plus.

Elle n'était pas assez stupide pour avoir des relations sexuelles avec lui. Pas après la dernière fois.

Mais elle comprenait à quel point ce serait facile. Elle en avait tellement envie. Elle sentit la chaleur l'envahir, et elle sut qu'elle était mouillée entre les jambes. Elle n'avait qu'à le regarder. Ses cheveux noirs encadraient ses traits ciselés, ses yeux perçants la contemplaient comme si elle était la chose la plus importante au monde, et sa bouche se courba en un léger sourire provocateur.

— Alors tu l'auras, murmura-t-il. Puis il fit exactement ce qu'il avait dit la veille.

Il passa sa main sur son front, le bout de ses doigts glissant sur sa peau, lui coupant le souffle. Son pouce trouva ses lèvres, les parcourant avec une douce précision.

— Tu es exactement comme j'en ai rêvé.

— Tu as rêvé de moi ?

— Cela te surprend-il ?

Il fit passer son pouce sur sa lèvre inférieure, et elle sentit ses membres flancher.

— Oui, souffla-t-elle, presque incapable de supporter l'anticipation.

Elle darda la langue et lécha la pulpe de son pouce.

Les narines de West se dilatèrent.

— Je ne connais toujours pas ton nom. J'aimerais beaucoup le dire et le redire ce soir pendant que je te fais jouir.

Ses mots l'enflammèrent, et elle se rendit.

— Ivy.

— Pas Mary, alors.

Elle secoua la tête pour garder le passé à distance. Pas ce soir. Ce soir, c'était pour elle.

— Ivy, souffla-t-il en glissant son bras libre autour de sa taille, l'attirant contre lui. Ivy.

Puis il libéra une mèche de cheveux de ses épingles et tira doucement dessus.

— Ivy, répéta-t-il.

Il saisit son visage entre ses mains et l'embrassa. Le contact de ses lèvres était un pur bonheur. Il fit exactement comme il l'avait décrit, sa bouche courtisant la sienne avec de douces caresses et de tendres effleurements. Elle s'accrocha à ses épaules, ses seins pressés contre sa poitrine. Elle attendait, désespérée, que sa langue effleure sa lèvre inférieure.

Et le moment arriva, une moiteur irrésistible qui fit frémir tout son corps. Elle gémit de désir, ouvrit la bouche. Il pencha la tête et glissa sa langue à l'intérieur, découvrant la sienne. Ce n'était pas du tout ce à quoi elle s'attendait. Cela ne ressemblait à rien de ce qu'elle avait connu. Elle avait envie de pleurer.

Mais elle ne le fit pas. Elle l'embrassa en retour, répondant à chacune de ses caresses. Il passa une main à l'arrière de sa tête et l'autre devant elle, effleurant sa poitrine en descendant vers sa taille. Il la serra fort, l'attirant contre son corps une fois encore, enroulant son bras autour de son dos.

Elle se colla à lui, elle voulait sentir chaque partie de son corps. Son corps à elle désirait ce contact, il en avait besoin.

Il l'embrassa longuement et profondément, puis lentement et superficiellement. Ses genoux se changèrent en gelée, et elle se rendit compte qu'elle s'agrippait fermement à lui pour ne pas s'écrouler. Mais la porte n'était pas loin derrière elle non plus.

Comme s'il sentait sa faiblesse, il la souleva soudain dans ses bras, mettant fin à leur baiser. Elle haleta.

— West.

Sa bouche se courba en un sourire malicieux.

— Comme j'aime entendre ça de tes lèvres.

Il la porta jusqu'au lit, où il l'installa sur la couverture.

— Te souviens-tu de ce que je t'ai dit que je te ferais ensuite ?

— Il me semble que cela a quelque chose à voir avec… ceci, dit-elle en baissant les yeux sur sa poitrine.

Il eut un petit rire guttural.

— Puis-je ?

Il tendit la main vers son corsage.

Elle acquiesça tandis qu'elle récupérait les liens pour son décolleté. Elle libéra le nœud avant qu'il ne les lui prenne et ne desserre le haut de la robe. Elle l'aida avec les autres fermetures, et le devant s'ouvrit.

— C'est mon genre de robe préféré, murmura-t-il en l'écartant de ses épaules.

Elle retomba à sa taille.

— J'imagine que tu en as vu de toutes les sortes.

Il la regarda dans les yeux.

— Oui. Mais nous n'allons pas discuter de cela. J'ai juste envie d'être ici avec toi. Maintenant.

Il effleura sa poitrine de sa main, et elle manqua de défaillir de désir.

— Tourne-toi.

Elle retira ses pantoufles d'un coup de pied avant de se tourner pour présenter son dos. Il détacha rapidement et sans effort son corset et le fit bientôt passer par-dessus sa tête.

Vêtue de sa seule tunique, elle se retourna vers lui. Il la scruta, s'attardant sur ses seins.

— Tu m'éblouis.

Elle frémit et résista à l'envie de se couvrir. Elle avait eu envie d'être nue contre lui. Le voudrait-il lui aussi ? Surtout si elle ne lui permettait pas de la pénétrer ?

Elle toucha le bord de son col.

— Je veux te voir aussi.

Il se saisit de l'ourlet de sa chemise qu'il fit passer par-dessus sa tête.

— C'est mieux ?

Elle se délecta de son torse déployé. Il était tout en muscle, avec un soupçon de poils foncés entre les tétons. Jetant un regard à ses yeux et y voyant un encouragement, elle posa la paume contre sa chair. Il était dur et chaud.

Impatiente de le toucher, elle se mit à genoux et sentit sa robe tomber de ses hanches. Elle posa son autre main sur lui et caressa sa peau lisse. Le bout de ses doigts glissa sur ses tétons, qu'elle sentit durcir. Les siens se raidirent à leur tour.

Il inspira brusquement.

— Ivy.

Enhardie, elle promena ses mains partout sur lui, de la poitrine à la taille et jusqu'à ses clavicules.

Il attrapa sa taille et l'embrassa. Sa bouche était chaude et affamée. Elle enroula ses mains autour de son cou et colla ses seins contre lui. Sans le corset, elle sentait sa chaleur, mais cela ne lui suffisait pas. Elle voulait aussi que sa blouse disparaisse.

De ses mains, il agrippa ses hanches et les guida contre les siennes. Elle sentit son érection dure et gémit dans sa bouche. Peut-être devrait-elle changer d'avis au sujet des rapports sexuels…

Non. Une petite partie rationnelle de son cerveau lui criait d'écouter la raison.

Oh, mais elle préférerait s'abandonner à la passion.

Elle sentit qu'il tirait l'arrière de sa blouse pour la dégager de sa robe. Elle sentit l'air frais dans son dos, puis la main chaude de West pressa son postérieur. Il la tint contre lui en faisant tourner ses hanches. Son sexe remua contre le sien et, en dépit des vêtements qui les séparaient, elle sentit la connexion jusqu'au plus profond d'elle-même.

Écartant les jambes, elle frotta ses hanches contre celles de West. Il tira sur la blouse et s'écarta de sa bouche. Il jeta le vêtement et la dévora du regard pendant un long moment.

Il tendit la main vers ses cheveux et en retira les épingles qu'il laissa tomber sur une table près du lit. Boucles après boucles, sa masse de cheveux retomba sur son dos. Quand elle fut totalement libérée, il plongea ses doigts dans les vagues et les repoussa par-dessus ses épaules. Il reprit leur baiser, laissant ses lèvres et sa langue l'entraîner dans une ferveur plus intense encore. Ses seins étaient douloureux, son sexe palpitait.

Il tira sur ses cheveux, et elle laissa sa tête retomber en arrière, fermant les yeux. Il embrassa sa mâchoire, son cou, fit glisser sa bouche jusqu'à rencontrer sa clavicule. Il lécha sa chair, lui arrachant un gémissement.

Elle s'agrippa à ses épaules, s'accrochant à lui de peur de

tomber sur le lit. Sa main revint sur sa poitrine et il se saisit d'un sein, comme il l'avait décrit. Son pouce effleura son mamelon, puis ses doigts se rejoignirent sur sa chair tendue et la pincèrent.

— Oh !

Il la soutenait avec son bras, qu'il avait enroulé autour de son dos. Elle bomba son buste vers lui alors que sa bouche descendait. Il tint son sein pendant qu'il en tétait la pointe, doucement d'abord, puis avec plus de pression.

Elle gémit à nouveau, incapable de maîtriser les sensations qui se bousculaient en elle. Elle avait du mal à réfléchir, elle ne pouvait que ressentir. Il la tourmenta avec sa langue et sa bouche jusqu'à ce qu'elle craigne d'exploser. Transpercée de désir, elle redoutait de mourir de manque s'il ne touchait pas son sexe.

— West. West !

Il l'abaissa sur le lit. Elle ouvrit les yeux juste assez pour le voir tirer sa robe le long de ses jambes et la laisser tomber sur le sol. Il lui effleura la joue et, de son autre main, caressa le sein qu'il n'avait pas encore touché. Ivy se cambra sur le lit avec un halètement.

Il se pencha et murmura près de son oreille :

— Tu sais ce qui va suivre ?

Il allait toucher son sexe.

— Oui.

— En as-tu envie ?

Elle ferma les yeux, incapable de supporter l'intensité de son regard.

— Oui.

— Dis-le-moi, Ivy. Dis-moi ce que tu veux.

Oh, elle ne pouvait pas. Mais elle *devait le faire.*

— Touche-moi. S'il te plaît.

Il abandonna son sein et croisa ses doigts avec les siens.

— Prends ma main et montre-moi, si tu ne peux pas prononcer les mots.

Elle amena sa main entre ses jambes.

— Ici. *Je t'en prie.*

— Roux, comme tu l'as dit.

Il ne relâcha pas sa main.

— J'aimerais d'abord te voir te toucher. Tu ferais ça pour moi ? Ainsi, j'aurais la certitude que tu sais quoi faire quand je ne suis pas là.

Elle ouvrit brusquement les yeux, à la fois horrifiée et émoustillée au-delà de toute mesure.

Il bloqua son regard sur le sien et fit tourner sa main de sorte que le bout de ses doigts soit contre le sommet de son monticule.

— Juste là. C'est l'endroit.

Il guida son index pour qu'elle trouve le petit bourgeon.

— Tu sens ça ?

Elle était incapable de parler. Elle ne pouvait même pas hocher la tête.

Il lui fit remuer le doigt pour qu'elle caresse sa chair.

— Tu le sens ? Non, ne ferme pas les yeux. Pas encore. Regarde-moi, Ivy.

Elle lutta pour le regarder, pour garder la connexion intacte. Jamais elle n'avait connu de sensation plus intime.

— Écarte plus les cuisses.

Elle fit ce qu'il lui demandait, incapable de le lui refuser. Non pas qu'elle en avait envie. Il se servit des doigts d'Ivy pour lui masser la chair, lentement d'abord, puis avec plus d'insistance.

— Est-ce que ça fait du bien ?

Tant bien que mal, elle réussit à hocher la tête. Le besoin devint désir, et le désir se changea en luxure. Ses hanches commencèrent à remuer.

— Encore.

— Oui, encore.

Il fit bouger la main d'Ivy plus rapidement.

— C'est bien. Prends le plaisir. *Saisis-le.*

La pression s'accumula entre ses jambes, au creux de son intimité, et elle fut incapable de contrôler ses mouvements. Elle ferma les yeux et rejeta la tête en arrière contre les oreillers. Puis le doigt de West prit la suite, se pressant à l'intérieur d'elle.

Ivy haleta, et sa main ralentit.

— N'arrête pas, Ivy. Si tu t'interromps, tu ne jouiras pas. Tu as envie de jouir, n'est-ce pas ?

Mon Dieu, oui. Si elle ne le faisait pas, elle allait vraiment mourir. Il ne touchait plus sa main à présent, mais elle n'avait plus besoin qu'il lui montre quoi faire. Elle caressa sa chair durement et rapidement, et il enfonça à nouveau son doigt en elle.

Elle n'eut pas besoin de plus. Une lumière blanche explosa derrière ses paupières alors que l'extase l'envahissait. Elle cria, son corps tremblant sous l'extase.

Mais il n'en avait pas fini avec elle.

Elle sentit une humidité contre sa chair et ouvrit les yeux pour le voir penché sur elle. Sa bouche était sur elle, sa langue balayait son sexe.

— West !

Il en avait parlé, mais jamais elle n'aurait imaginé…

L'orgasme qui l'avait envahie s'estompa, mais le plaisir était toujours aussi intense. Et avec chaque coup de langue et chaque succion, les sensations s'intensifiaient. Il remplaça sa langue par son doigt et la pénétra. Elle remua les hanches plus frénétiquement qu'avant, en quête d'une nouvelle extase.

Il œuvra sans relâche, alternant sa bouche et sa main. Puis il la plaqua sur le lit et mit ses jambes sur ses épaules, enfouissant son visage contre elle. Elle jouit encore, ses muscles se contractant fortement. Elle avait l'impression de ne plus avoir aucun contrôle sur son corps, et cette liberté était merveilleuse.

Il lui fallut plusieurs minutes, une vie entière, lui sembla-t-il, pour revenir à la réalité. Elle n'était plus qu'une masse de gelée frémissante. Jamais elle n'aurait imaginé ressentir un tel plaisir.

Quand elle ouvrit enfin les yeux, elle le vit appuyé contre le montant du lit, les lèvres entrouvertes, la regardant fixement. Elle s'appuya sur ses coudes.

— Merci.

— Mais je t'en prie.

Elle jeta un œil à la bosse dans son pantalon.

— Que vas-tu faire ?

Il haussa une épaule.

— Je m'occuperai de moi après ton départ.

Eh bien, cela semblait bien triste. Et elle savait quoi faire. Son expérience l'avait conduite à aider Peter à se libérer plus d'une fois derrière l'étable.

Elle s'assit et s'approcha de lui.

Il plissa les yeux.

— Que fais-tu ?

— Je t'aide.

Elle tendit la main vers les boutons de sa braguette.

Il posa une main sur la sienne.

— Ce n'est pas nécessaire. C'était à propos de toi. Je t'ai fait une promesse. Dis-moi, l'ai-je tenue ?

Le corps d'Ivy était encore faible. Et totalement rassasié.

— Plus que cela.

— Alors je devrais t'aider à te rhabiller.

De son autre main, elle caressa le torse de West.

— Pourquoi ne me laisses-tu pas te toucher ? Ta queue, je veux dire.

Ses narines se dilatèrent à nouveau à cause de son langage grossier.

— *Ivy.*

Elle haussa un sourcil en le regardant, elle voulait le taquiner un peu.

— *West.*

Il lâcha sa main.

— Si tu insistes.

— J'insiste.

Elle tira les boutons un à un jusqu'à ouvrir totalement sa braguette.

— Tu ne portes pas de sous-vêtements.

— J'en porte rarement.

Il se pencha légèrement en avant.

— Cela te choque-t-il ?

— Rien de ce qui te concerne me choque. Plus maintenant.

Elle plongea la main dans ses vêtements et trouva la longueur chaude de son sexe. Elle le libéra avant d'enrouler sa main autour de la base.

— Tu sembles savoir ce que tu fais.

Comme ce n'était pas une question, elle ne répondit rien. Elle le caressa sur toute sa longueur, lentement d'abord, puis plus rapidement.

— Pas encore, râla-t-il. Ralentis pendant une minute.

Il lui montra, et elle suivit son exemple. Il laissa retomber sa main, et ses yeux se réduisirent à des fentes. Pourtant, il la regardait. Et elle le regardait.

Elle faisait glisser sa main de la base à la pointe avec des gestes langoureux, mais précis, apprenant sa chair. Il était chaud et dur, sa peau était douce comme du velours. Elle l'imagina en elle, et fut surprise de sentir le désir monter à nouveau.

— Plus vite maintenant, la pressa-t-il. Et touche-moi les bourses.

Il prit son autre main pour lui montrer, en plaçant sa paume autour de ses testicules.

— Serre juste un tout petit peu.

Elle obéit, et ses yeux se fermèrent un instant tandis qu'il poussait un gémissement grave et profond.

Ses hanches remuèrent, poussant son pénis dans sa main.

— Mon Dieu, Ivy. Plus vite. Plus fort.

Elle resserra sa main autour de lui et caressa sa longueur de plus en plus vite.

— Ivy, à genoux.

Il ouvrit les yeux.

— Agenouille-toi.

Elle s'empressa d'obéir.

— Pourquoi ?

— Pour que tu puisses jouir avec moi, susurra-t-il en glissant ses doigts dans son sexe déjà mouillé. Je savais que tu serais prête. Bon sang, tu es magnifique.

Il enfonça deux doigts en elle, et elle faillit jouir sur-le-champ.

Gémissant, elle serra ses testicules et accéléra le mouvement de sa main.

Il cria son nom.

— *Maintenant !*

Elle se laissa aller, mais parvint à maintenir le rythme sur son membre. Un liquide chaud gicla sur sa main tandis qu'un autre orgasme secouait son corps.

Quelques instants plus tard, ses mouvements s'interrompirent, et ses doigts la quittèrent. Il empoigna sa nuque et l'embrassa fort et intensément. Quand il recula, il la regarda droit dans les yeux et se répéta.

— Magnifique.

Il se détourna alors d'elle et rapporta sa blouse.

Non. Cela ne pouvait pas être fini. Il y avait tant d'autres choses qu'elle avait envie de faire. Avec lui. Rien qu'avec lui.

— Tu n'es pas vierge.

Évidemment, il était capable de s'en rendre compte.

Elle passa sa blouse par-dessus sa tête.

— Non, je ne le suis pas.

— Je veux le nom de cette crapule.

Si la fureur avait un son, c'était le ton qu'il venait d'employer.

— C'était il y a dix ans. Cela n'a pas d'importance.

— Pourquoi ne t'a-t-il pas épousée ?

Elle haussa les épaules.

— Cela n'a pas d'importance non plus.

Elle descendit du lit pour trouver son corset.

— Cela en a pour moi.

Elle le regarda avant de passer le corset par-dessus sa tête : il reboutonnait sa braguette.

— Tu n'es pas mon protecteur. Ni mon gardien. Ni mon mari.

— Je suis ton amant.

Elle tâtonna pour trouver les liens de son corset.

— Laisse-moi faire.

Il la fit tourner et tira sur les lacets.

— S'il te plaît, laisse tomber.

Elle se retourna quand il eut fini.

— Je préfère que le passé reste là où il est. Et tu n'es pas mon amant, pas vraiment. C'était un épisode exceptionnel.

— Je vais remuer ciel et terre pour revenir avant la fin de la partie de campagne.

Pour qu'elle puisse avoir au moins une nuit de plus avec lui. Mais s'il ne le faisait pas… elle serait déçue. Bon sang, elle le serait quoi qu'il se passe ! Oui, elle avait changé. Et elle n'était pas certaine que ce soit pour le mieux. À présent, elle savait à côté de quoi elle passait.

Mais elle essaierait de ne pas se concentrer là-dessus. À la place, elle revivrait cette nuit des milliers de fois dans sa tête.

Il récupéra sa robe sur le sol et la lui tendit. Elle l'enfila, et ferma le devant. Elle se rendit compte tardivement qu'elle avait les cheveux détachés. Elle les passa sur le côté et les tressa rapidement par-dessus son épaule.

— Dommage, murmura-t-il. Tes cheveux sont magnifiques.

Il tendit la main et effleura la naissance de ses cheveux du bout du doigt.

Elle trouva ses pantoufles et les enfila. Avec un peu de chance, elle ne croiserait personne au retour. Si c'était le cas, elle prendrait la bibliothèque comme excuse.

Il lui rapporta son chandelier qu'il lui mit dans la main.

— Je suis ravi que tu sois venue. Je songerai à toi à chaque kilomètre que je parcourrai en direction du nord. Demain, c'est mon anniversaire, tu vois, et me souvenir de cette nuit sera mon cadeau.

Elle avait envie de le croire, alors c'est ce qu'elle fit. Tout comme elle croyait qu'elle ne le reverrait sûrement jamais.

— Joyeux anniversaire.

Elle posa doucement la main sur son torse et se hissa sur la pointe des pieds pour l'embrasser.

— Fais attention à toi pendant ton voyage, murmura-t-elle avant de presser ses lèvres contre les siennes.

Ce qui devait être un adieu en douceur devint rapidement un au revoir prolongé. La bouche de West frôla la sienne, s'imprimant en elle pour toutes les nuits où elle rêverait de lui.

— J'ai hâte de te revoir.

Elle recula à contrecœur vers la porte. Mais elle devait le faire. Agrippant le chandelier, elle fit volte-face et s'en alla, persuadée de laisser une partie d'elle-même dans cette chambre.

CHAPITRE DOUZE

Stour's Edge, Suffolk, une quinzaine de jours plus tard

Le temps maussade correspondait parfaitement à l'humeur de West. Il était chez lui depuis plusieurs jours après avoir roulé à toute allure pour rattraper Townsend. Le vicomte avait été choqué et effrayé quand West l'avait trouvé avec Mlle Forth-Hodges dans un relais de poste. La dame s'était montrée étonnamment résolue et inflexible. Elle avait clairement fait savoir qu'elle comprenait les dégâts causés à sa réputation et qu'elle s'en fichait. Elle ne se souciait que d'épouser Townsend.

West avait négocié les termes du contrat de mariage conformément aux directives de Forth-Hodges, puis il les avait accompagnés à Gretna Green, où ils s'étaient mariés dans la joie. Ils avaient peut-être fait les choses de la mauvaise manière, mais West n'avait jamais souscrit à une « bonne » manière, et leur bonheur était tout ce qui comptait.

Malheureusement, le temps était devenu exécrable, et la pluie l'avait empêché d'arriver à Greensward avant la fin de la partie de campagne. Il avait manqué Ivy d'un jour. Un jour terrible, exaspérant. Il regarda d'un air renfrogné la rivière Stour qui passait au loin devant son domaine, tel un serpent en chasse.

Il retourna brusquement à son bureau et tenta de se concentrer sur les questions de gestion de son domaine. Heureusement, il avait un intendant compétent et attentif et un secrétaire d'une efficacité redoutable.

Ce dernier, un homme qui devait avoir cinq ans de plus que West, et dont l'apparence et le comportement pouvaient être décrits comme ceux d'une sauterelle rusée, entra dans le bureau de West avec une pile de lettres.

— Le courrier est arrivé, Votre Grâce.

Il déposa les missives sur le bureau devant West.

— Merci, Hemphill.

West considéra le courrier avec mauvaise humeur. Chaque jour, il le feuilletait, dans l'espoir d'y trouver une lettre d'Ivy. Et chaque jour, il était déçu.

Y a-t-il quelque chose d'intéressant avant que je ne l'examine ? s'enquit Hemphill.

Le secrétaire donnait toujours son courrier à West avant de l'ouvrir, de sorte qu'il puisse parcourir les lettres de femmes en quête de ses services. Hemphill était plus que conscient des liaisons de West et, dans certains cas, il l'aidait même à prendre des dispositions, comme louer des maisons ou coordonner des voyages.

West fit un signe de la main à son secrétaire.

— Asseyez-vous, si vous voulez bien.

Hemphill se posa dans le fauteuil devant l'âtre.

West tria les missives jusqu'à en trouver une écrite d'une main féminine. Depuis son retour chez lui, ce n'était pas la première qu'il recevait. Mais celle-ci venait-elle de la seule femme dont il souhaitait avoir des nouvelles ?

Il l'ouvrit et son cœur cessa de battre un bref instant. Elle venait d'*elle*.

Clare,

Pourquoi ne l'appelait-elle plus West ? Peut-être essayait-elle simplement d'être formelle dans sa correspondance.

Je souhaitais te remercier d'avoir envoyé la nouvelle institutrice au foyer à Wendover. Elle est arrivée la veille de notre départ, et Lunden lui a proposé le poste. Je pense que cet arrangement sera bénéfique pour tous. Je ne saurais vous dire à quel point je vous en suis reconnaissante.

West sourit intérieurement. Il imagina sa réaction quand la maîtresse d'école était arrivée. Avait-elle dévoilé l'un de ses précieux sourires ? Il le pensait. Et, à présent, il était davantage en colère de l'avoir manquée. *Par tous les feux de l'enfer.*

Il retourna à la lecture de sa courte et décevante missive.

Mme Forth-Hodges m'a dit qu'elle avait reçu votre lettre au sujet de la fugue d'Emmaline et Townsend. Elle vous est très reconnaissante d'avoir veillé à ce que tout se passe comme prévu. J'espère et je prie pour le bonheur d'Emmaline. Je dois également vous remercier pour votre rôle dans cette situation. Vous êtes un gentleman des plus surprenants.

West ressentit un élan de fierté absurde.

Lady Dunn et moi nous rendons à Bath pour les deux prochains mois. Je n'y suis jamais allée, mais elle a des amis là-bas. Je suppose que c'est tout ce qu'il y a à dire. Je vous souhaite beaucoup de bonheur pour l'avenir.

I. Breckenridge

Il jeta un coup d'œil au document comme s'il était responsable de ce manque frustrant… d'émotion. Mais à quoi s'attendait-il ? S'il avait appris à connaître Ivy, il n'aurait pas dû être surpris. Elle refoulait *tout.*

Enfin, presque tout.

Cette dernière nuit ensemble, il l'avait fait sortir de sa coquille.

— Une lettre troublante, Votre Grâce ?

La question de Hemphill fit irruption dans les pensées de West. Il regarda le secrétaire, qui replaçait ses lunettes sur son nez.

— Pas vraiment troublante. Juste… Peu importe.

— C'est votre prochain arrangement ? J'ai remarqué une écriture féminine sur l'une des lettres. Il semble que vous en ayez reçu quelques-unes cette semaine.

Trois pour être exact.

— Oui. Mais celle-ci n'est pas de cette nature.

Oh, comme il aurait aimé que ce soit le cas !

Vraiment ? Voulait-il vraiment qu'Ivy soit comme les autres ? Parce qu'elle ne l'était pas. En aucun cas.

Hemphill semblait perplexe.

— C'est une… amie, expliqua West, peut-être inutilement. Je l'ai rencontrée à la partie de campagne et je l'ai aidée.

Il parlait de l'organisation du transport de la maîtresse d'école, mais bien sûr il avait fait plus que cela. Il avait changé sa vie, n'est-ce pas ?

Ou peut-être était-ce elle qui avait bouleversé la sienne.

— Une amie ?

Hemphill ne semblait pas s'en émouvoir.

West regarda l'homme et ricana.

— J'ai des amies femmes.

Il considérait la plupart des femmes avec lesquelles il avait eu des aventures comme des amies. Ils étaient assurément en bons termes.

— Bien sûr.

West décida d'ignorer le scepticisme de son secrétaire.

— Avez-vous déjà fait des projets pour l'automne ? s'enquit Hemphill.

À cette époque de l'année, West organisait généralement une liaison à l'automne, souvent liée à une longue partie de campagne, ou bien il se rendait à Londres. Il avait reçu plusieurs offres, les lettres étaient rangées sur son bureau. Cependant, aucune d'entre elles ne l'intéressait. Il n'avait en tête que des boucles d'un roux doré, et des yeux verts, brillants et séduisants. Songer à elle lui réchauffa le corps.

Il jeta un coup d'œil à la lettre dont il détestait le caractère définitif. Elle lui souhaitait bonne chance pour l'avenir, ce qui signifiait qu'elle ne s'attendait pas à le revoir. Eh bien, au diable tout ceci !

— Oui, je vais à Bath.

— Avez-vous déjà pris des dispositions ? lui demanda Hemphill.

West s'adossa à son fauteuil, et glissa les doigts sous son menton.

— Non. Je vais avoir besoin d'une maison.

Hemphill inclina la tête.

— Parfait. Quand comptez-vous partir ?

— Dans la semaine si possible, le plus tôt sera le mieux.

— Et combien de temps comptez-vous rester ?

West fixa la fenêtre pendant un moment. Il n'en avait pas la moindre idée, parce qu'il n'était toujours pas sûr de ce qu'il faisait. Il savait juste qu'il n'était pas heureux que leur arrangement prenne fin.

— Je ne sais pas. Cela dépendra de la dame.

— La dame ? Dois-je comprendre que vous entreprenez une nouvelle liaison ?

— Non. Elle n'est pas…

Il laissa retomber ses bras sur les accoudoirs de son fauteuil.

— Elle est différente.

— Différente comment ?

Hemphill pencha la tête sur le côté.

— Avez-vous décidé de *faire la cour à* quelqu'un ?

West ne se formalisa pas de la question soulevée par Hemphill, qui travaillait pour lui depuis des années. Mais il se sentait étrangement protecteur envers Ivy et ne souhaitait pas en révéler trop. De toute façon, *faire la cour* ne lui avait même pas effleuré l'esprit.

Et pourquoi pas ?

Parce qu'elle était dame de compagnie, et qu'il n'avait pas envie de se marier. Elle non plus.

West replia sa lettre et la glissa dans le tiroir supérieur de son bureau. Il en prit une autre dans le but de faire comprendre à son secrétaire que l'entretien était terminé.

— Je ne fais la cour à personne. Je vais simplement à Bath pour rendre visite à des gens.

Hemphill se leva. Il n'était pas idiot, et comprenait bien qu'on le congédiait.

— Très bien, Votre Grâce. Je vais prendre les dispositions nécessaires.

— Merci.

Après le départ du secrétaire, West se laissa une nouvelle fois aller à penser à Ivy. Il sortit la lettre du tiroir et la relut. Puis une troisième fois.

Chaque fois, il espérait en tirer quelque chose de nouveau, mais c'était toujours la même communication laconique et impassible. Qu'avait-il espéré ? Qu'elle serait devenue sentimentale à propos de leurs moments passés ensemble ? Qu'elle le supplierait de le revoir ? Qu'elle le remercierait pour la meilleure nuit de sa vie ?

Non. C'était le genre de choses que lui dirait.

Il *avait* changé. Il n'avait guère pensé à autre chose qu'à elle ces quinze derniers jours. La vie qu'il menait avant ne l'intéressait plus. C'était la meilleure nuit de *sa* vie : voir sa joie, sentir sa passion, s'abandonner complètement à elle. Jamais il n'avait cédé le contrôle, mais il l'avait fait cette nuit-là. Elle était censée être au centre de tout, et il s'était abandonné à elle pour prendre son propre plaisir.

Tout cela lui laissait un goût d'inachevé. Pas seulement parce qu'ils n'avaient pas fait l'amour, mais parce qu'il y avait tellement de choses qu'il ne savait pas sur elle. Des choses qu'il avait envie de découvrir. Des choses qu'il se sentait obligé d'apprendre.

C'est pourquoi il allait à Bath. Assis là, à réfléchir à ce qu'il convenait de faire ensuite, cela lui avait paru évident, *impératif.*

Qu'allait-elle dire en le voyant ? Lui demanderait-elle de s'en aller ? Ou bien l'accueillerait-elle ?

Il avait hâte de le découvrir.

~

Bath, dix jours plus tard

Ivy et Lady Dunn gravirent les marches menant à une élégante maison de ville dans le Circus. Elle était plus grande et plus grandiose que leur maison louée sur George Street.

— Je n'ai pas peur de dire que Lady Parnell s'est bien débrouillée, lança Lady Dunn d'un ton appréciateur. Cela aide toujours quand votre petite-fille épouse un riche comte.

Le majordome ouvrit la porte et les accueillit à l'intérieur. Il les mena à l'étage dans le salon qui donnait sur la rue en contrebas. À peine avaient-elles franchi le seuil que Lucy et Aquilla, les deux plus proches amies d'Ivy, l'entourèrent de leurs bras.

— Tu es enfin là ! s'exclama Aquilla en serrant Ivy très fort.

— Oui, je suis là. Mais je n'avais pas compris que toi aussi !

Ivy s'attendait à voir Lucy. Elle et son mari, le comte de Dartford, rendaient visite à sa grand-mère, Lady Parnell, qui vivait désormais à Bath.

Elles se séparèrent, et Lucy et Aquilla affichèrent un grand sourire. Ivy ne put s'empêcher de faire de même. Elles étaient les deux personnes au monde qui lui faisaient toujours cet effet.

— C'était un magnifique secret, n'est-ce pas ? lui demanda Lucy d'un ton joyeux. Sinon, la faute en revient à Aquilla, c'était son idée.

Ivy n'en doutait pas. Aquilla était la plus douce et la plus gentille de toutes.

— Bien sûr que c'est sa faute, et je suis vraiment ravie de la voir. De vous voir toutes les deux.

Elles étaient tellement heureuses que c'en était écœurant. Aquilla avait toujours été belle, avec ses boucles sombres, sa peau de porcelaine et ses yeux couleur ciel d'été, mais là, elle était tout simplement incandescente. Elle était passée maîtresse dans l'art du sourire pudique et du clin d'œil coquet. C'était aussi un moulin à paroles, ce qui avait dissuadé la plupart des hommes de la courtiser sur le marché du mariage. En réalité, elle avait feint ce comportement dans le but précis de faire fuir les hommes. C'était un stratagème très intelligent qu'Ivy avait approuvé de tout cœur.

Lucy, en revanche, avait été un peu consternée d'apprendre l'aversion d'Aquilla pour le mariage. Mais seulement parce qu'elle avait récemment trouvé l'amour avec Dartford. Avant qu'elle ne l'épouse, c'étaient elle et Ivy les ferventes partisanes de l'indépendance. Mais ensuite Lucy avait été la cible de la flèche de Cupidon, et Ivy avait cru sincèrement être seule. Quand Aquilla avait admis qu'elle aussi évitait le mariage, elle s'en était trouvée ravie. Sauf que la jeune femme aussi avait capitulé ; Ivy était désormais vraiment seule.

Elle observa Aquilla.

— Je vous croyais à l'abbaye de Tintern avec Sutton.

— Nous y étions. Nous avons décidé de faire escale à Bath sur le chemin de retour vers Sutton Park. Je savais que Lucy rendait visite à sa grand-mère et que Lady Dunn et toi seriez ici pour l'automne, alors j'ai élaboré cette surprise et écrit à Lucy.

— Tu es vraiment la plus intelligente des filles, la complimenta Ivy.

Aquilla rit.

— Non, ça c'est *toi*, mais je vais accepter le compliment.

— Mesdames, avez-vous l'intention de rester sur le seuil de la porte tout l'après-midi ? leur demanda Lady Dunn.

Le trio se retourna d'un seul bloc.

— Oh je suis certaine qu'elles ont des tas de choses à discuter, lui répondit Lady Parnell.

Lady Dunn soupira.

— Oh, être jeune à nouveau !

— Non, merci ! répondit Lady Parnell d'un ton guindé, mais avec un petit sourire.

— Venez, asseyons-nous ici, dit Lucy en les menant vers un coin salon à l'écart des dames plus âgées. De cette façon, nous pouvons partager des secrets, chuchota-t-elle, une lueur de malice dans ses yeux sombres.

Ivy faillit dire qu'elle n'avait rien à partager, mais, en fait, elle en avait. Mais leur dirait-elle ? Lucy et Aquilla étaient les deux seules personnes en qui elle avait confiance en ce monde, et pourtant elle ne leur avait jamais parlé de sa famille ni de sa… transgression.

Certaines choses étaient trop humiliantes, trop douloureuses pour être partagées, même avec les personnes les plus importantes.

Lucy et Aquilla s'assirent sur le petit canapé, et Ivy prit le fauteuil à côté, à la gauche d'Aquilla.

— Raconte-nous la partie de campagne, insista Lucy.

Ses cheveux bruns étaient tressés et enroulés sur sa tête, de légères boucles effleurant ses tempes. Elle portait une robe couleur pêche avec des bijoux corail qui mettaient parfaitement en valeur son ensemble. Elle avait l'air d'une comtesse élégante, si différente de la tapisserie qu'Ivy avait rencontrée il y a cinq ans.

— Est-il vrai que Mlle Forth-Hodges *s'est enfuie* ? s'enquit Aquilla, ouvrant de grands yeux.

— Oui, dit Ivy. Ses parents ont refusé la requête de Townsend. J'ai bien peur qu'il ait perdu son sang-froid lors d'un match de badminton, et ils en ont conclu qu'il n'était pas prêt pour le mariage. Ils ont demandé à Emmaline de patienter un an, mais elle n'a pas voulu.

Ivy se rendit compte que toutes deux la regardaient avec un vif intérêt.

— Tu en sais long sur ce qui s'est passé ! constata Lucy.

— Elle et moi sommes devenues amies au cours de la partie de campagne. Je l'aime bien, en fait.

Aquilla grimaça.

— Je me sens mal à propos de ce qui s'est passé avec Sutton.

— Ne t'inquiète pas, lui répondit Ivy. Elle n'était pas contrariée. En fait, elle m'a expliqué que c'étaient ses parents qui étaient derrière cet arrangement. Et dans tous les cas, elle est heureuse aujourd'hui avec Lord Townsend.

— Vraiment ? insista Aquilla qui semblait soulagée. Je suis ravie de l'entendre. C'est un véritable gentleman, j'espère ?

— Il m'a semblé dévoué à Emmaline.

Le fait qu'il ait été un homme de parole et qu'il l'ait épousée faisait de lui un type assez décent aux yeux d'Ivy.

— Je suis heureuse que les choses se soient bien terminées pour elle, dit Lucy. Et je dois applaudir sa nature intrépide pour avoir cru en ses convictions jusqu'au bout.

Lucy était la femme la plus indépendante d'esprit qu'Ivy ait jamais rencontrée. Ce n'était donc pas surprenant de sa part qu'elle admire les actions d'Emmaline.

— Si nous avons un jour l'occasion d'assister au même événement, je vous présenterai, proposa Ivy. Je suis sûre qu'elle vous plaira.

Aquilla tritura sa robe.

— Es-tu absolument certaine qu'elle ne m'en veut pas ?

Ivy adressa à son amie un regard chaleureux et direct.

— *Absolument.*

— J'ai entendu dire que la fête grouillait d'Insaisissables, lança Lucy en souriant. Le duc Dangereux était présent, n'est-ce pas ?

Ivy se souvint du blond marquis d'Axbridge. Elle l'avait vu discuter à plusieurs reprises avec West. *West ?* Elle *essayait* de penser à lui comme à Clare à présent.

— Oui.

— As-tu discuté avec lui ? l'interrogea Aquilla.

Ivy haussa un sourcil en la regardant.

— Pourquoi l'aurais-je fait ?

Aquilla rit.

— Pourquoi en effet ? Il va sans dire, alors, que tu n'as pas

interagi avec le duc des Désirs. Ou avions-nous officiellement changé son nom pour « le duc de la Débauche » ?

Son regard passa d'Ivy à Lucy.

— Nous n'avons encore rien fait, mais on le pourrait.

Lucy tourna la tête vers Ivy.

— Tu es d'accord ?

Ivy avait fait pression pour ce nom en raison de son
comportement scandaleux. Cependant, à présent qu'elle en
connaissait la raison… Non, maintenant qu'elle en avait *fait
l'expérience*, elle préférait de loin l'appeler le duc des Désirs.
En vérité, elle aurait voulu pouvoir l'appeler *son* duc des
Désirs.

La chaleur lui monta au cou, et elle toussa.

— Je pense que c'est plus simple si on s'en tient au
premier nom. De toute manière, c'est ainsi que tout le monde
l'appelle maintenant.

Lucy souffla.

— Oui, ce nom semble avoir fait son chemin. En est-il de
même du duc Dangereux ?

— Cela n'en a pas l'air, mais je n'en suis pas sûre, répondit
Ivy, soulagée qu'elles ne s'attardent pas sur le sujet de West.

Clare. Bon sang.

Aquilla tapota son menton du bout des doigts.

— Combien d'Insaisissables cela fait-il maintenant ? Il y a
le duc Inaccessible.

Elle regarda Lucy.

— Le duc Audacieux, bien sûr. Et le duc Malhonnête.

Elle eut un sourire.

— Le duc des Désirs et le duc Dangereux. Cinq.

— Je dirais que les trois premiers ne sont plus Insaisissables depuis que vous les avez épousés.

Ivy incluait leur amie Nora dans ce chiffre, bien qu'elle ne
soit pas là.

— Tu as peut-être raison, lui concéda Lucy.

— Nous devrions compléter leur effectif. Ce qui signifie qu'il devrait y en avoir un de plus. Des suggestions ?

Ivy se souvint d'une conversation qu'elle avait eue la veille avec Lady Dunn.

— Le filleul de Lady Dunn revient en Angleterre. Il vient d'hériter d'un comté. Il a passé la dernière décennie sur une île sous les tropiques et n'a absolument aucune envie de devenir comte, mais il n'a pas le choix. Lady Dunn m'a expliqué que s'il trouvait une échappatoire, il s'en emparerait. Il n'a fait que décevoir et inquiéter ses parents. Elle l'a qualifié de *provocateur*.

Les yeux d'Aquilla scintillèrent de joie.

— Voici le duc Bravache.

Ivy sourit.

— Il semblerait bien. Ou Décevant, ou Terrifiant.

Lucy éclata de rire.

— « Le duc Terrifiant » ressemble à un nom de pirate. Est-ce qu'il aime naviguer ? C'est sûrement le cas s'il vit sous les tropiques.

Aquilla et Ivy se mirent à rire avec elle. La servante profita de cet instant pour leur proposer un plateau de gâteaux. Lucy lui fit signe de le déposer sur la table. La jeune femme leur indiqua qu'il y avait du thé de l'autre côté de la pièce.

Lucy lui adressa un sourire bienveillant.

— Merci, Laura.

Elles grignotèrent des gâteaux pendant quelques minutes avant qu'Ivy ne pose des questions à Aquilla sur son voyage à Tintern.

Les yeux bleu pâle d'Aquilla s'illuminèrent de joie.

— Oh, c'était splendide ! Tu devrais vraiment y aller.

Son regard oscilla entre ses amies.

— Toutes les deux. Nous avons passé de merveilleuses vacances.

Ses joues prirent une teinte rose pâle.

— Mais Ned aurait pu m'emmener en colonie de vacances que j'aurais passé un moment fantastique.

Lucy rit doucement et toutes deux échangèrent des regards complices. Ivy avait su que les choses évolueraient lorsque ses amies se marieraient, qu'elles feraient tout naturellement passer leur union avant leur amitié. Cependant, elle ne s'était pas attendue à être jalouse de ce qu'elles avaient. Elle avait accepté son sort depuis bien longtemps, et jamais elle n'aurait imaginé changer d'avis.

C'était grotesque. Elle n'était pas en train de changer d'avis. Et même si elle l'était, ça n'avait pas d'importance. Elle était dame de compagnie. Une vieille fille. Et elle était endommagée.

Sauf que ce n'était pas ce qu'elle avait ressenti auprès de West. Il l'avait fait se sentir spéciale et belle, et il ne s'était pas inquiété de savoir qu'elle était abîmée.

Elle se rappela que ce n'était pas difficile pour lui de réagir ainsi dans le contexte de leur relation. Il n'avait pas à se soucier de si elle était respectable ou épousable.

— Je suis tellement heureuse que nous soyons à nouveau toutes les trois réunies ! s'exclama Aquilla.

Elle sourit à ses deux amies et, comme elle était assise au milieu, elle serra leurs mains.

— Demain soir, nous assisterons à ce rassemblement et nous nous installerons le long du mur, comme au bon vieux temps.

Le bon vieux temps. Autrement dit, six mois plus tôt. Mais cela aurait pu aussi bien être une vie entière. Tout était différent à présent. Que ferait Ivy à la saison prochaine ? Lucy et Aquilla l'avaient tirée d'une descente de cinq ans dans la solitude et la tristesse. Sans elles à ses côtés, replongerait-elle dans les ténèbres ?

Lucy retira sa main de celle d'Aquilla pour prendre un autre gâteau sur le plateau.

— Combien de temps peux-tu rester ? demanda-t-elle à son amie.

— Nous avons prévu une semaine, et nous sommes arrivés hier. J'aurais aimé prolonger, mais cela fait déjà longtemps que nous sommes loin de George. Il a hâte que Ned rentre à la maison.

George était un déficient mental dont Ned s'occupait. Dans le plus grand secret, Aquilla leur avait confié qu'ils étaient en réalité frères. Ivy appréciait déjà Ned, mais apprendre à quel point il était dévoué à son frère malade l'avait élevé au rang de sainteté à ses yeux. Voir quelqu'un pour qui la famille était sacro-sainte donnait de l'espoir à Ivy. Pas pour elle-même, mais pour le bonheur à long terme de sa chère amie.

Aquilla lâcha la main d'Ivy et son regard anxieux oscilla entre Lucy et elle.

— Je suis un peu nerveuse… Vous voyez… Ned et moi attendons un enfant, et nous ne savons pas quelle sera la réaction de George.

Lucy écarquilla les yeux et haleta, sa bouche formant un « O ». Puis rapidement, elle afficha un sourire béat.

— Nous aussi !

Aquilla poussa un cri de joie et elles s'étreignirent avec force. Ivy les observa ensemble sur le canapé, enveloppées dans leur joie, et sentit un énorme nœud se former dans sa gorge. Elle était plus que ravie pour elles, mais de savoir qu'elles étaient si heureuses et qu'elles seraient bientôt mères… Elle dut déployer de grands efforts pour garder ses émotions sous contrôle. En son for intérieur, un torrent de tristesse et de désespoir menaçait de la briser.

Elles se séparèrent, et Ivy s'obligea à afficher un large sourire.

— Je suis si heureuse pour vous deux !

— Il faut que tu sois marraine, annonça Lucy.

Aquilla hocha la tête.

— Oh, oui, c'est une obligation. Pour nous deux.

Ivy éclata de rire, parce que si elle ne laissait pas sortir une quelconque émotion, elle allait exploser sous la pression.

— Si vous insistez.

— Exactement.

La conversation dévia sur les dates prévues pour l'arrivée de leur bébé, à moins d'un mois d'intervalle, si leurs calculs étaient justes, et Ivy fit de son mieux pour rester impliquée et paraître intéressée. En vérité, elle avait envie de partir. Et elle se sentait mal pour cette raison. Ses amies avaient toujours représenté un refuge pour elle, le seul qu'elle n'ait jamais eu.

Quand Lady Dunn et elle partirent enfin, Ivy n'avait qu'une envie, grimper dans son lit et s'enfouir sous les couvertures. Mais elle n'avait pas pour habitude de se cacher. À la place, elle finirait de tricoter les chaussettes qu'elle prévoyait d'apporter au foyer au cours de sa prochaine visite. Oui, elle se sentait toujours mieux quand elle faisait quelque chose pour quelqu'un d'autre.

Cela n'avait aucun sens de se concentrer sur elle-même. Elle était comme elle le serait toujours.

CHAPITRE TREIZE

 est dévala les escaliers de la maison très chic de trois niveaux du Paragon. Hemphill avait réservé une excellente propriété pour son séjour à Bath. Le mobilier était élégant et confortable, bien qu'un peu délicat à son goût, et le personnel était attentif et agréable. À l'exception de la cuisinière qu'il avait rencontrée après le petit-déjeuner ce matin-là. Avec ses épais cheveux blancs qui dépassaient de sa coiffe selon des angles curieux et ses grands yeux bruns qui clignaient rarement, elle était un peu sauvage, mais pas vraiment intimidante. Et puis, sur un ton grave, elle lui avait reproché de ne pas avoir terminé ses harengs.

Il lui avait expliqué qu'il était rassasié et que le repas avait été délicieux. Elle l'avait sermonné pour qu'il fasse mieux la prochaine fois.

Le majordome, un homme efficace et discret, nommé Biddle, lui avait présenté d'abondantes excuses, mais il avait affirmé qu'elle était trop douée pour qu'on la laisse partir. West l'avait compris, car c'étaient vraiment d'excellents harengs.

Biddle retrouva West au pied de l'escalier.

— Vous sortez, Votre Grâce ?

— Oui, pourriez-vous m'indiquer où se situe le foyer le plus proche ?

Le majordome le dévisagea un long moment, puis ne cilla qu'une fois. Il se composa rapidement un visage impassible, mais West avait remarqué la surprise sur ses traits.

— Ah, je crois que le plus proche est celui de Walcot sur London Road. Il se situe à une dizaine de minutes de marche environ. Souhaitez-vous que je fasse envoyer la voiture ?

West posa son chapeau sur sa tête.

— Ce ne sera pas nécessaire. Je vais y aller à pied puisque la pluie a décidé de ne pas tomber aujourd'hui.

Biddle le suivit jusqu'à la porte qu'il ouvrit promptement.

— Avez-vous des projets pour la soirée ?

— Je crois savoir qu'il y a un rassemblement auquel je prévois d'assister. Je dînerai avant de partir.

— Très bien.

West enfila ses gants et sortit. Il jeta un coup d'œil au ciel gris avant de descendre en trottinant les marches qui menaient au trottoir. Il tourna à droite vers London Road.

Sa première étape pour retrouver Ivy serait de se rendre au foyer. Bath n'était pas une très grande ville, et il était sûr qu'elle trouverait le chemin de l'établissement local. La seconde étape serait d'assister au rassemblement de ce soir. Les salles communes de Bath accueillaient des fêtes hebdomadaires où l'on pouvait jouer et danser. Il était certain que Lady Dunn serait là, étant donné son penchant pour les cartes. Et, quel que soit l'endroit où Lady Dunn se rendrait, son adorable dame de compagnie irait.

D'humeur particulièrement optimiste, West marchait d'un pas vif sur London Road, saluant d'un signe de tête les gens qu'il croisait. Il atteignit le foyer et se rendit à l'entrée. Devait-il frapper ou entrer directement ?

Haussant les épaules, il essaya d'ouvrir. La porte étant déverrouillée, il se glissa à l'intérieur. Il se rendit aussitôt compte que l'établissement n'était pas aussi bien tenu que le foyer de Wendover. Le hall d'entrée était humide, et un rapide examen lui permit de déceler une fuite d'eau dans le coin. L'humidité avait taché le mur. Il régnait aussi une odeur fétide, et il n'était pas convaincu qu'elle soit entièrement due au plâtre humide découlant de l'état de vétusté des lieux.

Il avança plus loin à l'intérieur, jusqu'à une large porte qui menait à une pièce sombre où les résidents récoltaient de l'étoupe sur des cordes. Le matériau serait employé dans la construction navale. Une porte donnant sur l'extérieur était entrouverte, et West entendait les résidents casser des roches, qui seraient utilisées pour les routes. Le foyer de Wendover disposait d'une petite cour pour ce genre d'activité, mais West constatait déjà que cette structure était plus grande et plus fréquentée. Elle avait également besoin de plus d'attention. Les fenêtres sur le mur du fond étaient beaucoup trop petites pour fournir une lumière adéquate pour les tâches à accomplir.

— Puis-je vous aider ?

West se tourna vers la personne qui lui avait posé la question. Un petit homme presque chauve s'était avancé derrière lui. Il considérait West avec un mélange de méfiance et d'appréhension, le regard furtif et indécis. En dépit de son manque de cheveux, il semblait plutôt jeune pour diriger un foyer. D'après West, il devait même avoir un an ou deux de moins que lui.

Affichant un sourire pour mettre l'homme à l'aise, West retira son chapeau.

— Bonjour, je suis le duc de Clare.

L'homme s'inclina rapidement et avec raideur.

— Nous sommes honorés, Votre Grâce. Je suis Alves, le superviseur de cet épi... enfin, cet atelier.

West avait entendu cet argot plusieurs fois à Wendover, mais n'était toujours pas certain de ce qu'il signifiait. Peut-être que s'il s'était montré un peu plus attentif lors de cette visite plutôt que de se concentrer sur Ivy, il en aurait compris le sens.

— Je suis ici à la recherche de quelqu'un qui serait susceptible de vous offrir une aide charitable à court terme. Connaissez-vous une certaine Mlle Breckenridge ?

Alves se détendit et ses traits s'adoucirent.

— En effet. Elle s'est avérée être une véritable bénédiction pour nous. Elle a déjà apporté de nombreuses améliorations à notre fonctionnement quotidien.

— C'est vrai ?

West n'était pas le moins du monde surpris.

Alves acquiesça.

— En effet. Elle a organisé notre menu de manière à réduire le temps de préparation et de cuisson, et elle a redistribué certaines tâches pour que nos femmes de ménage puissent travailler plus efficacement.

Évidemment !

— Est-ce qu'elle sera là aujourd'hui ?

— Elle est déjà passée. Vous avez dû la manquer d'une heure, peut-être.

Bon sang ! Mais il n'aurait pas pu arriver plus tôt. Il était arrivé tard la nuit dernière, épuisé.

— Quand pensez-vous qu'elle reviendra ?

— Après-demain. Le matin.

Excellent. À présent, il savait exactement quand il la reverrait.

Alves redressa les épaules et releva le menton.

— Puis-je savoir quelles sont vos intentions concernant Mlle Breckenridge ?

Sa lèvre tremblait très légèrement, mais son regard était limpide et direct.

West admira le courage de l'homme : ce n'était pas chose aisée que de questionner un duc. Qu'il le fasse au nom d'Ivy le rendait sympathique aux yeux de West.

— Nous partageons la passion d'aider les moins fortunés. Je voudrais payer pour faire réparer l'entrée. Avez-vous des ouvriers en mesure de s'en occuper si je vous fournis le matériel ?

Alves sembla hésiter, le regard fuyant.

— Mlle Breckenridge et moi en avons discuté. Nous n'avons personne avec ces compétences. Elle espérait que nous pourrions engager quelqu'un qui formerait quelques-uns de nos résidents.

— C'est une idée capitale.

Une fois encore, il n'était pas le moins du monde surpris.

— Je vais coordonner tout ceci avec Mlle Breckenridge, alors.

Et à présent, il avait une *raison* de la chercher.

— Merci, lui dit Alves, hésitant.

West le mit sur le compte de la nervosité.

— C'est un plaisir de vous aider. À bientôt, Alves.

West remit son chapeau et prit congé.

Quand il sortit, l'après-midi lui parut plus sombre que quand il était entré. La raison en était que plusieurs nuages presque noirs s'étaient amoncelés, et on aurait dit qu'il allait pleuvoir après tout.

Il se hâta sur London Road en direction du Paragon et faillit heurter une femme qui arrivait au coin de la rue.

— Je vous demande pardon, dit-il en la contournant.

— Tout va bien, lui répondit-elle. Clare ?

West s'arrêta, essayant de replacer la voix. Il tourna la tête et la reconnut immédiatement. Comment aurait-il pu faire autrement ? Elise, Lady Lamberton, avait été l'une de ses premières aventures. Elle devait avoir environ cinq ans de plus que lui, mais elle était toujours aussi séduisante avec ses yeux fauves et ses cheveux blond foncé relevés sous son élégant bonnet. Il avait un souvenir précis de ses yeux, car ils pouvaient exprimer une moue ou une invitation sans que le reste de son visage ne remue.

— Lady Lamberton, quel plaisir de vous voir !

Il lui adressa un salut courtois tandis qu'elle faisait une élégante révérence.

Elle éclata de rire.

— Que nous sommes formels !

Elle fit glisser sa main sur son avant-bras.

— Cela fait une éternité, mais je suppose que nous nous connaissons assez bien.

— Oui, je suppose.

Pourtant, il n'avait pas suivi sa trace au cours de la dernière décennie ou quel que soit le temps écoulé.

— J'espère que vous allez bien ?

— Oh, oui. Lamberton a quitté ce bas monde voilà presque deux ans maintenant.

Il l'avait oublié.

— Je suis désolé pour votre perte.

Elle leva une épaule.

— C'était un mari plutôt bon.

La distance entre eux se réduisait à mesure qu'elle se rapprochait.

— Je le comparais toujours à vous, cependant.

Elle parlait à présent d'une voix rauque et grave.

— Vous me flattez, madame.

— Vous m'appeliez votre agneau.

À cause de son nom, bien entendu[1]. Il l'avait aussi oublié. En y repensant, il s'était comporté comme un idiot, faisant des pieds et des mains pour flirter, flatter et trouver des surnoms astucieux pour ses conquêtes. Il s'était cru si intelligent ! Et pourtant, il avait sans doute réussi, car Lady

Lamberton était une femme belle et séduisante qui aurait dû être hors de sa portée. À l'époque, ses conquêtes n'avaient pas besoin de son « aide ». Il les courtisait par pure vanité et fierté masculine. Il voulait s'affirmer en tant que coureur, sans doute parce qu'il savait que cela rendrait sa mère folle.

Comment diable sa mère s'était-elle glissée dans ses pensées ?

West fit rouler ses épaules et se concentra sur la beauté qui se trouvait devant lui.

— C'était il y a très longtemps.

— Effectivement.

Elle le parcourut lentement du regard, comme un chat se frayant un chemin dans un dédale de flaques d'eau.

— Je dirais bien que j'ai presque oublié, mais ce serait idiot de ma part. Et malhonnête.

Elle eut un sourire coquet.

West ne savait pas quoi dire. En temps normal, il aurait répondu à son attitude séductrice, mais étrangement, il n'en avait pas envie.

Elle fit un autre petit pas vers lui. Son parfum de rose lui rappela un passé lointain, des rencontres passionnées et des accouplements satisfaisants. Une excitation primitive se manifesta au fond de lui, mais il n'y répondit pas.

— Ma maison est à Queen Square. Vous pouvez venir ce soir, tard. J'assiste au rassemblement tout à l'heure.

Ses yeux fauves expressifs semblaient sourire tout seuls.

— Peut-être vous verrais-je là-bas ?

Bon sang. Évidemment ! Mais il ne la chercherait pas. Il chercherait Ivy. Il ne voulait pas donner l'impression à Lady Lamberton qu'il avait envie de raviver leur liaison.

— Peut-être.

Ses yeux exprimèrent cette moue dont il se souvenait. Elle ne manquait jamais de le pousser à faire ce qu'elle désirait. Mais il était plus âgé maintenant. Plus avisé. Et pas intéressé par elle sur le plan sexuel.

Vraiment ? Il n'avait pas de liaison pour le moment. Elle était veuve. Ce serait un arrangement parfait.

Sauf qu'il ne la désirait pas. Il voulait Ivy. Mais pourquoi ? Il ne la voyait pas s'engager dans une aventure avec lui. Que diable faisait-il ?

— Clare ?

La question de Lady Lamberton le tira de son introspection.

Heureusement, une goutte de pluie atterrit sur sa manche.

— Il commence à pleuvoir.

— Mmmh, je suppose que votre maison n'est pas tout près ?

Bon sang !

— Je suis profondément flatté, mais je crains d'avoir d'autres engagements.

Cette fois, elle fit vraiment la moue, ses lèvres formant comme un bouton de rose.

— Je vois. Dommage.

Elle inspira brusquement et plissa les yeux de manière provocante.

— Eh bien, s'il y a du changement, je suis au numéro vingt-deux.

Elle lui adressa un sourire coquin et continua son chemin. Sa femme de chambre, qui s'était tenue à une distance discrète, la suivit rapidement.

West se remit en route vers sa maison, l'esprit en ébullition. À quand remontait la dernière fois qu'il était resté aussi longtemps sans rapports sexuels ? Il n'arrivait pas à s'en souvenir. Et pourtant, il venait juste de refuser une invitation manifeste à le faire.

Non pas qu'il n'était pas attiré physiquement par Lady Lamberton. Au contraire, son corps avait ressenti une attirance pour elle. Mais elle ne s'était pas transmise à son cerveau. L'idée de faire l'amour avec elle, avec n'importe qui d'autre qu'Ivy, le révulsait.

Bon sang, qu'est-ce qui lui arrivait ?

~

La femme qui la regardait dans le miroir n'était pas Ivy. Enfin, c'était bien elle, mais elle ne se reconnaissait pas. Ses cheveux roux doré étaient arrangés en un style élégant et compliqué, composé de tresses et de boucles, avec des perles intégrées dans les mèches.

— Oh, comme vous êtes ravissante ! s'exclama Lady Dunn en entrant dans la petite chambre d'Ivy.

Aquilla sourit.

— N'est-ce pas ?

Lucy et elle avaient, un peu plus tôt, fait la surprise à Ivy de lui apporter une nouvelle robe de bal. Elles avaient insisté pour qu'elle permette à la femme de chambre de Lady Dunn de la coiffer. Barkley en avait apprécié chaque moment, puisque Lady Dunn ne demandait jamais un tel style.

— Il lui manque un dernier accessoire, dit la vicomtesse en se dirigeant vers Ivy de sa démarche hésitante.

Elle n'utilisait pas sa canne.

Ivy pivota sur le tabouret pour s'adresser à Lady Dunn.

— Où est votre canne ?

— Bah, je n'ai pas besoin de ça en ce moment. Concentrez-vous sur vous, pour une fois, mon ange.

Elle lui présenta un collier de perles qu'elle avait posé sur la paume de sa main.

— Vous porterez ceci ce soir.

Elle se tourna vers Barkley, qui saisit le bijou et entreprit de l'attacher au cou d'Ivy.

— Maintenant, c'est bien.

Ivy se tourna pour se regarder dans le miroir et fut surprise de constater que sa gorge était irritée, comme si elle avait couru dehors dans un froid glacial.

— Elle n'est pas seulement bien, elle est radieuse ! s'exclama Aquilla.

— Je suis d'accord, dit doucement Lady Dunn. Maintenant, allons-y.

Elle sortit de la pièce en boitillant alors qu'Ivy se levait.

Elle passa ses mains sur la riche soie rouge sang de sa robe. Celle-ci était audacieuse et osée, bien plus appropriée pour Lucy, mais c'était elle qui l'avait choisie. Elles avaient correctement évalué la taille d'Ivy, et Barkley s'était chargée des retouches de dernière minute.

Lucy lui tendit des gants de chevreau ivoire qui montaient jusqu'aux coudes.

— Il ne te manque plus que ceci.

Les gants étaient plus raffinés que toutes les paires qu'elle avait jamais possédées, tout comme la robe.

— Je ne comprends toujours pas pourquoi vous vous êtes donné tout ce mal.

Ivy avait l'horrible conviction que maintenant qu'elles étaient comtesses, elles voulaient qu'elle soit plus jolie. Mais non, elles n'étaient pas si étroites d'esprit.

— Parce que nous nous sommes dit que ce serait amusant, lui répondit Aquilla.

— Combien de fois avons-nous parlé d'être la belle du bal ? À présent, c'est ton tour.

Ivy tira sur ses gants.

— Mais je ne veux pas être la belle du bal.

Une fois, il y a longtemps… elle en avait eu envie. Et à présent qu'elle arborait de tels atours, pour la première fois, elle avait l'impression de l'être. C'était une sensation étrange, car elle restait persuadée de ne pas le mériter. De plus, quel était le but ? Elle était comme Cendrillon. Demain, elle redeviendrait une dame de compagnie portant une robe terne et une coiffure figée.

Lucy la dévisageait, et Ivy en eut des picotements dans la nuque.

— Que se passe-t-il ? demanda-t-elle en terminant d'enfiler le deuxième gant.

— T'avons-nous obligée à faire quelque chose dont tu n'as pas envie ?

Au contraire. Elle craignait qu'elles ne lui aient fait découvrir quelque chose qu'elle *voudrait*.

Ivy les regarda toutes les deux et leur sourit.

— Non. Vous avez des cœurs en or, et je suis plus que ravie de vous avoir pour amies.

Aquilla enfila ses gants.

— Alors, allons-y. Le bal dont tu seras reine t'attend.

À leur arrivée à la salle des fêtes, Ivy accompagna Lady Dunn au salon de jeux, tandis que Lucy, Dartford, Aquilla et Sutton se dirigeaient vers la salle de bal.

Après s'être assurée que sa patronne était bien installée, elle se glissa dans la salle de bal, avec l'impression de rêver. Au fil des ans, elle avait assisté à des dizaines et des dizaines de bals, mais celui-ci paraissait différent. Ce qui n'avait aucun sens. Il était exactement semblable *à tous les autres*. Mais *elle* était différente.

Au-dessus, un millier de bougies scintillaient, projetant une lueur chaude sur l'immense espace. La musique provenant de la galerie des musiciens flottait dans l'air tandis que les gens dansaient en ligne le long de la salle de bal. Cela faisait des années qu'Ivy n'avait pas dansé, et elle doutait de savoir encore le faire.

Elle repéra Lucy et Aquilla qui, *elles*, dansaient. Mais Ivy ne leur en voulait pas, car même avant de se marier, elles le faisaient de temps à autre. En revanche, Ivy, en tant que dame de compagnie, n'avait jamais été invitée.

Quelqu'un lui demanderait-il ce soir ? Elle balaya la salle du regard. Son cerveau fit apparaître une image de West... Bon sang, de *Clare.* Oh, quelle différence cela pouvait-il bien faire comment elle l'appelait dans sa tête.

Dans son esprit, elle le vit avec ses cheveux noirs ondulant autour de ses tempes, ses yeux sombres et malicieux la parcourant avec une intention séductrice. Il serait vêtu de noir, à l'exception d'un gilet coloré, d'un bleu éclatant, ou d'un doré saisissant, et du lin blanc de sa cravate et de sa chemise.

Une douleur naquit au creux de ses entrailles, et se répandit dans tout son corps. Oh, comme elle aurait aimé qu'il soit présent, qu'il puisse la voir ainsi ! Il l'inviterait à danser, elle en était convaincue. Et elle dirait oui.

Mais il n'était pas là, et il n'arriverait pas plus tard non plus.

Ivy se rapprocha du mur où elle prit sa position habituelle. Cela ne l'avait jamais dérangée auparavant, alors elle décida que cela ne la dérangerait pas non plus ce soir.

La danse s'acheva, et ses amies la rejoignirent.

En arrivant, Dartford la salua.

— Je serais honoré si vous m'accordiez la prochaine danse.

Ivy s'obligea à sourire.

— Merci pour votre aimable proposition, mais je crois que je préfère mon statut de tapisserie. Sans vouloir vous offenser, j'aimerais passer la soirée avec mes amies.

Elle fit un signe de tête vers sa femme, et Aquilla rit doucement.

— Je t'avais dit qu'elle dirait non, dit Lucy dans un soupir.

Elle serra brièvement la main de son mari.

— Mais je t'aime pour lui avoir posé la question.

Dartford adressa un autre salut à Ivy.

— Si vous changez d'avis, il vous suffira de me le dire. Pour l'instant, je crois que Sutton et moi allons rejoindre le salon de jeux.

Ledit Sutton se dirigea vers la porte.

— En effet. Nous ne voudrions pas interférer avec votre prestation de tapisserie vivante.

Il adressa un clin d'œil à sa femme, et Aquilla leva les yeux au ciel.

— Merci. La tapisserie vivante est *extrêmement* importante, et requiert toute notre attention.

Elle lui fit un petit signe de la main, ainsi qu'à Dartford, et les hommes s'en allèrent.

— J'ai cru qu'ils ne partiraient jamais, souffla Lucy avec bonhomie. Où allons-nous prendre position ?

Elle jeta un coup d'œil aux chaises placées le long du mur, dont très peu étaient occupées.

— J'ai l'impression que nous avons l'embarras du choix.

— Ne nous asseyons pas tout de suite, proposa Aquilla. Je ne voudrais pas que la robe d'Ivy se froisse. Nous devrions nous placer dans un endroit plus en vue, de sorte qu'un gentleman puisse l'inviter à danser.

Ivy secoua la tête.

— Un l'a déjà fait, et j'ai refusé. Je me contenterai de rester assise. De préférence dans un coin.

— N'importe quoi. Tu es bien trop belle pour te cacher dans l'ombre.

— Merci, Aquilla, mais ce n'est vraiment pas nécessaire. Il me suffit d'être ici avec vous deux. C'est tout ce que je veux.

Lucy et Aquilla échangèrent des regards, et Ivy devint méfiante.

— Vous n'*essayez* pas de me mettre sur le marché du

mariage, n'est-ce pas ? Je vais me désolidariser de vous deux immédiatement.

Lucy lui toucha le bras, ses doigts effleurant le gant de chevreau d'Ivy.

— Non, ce n'est pas le cas. Vraiment. Je crois que nous avons toutes les deux oublié pendant un moment que tu n'es pas nous. Tu n'as vraiment pas envie de te marier.

— Aucune d'entre vous ne le voulait non plus, répliqua Ivy, un peu trop sévèrement peut-être.

Aquilla grimaça.

— Je crois que je l'oublie parfois. Mon mariage avec Ned a dépassé de loin tout ce que j'avais imaginé.

— Tout comme mon union avec Andrew, ajouta Lucy d'une voix douce. Je crois que nous voudrions simplement te voir aussi heureuse que nous le sommes, mais c'est injuste. Le bonheur n'est pas dépendant du mariage. Nous savons que tu es satisfaite de ta vie. Tu jouis d'une indépendance dont beaucoup de femmes ne peuvent que rêver.

Ivy se détendit quelque peu. Elles comprenaient. Pourquoi, alors, ressentait-elle toujours un malaise ?

— Venez, proposa Aquilla d'un ton vif. Il est temps de convoquer une réunion de la ligue des Invincibles.

Elle les conduisit sur le côté, pas tout à fait dans le coin, mais assez près pour le confort d'Ivy.

La ligue était le nom qu'elles s'étaient attribué un certain temps auparavant. Elles se sentaient plus fortes d'avoir une sorte de club secret. À l'époque, elles se retrouvaient pour discuter de livres et d'événements, elles visitaient des musées et, bien entendu, elles se réunissaient lors de bals et de soirées musicales, et partout où elles réussissaient à se réunir.

— Je dois dire que je ne connais pas beaucoup de personnes présentes, dit Aquilla en regardant la pièce. Qui est cette belle femme là-bas ? Elle semble amuser la galerie.

Aquilla inclina la tête en direction d'une femme qui se

tenait à quelques mètres de la piste de danse. Vêtue d'une robe bleu argenté et dotée d'une abondante chevelure blonde ornée de ce qui ressemblait à des diamants, elle était plus que belle : elle était éthérée et éblouissante, comme sortie tout droit d'un rêve. Elle avait dépassé le stade de la prime jeunesse, ce qui lui conférait un air sophistiqué et assuré qu'Ivy rêvait de posséder.

— Je crois qu'il s'agit de Lady Lamberton, expliqua Lucy.

Elle avait toujours été la plus douée pour reconnaître les gens et se rappeler les noms.

— Elle est veuve, et apparemment, c'est une situation qui lui convient.

Ivy ressentit une pointe de jalousie. Lady Lamberton était dans une position très avantageuse : elle avait de l'argent, un statut et son indépendance. Du moins, Ivy déduisait de son apparence qu'elle avait de l'argent. Cette robe et les diamants dans ses cheveux coûtaient plus que ce qu'Ivy gagnait en un an. Elle se sentit soudain étrange dans la robe qu'elle portait. C'était un cadeau, mais après avoir passé une décennie à se débrouiller par elle-même, elle n'était pas certaine d'être très à l'aise avec l'idée de l'accepter. Non pas qu'elle le refuserait, car cela reviendrait à blesser ses amies, et elle n'en avait vraiment pas envie.

— Elle ressemble un peu à un cygne, observa Aquilla. Il y a un an de cela, je l'aurais enviée.

Lucy hocha la tête.

— Moi aussi.

Ivy ne dit rien, mais à mesure que le temps passait, elle se rendait compte que leurs vies avaient pris des chemins radicalement différents à présent. L'amitié qu'elles entretenaient perdurerait, bien sûr, mais rien ne serait plus comme avant.

Oh, c'était ridicule ! Ivy refusait de se laisser aller à devenir larmoyante. Certes, elle ne trouverait pas le genre de bonheur et de satisfaction que ses amies vivaient. Elle n'en avait *pas envie.*

— C'est son indépendance que j'envie, dit-elle avec un sourire narquois.

Lucy gloussa.

— Oui. Moi aussi.

Elles continuèrent à observer la salle et à faire des commentaires sur les différents participants. Alors que la musique pour la danse se terminait, les autres bruits de la salle de bal diminuèrent. Ce n'était pas totalement silencieux, mais presque, avec quelques chuchotements ici et là.

— Quelqu'un est arrivé, dit doucement Aquilla en tendant le cou pour essayer de voir qui était entré.

Les gens s'écartèrent, créant une sorte de passage pour le nouvel arrivant.

C'était un gentleman. Grand, avec des cheveux aussi noirs que la nuit et une démarche aussi arrogante que le péché. Évidemment, Ivy le reconnut aussitôt.

— Est-ce le duc des Désirs ? s'enquit Aquilla.

Ivy était incapable de détourner les yeux de lui.

— Oui.

Et il se dirigeait droit vers elles.

— Est-ce qu'il vient par ici ? demanda Lucy.

— Je crois bien, lui répondit Ivy.

Son cœur avait accéléré le rythme en staccato quand elle l'avait identifié. À présent il martelait brutalement sa poitrine. La salle de bal était presque silencieuse et, pourtant, elle entendait un bourdonnement dans ses oreilles. La chaleur envahit son corps, et ses genoux prirent la consistance de l'eau.

— Pourquoi ? murmura Aquilla en se rapprochant d'elle.

Ivy avait du mal à croire qu'il était là. Peut-être était-*il* un rêve, et qu'elle était devenue la proie de son imaginaire nostalgique et idiot. Mais non, il était bien réel, et la lueur impatiente dans ses yeux lui disait tout ce qu'elle avait besoin, ou envie de savoir.

— Parce qu'il souhaite me parler.

---

1. *Note de la traductrice :* « Lamb », en anglais, signifie « agneau », d'où le surnom employé par West.

CHAPITRE QUATORZE

*L*orsque West s'arrêta devant elle, la cacophonie dans les oreilles d'Ivy atteignit un crescendo assourdissant. Elle vit remuer ses lèvres, mais n'entendit pas un mot. Elle ne lui demanda pas non plus de répéter. Elle se tenait simplement là et le buvait, comme prise d'une soif insatiable.

Elle se rendit vaguement compte que quelqu'un lui donnait un coup de coude. Lucy, probablement. Ivy ne tourna pas la tête pour vérifier.

— Mademoiselle Breckenridge ?

Elle l'entendit cette fois, le timbre profond de sa voix attisant la chaleur qui s'était enflammée en elle dès qu'elle l'avait aperçu.

— Oui ?

— Une valse commence. Me feriez-vous l'honneur de danser avec moi ?

Il s'inclina galamment, et le sifflement reprit dans ses oreilles.

Mon Dieu, allait-elle s'évanouir ? *Non.* Elle refusait.

Ivy secoua les bruits dans sa tête et inspira profondément

pour ralentir le rythme frénétique des battements de son cœur.

— J'ai bien peur de ne pas pouvoir.

— *Vas-y*, lui chuchota Lucy à sa droite.

Ivy avait envie de jeter un regard noir à son amie, mais elle n'en fit rien. Elle ne pouvait se détourner des yeux captivants de West.

— Pourquoi pas ? lui demanda-t-il doucement, ses lèvres se courbant avec un soupçon de plaisir, comme s'il considérait qu'ils s'amusaient à un jeu qu'ils étaient les seuls à connaître.

Ivy résista à l'envie de sourire à son tour. Ce serait si facile de retomber sous son charme… ce qui signifiait qu'elle pensait qu'il l'avait envoûtée à Greenward. Mais c'était ridicule. Ivy s'était engagée de plein gré dans ce qui s'était passé entre eux. Elle se rapprocha légèrement de lui, consciente que la plupart des gens présents dans la salle de bal les regardaient. La chaleur envahit son cou. Elle détestait qu'on la remarque, et la situation présente était une pure torture pour elle.

— Parce que je ne sais pas danser, lâcha-t-elle entre ses dents serrées.

Il lui prit la main sans se soucier de sa réticence ou son refus.

— Faites-moi confiance.

Non, non, non. C'était la seule chose qu'elle ne ferait jamais. Elle tenta de retirer sa main, mais il la tenait fermement.

— Je ne peux pas.

Il la regarda en plissant les yeux.

— C'est trop tard maintenant.

Alors il l'entraîna vers la piste de danse, passant son bras sous le sien.

— Vous ne m'avez même pas laissée vous présenter mes amies.

Ce n'était qu'une piètre excuse, mais c'était la seule qui lui venait à l'esprit pour le moment. Elle était bien trop consciente, et ravie, de la chaleur qu'il dégageait sous sa main.

— Quand nous aurons valsé. C'est déjà commencé.

Il la fit tourner dans ses bras, et posa la main sur sa taille. Puis il referma son autre main sur la sienne.

— Prends mon épaule, et suis-moi.

Il se mit à bouger, les faisant avancer, puis aller de côté. Elle avait déjà vu des gens valser, évidemment, mais c'était très différent de le faire soi-même.

— Mais n'as-tu donc *jamais* valsé ? lui demanda-t-il alors qu'elle venait de lui marcher sur le pied.

Elle secoua la tête.

— C'est un crime.

Il exerça une pression sur sa taille tout en la guidant à travers les pas.

— Compte avec moi. Un, deux, trois, un, deux, trois.

Il poursuivit ses instructions pendant une minute, jusqu'à ce qu'elle en saisisse enfin le rythme.

— As-tu déjà dansé ? s'enquit-il.

— Oui, mais cela fait très longtemps.

Il fronça les sourcils et afficha un sourire en coin.

— Enfin, une révélation de la dame !

Elle le fixa, en acceptant finalement qu'il soit ici, à Bath, et pas seulement le fantasme qui vivait dans son esprit ces dernières semaines.

— Pourquoi es-tu là ?

— N'est-ce pas évident ?

— Il est clair que non, sinon je n'aurais pas posé la question.

— Pour te voir, bien sûr.

Elle lui marcha encore sur le pied.

— Je suppose que cela te surprend, observa-t-il avec ironie.

— Énormément. Je croyais que notre relation était terminée.

— Ah, eh bien, pas moi. Je suis navré de n'avoir pas pu revenir à Greensward avant la fin de la partie de campagne. Je ne t'ai manquée que d'un seul jour.

Elle entendait le regret dans sa voix et avait du mal à y croire. Non, elle avait dû mal entendre.

— Le temps était assez mauvais.

— C'était horrible. Je suis toujours en colère à ce sujet.

Elle inclina la tête sur le côté.

— Tu es en colère après le temps ?

— Pour m'avoir éloigné de *toi*.

Ceci, elle ne l'avait pas mal entendu. Comment aurait-elle pu ?

— Tu ne devrais pas dire de telles choses au milieu de la piste de danse.

— Alors, dis-moi où je pourrais le faire, et je serai ravi de m'exécuter.

Il lui adressa un regard sulfureux et provocateur, qui lui donna envie de fondre en une flaque.

Ce n'était tout simplement pas possible. Ivy aimait sa vie ordonnée et respectable. Elle s'était autorisé une brève transgression à Greensward, mais c'était du passé.

— Non seulement je croyais que notre relation était achevée, mais je voulais qu'il en soit ainsi.

Elle détourna les yeux et regarda la salle de bal tourbillonner tandis qu'ils bougeaient. Elle en eut immédiatement le tournis.

— Ne dis pas ça. Je t'en prie.

C'était une supplique douce, mais insistante.

— Je ne peux pas m'empêcher de penser à toi. À Greensward.

Son cœur se serra, et la salle devint floue. Elle tenta de se concentrer sur quelque chose, et son regard tomba sur un gentleman à proximité. Il lui paraissait familier, mais elle n'arrivait pas à situer ses cheveux blond cendré et clairsemés ni sa silhouette trapue. La musique ralentit, et ils s'arrêtèrent. Il tourna la tête vers elle, et elle vit ses yeux, d'un bleu vif, avec juste une pointe de violet, comme des véroniques. Elle aurait reconnu ces yeux entre mille.

Et puis elle fit l'impensable. Elle s'évanouit.

~

West la rattrapa avant qu'elle ne tombe au sol. Il avait senti qu'elle perdait l'équilibre après qu'elle avait détourné son attention de lui, et il avait été sur le point de lui dire de le regarder, lui, et non la salle de bal. Mais ce qu'elle venait de lui dire l'avait distrait. Elle ne voulait pas le voir.

Alors qu'il la soulevait dans ses bras, il entendit les hoquets et les conversations précipitées autour de lui.

Une des jeunes femmes qui étaient avec Ivy marcha vers lui, l'expression sinistre.

— Suivez-moi.

L'autre jeune femme la rejoignit, et elles précédèrent promptement West pour sortir de la salle de bal.

Il les suivit dans le vestibule où un valet de pied les orienta vers une salle de repos.

La femme aux cheveux bruns et aux yeux noisette vif se tourna vers lui.

— Accordez-nous un moment.

Elle et l'autre femme, une jolie brune dont les boucles se

détachaient de sa coiffure élaborée, se précipitèrent dans la salle de repos.

Plusieurs personnes l'avaient suivi depuis la salle de bal. Il se tourna pour leur adresser ce qu'il espérait être un regard ducal.

— Accordez à la dame un peu d'espace, s'il vous plaît.

Il ne voulait pas que l'un d'eux s'approche, ou pire, les accompagne dans la chambre.

Un instant plus tard, la femme aux cheveux noirs sortit la tête et lui fit signe d'entrer.

West porta Ivy dans la pièce alors qu'elle commençait à remuer dans ses bras. En vérité, il n'avait pas envie de la lâcher, mais les autres femmes s'approchèrent d'un fauteuil et lui firent signe de l'y déposer.

Alors qu'il l'allongeait sur le doux brocart, ses yeux s'ouvrirent. Elle eut l'air confuse, puis elle cilla. Alors elle posa les yeux sur lui. Il était toujours penché sur elle, probablement plus près qu'il ne l'aurait dû, mais il s'en fichait.

— Est-ce que tu vas bien ?

— Oui.

Elle parlait d'une voix basse et rauque. Séduisante, s'il était honnête. Il n'aurait pas dû penser à ce genre de chose à cet instant, mais elle lui rendait la tâche difficile, surtout avec le regard anxieux qu'elle lui jetait.

— Me suis-je *évanouie* ?

Il faillit rire devant son autodérision.

— Il semblerait bien, oui.

La femme aux cheveux noirs s'accroupit de l'autre côté du fauteuil.

— Ivy, que s'est-il passé ?

Elle regarda son amie.

— Je ne suis pas tout à fait sûre. Nous dansions, et puis…

West la sentit se raidir, et vit une ombre passer sur ses yeux.

— J'ai eu des vertiges, dit-elle d'un ton plat, du moins aux oreilles de West.

Il observa les autres femmes pour voir leur réaction. Elles échangeaient des regards. Oui, quelque chose clochait, mais il n'avait aucune idée de ce que c'était.

Sauf s'il s'agissait de lui.

Elle avait dit que leur relation était terminée, qu'elle *voulait* qu'il en soit ainsi. Cela ne se passait pas comme il l'avait prévu. Jamais il ne s'était retrouvé face à une femme qui ne voulait pas de lui. Soudain, il se fit l'effet d'une ordure arrogante.

Il se leva, et les trois femmes tournèrent la tête vers lui. Il baissa les yeux sur Ivy. Elle était exactement comme il l'avait toujours rêvée : elle portait une robe élégante qui drapait son corps à la perfection, ses cheveux étaient coiffés de façon sophistiquée et des bijoux réchauffaient son doux cou ivoire. Il dut se faire violence pour s'éloigner d'elle à cet instant. Mais c'était précisément ce qu'il allait faire. Pour l'instant. Demain, quand les choses se seraient apaisées, il essaierait de nouveau. Il devait le faire.

— Je te laisse entre leurs mains compétentes, lui dit-il.

— Merci.

De quoi ? se demanda-t-il. D'avoir dansé avec elle ? De l'avoir portée hors de la piste de danse ? De partir ?

Il espérait que ce soit la première option, mais craignait qu'il ne s'agisse de la dernière. Demain, il en aurait le cœur net.

Sortant dans le vestibule, il s'arrêta net quand Lady Lamberton se plaça en travers de son chemin. Elle était absolument magnifique dans sa robe bleu glacier. Elle avait l'air froide et insaisissable. Jusqu'à ce qu'elle pose les yeux sur lui, et qu'il sache que, *pour lui*, elle n'était absolument pas insaisissable.

Elle se rapprocha.

— Avec qui dansiez-vous ?

— Mlle Breckenridge.

West n'avait pas l'intention d'expliquer à Lady Lamberton qu'Ivy était dame de compagnie. Elle l'apprendrait bien assez tôt.

En quoi était-ce important ? Est-ce que son poste faisait d'Ivy une personne moins bien ? Oui, aux yeux de Lady Lamberton, et même du reste de la société. Mais pour West ?

Il se crispa, en colère contre lui-même. Peut-être qu'il l'avait moins bien considérée. Tout en lui disant qu'il ne l'avait pas fait. Il lui devait des excuses.

Quand il pensait à tout ce qu'elle avait surmonté, y compris une destruction, il le savait, et à sa manière d'aider les autres, son admiration pour elle redoublait. Il comprit qu'elle était la meilleure femme qu'il ait jamais rencontrée. Elle était un phénix glorieux qui renaissait de ses cendres.

— Je ne crois pas avoir entendu parler d'elle, lui lança Lady Lamberton avec un sourire suggestif. Ce n'est sûrement pas la première jeune dame à se pâmer dans vos bras.

En fait, elle l'était.

— Elle a simplement eu un vertige.

La brune aux boucles sortit de la salle de repos et se dirigea vers le salon de jeux. West en déduisit qu'elle allait sûrement chercher Lady Dunn et se reprocha de ne pas avoir pensé à le faire lui-même.

Certaines des personnes qui les avaient suivis dans le vestibule retournèrent à la salle de bal, mais un petit groupe resta, au premier rang desquels Lady Lamberton. West avait envie de les disperser, mais ne voulait pas faire de scène. Il n'avait pas non plus envie de s'en aller.

Un instant plus tard, la jeune femme ressortit du salon de jeux accompagnée de Lady Dunn. West ne l'avait jamais vue se déplacer aussi rapidement. Le bout de sa canne claquait à intervalles rapides et brefs sur le sol de marbre.

Deux gentlemen les suivaient, et West les reconnut immédiatement : c'étaient les comtes de Dartford et de Sutton. Il se souvenait vaguement que les deux s'étaient mariés la saison dernière et supposait que les femmes avec Ivy étaient leurs épouses. Ils n'entrèrent pas dans la salle de repos, mais patientèrent juste devant.

La femme aux cheveux noirs sortit pour leur parler. Observant la manière dont elle posa sa main sur le bras de Dartford, West en déduisit qu'elle était sa comtesse. Dartford acquiesça à tout ce qu'elle disait.

Ivy émergea alors de la salle de repos, son bras replié sur celui de la femme qui était sûrement la comtesse de Sutton. Son regard parcourut la pièce et se posa sur West au moment où Lady Lamberton approchait.

— Ah, elle a l'air tout à fait remise, dit doucement Lady Lamberton.

West résista à l'envie de la repousser comme une mouche gênante, tout comme il se retint d'aller voir Ivy et d'insister pour l'escorter jusqu'à sa voiture.

Ivy plissa légèrement les yeux, mais elle détourna le regard si rapidement que West se demanda s'il ne l'avait pas imaginé. Lady Dartford se plaça de l'autre côté de la jeune femme, et elle quitta les salles communes entre ses deux amies.

Lady Lamberton expira, son souffle doux chatouillant le cou de West.

— Je suppose que le divertissement est terminé.

West se retourna brusquement tout en s'écartant d'elle d'un pas.

— Si vous considérez ceci comme un divertissement, alors vous êtes une personne bien laide, Lady Lamberton. Je vous souhaite une bonne soirée.

Il envisagea de s'en aller, mais se rendit plutôt dans le salon de jeux, en quête d'un whisky. S'ils n'en servaient pas sur place, le bâtiment devait bien avoir une pièce où les gentlemen pouvaient consommer. Une fois le seuil franchi, il fut accueilli par un grand gaillard longiligne qui semblait avoir développé un goût immodéré pour les sucreries. Il sourit d'un air jovial.

— Clare, n'est-ce pas ? s'enquit-il en lui tendant la main.

West la lui serra rapidement, impatient de s'en aller.

— Oui.

— Je suis Bothwick, se présenta-t-il en lâchant la main de West. Est-ce que la jeune femme va bien ? Je l'ai vue s'effondrer dans vos bras.

— Elle s'est trouvée un peu étourdie.

Bothwick gloussa.

— J'ai déjà vu ce genre de choses se produire une ou deux fois pendant des valses. Elle a eu la chance de vous avoir comme héros.

West n'avait pas envie de faire la conversation. Il avait envie d'un foutu verre.

— Je suppose que vous ne savez pas où je peux obtenir un verre de whisky.

— Bien sûr que si !

Permettez-moi de vous montrer. Il fit signe à West de l'accompagner vers une entrée latérale. Après avoir emprunté un petit couloir, Bothwick ouvrit une porte qui donnait sur une pièce équipée de tables. Plus d'une douzaine de gentlemen étaient assis là, et deux valets de pied semblaient servir des boissons.

— On s'assied ?

West prit une chaise à une table voisine tandis que Bothwick s'entretenait avec l'un des valets de pied. Il s'assit à côté de West et s'adossa à sa chaise, posant ses mains sur son ventre proéminent.

— Le whisky est en route, Votre Grâce.

— Merci.

West n'avait pas vraiment envie d'avoir de la compagnie, mais il ne voulait pas se montrer impoli. Il allait boire son whisky et prendre congé ensuite.

— La femme avec qui vous dansiez…, commença Bothwick. Elle me semblait très familière. Qui est-elle ?

— Elle s'appelle Mlle Breckenridge. Je doute que vous la connaissiez.

Parce qu'elle n'appartenait pas à leur classe. Ses muscles se tendirent à nouveau, son corps se rebellant contre les limites de cette société stupide. Cela ne l'avait jamais troublé jusqu'à présent.

Bothwick se caressa brièvement le menton.

— Non, effectivement je ne pense pas la connaître. C'est étrange, parce que j'étais presque sûr que c'était le cas.

West lui prêtait à peine attention. Le valet de pied s'approcha de la table avec leur whisky. Il déposa les deux verres sur la table et demanda s'ils désiraient autre chose. West secoua la tête, et Bothwick déclina l'offre.

Il but ensuite une gorgée de son whisky, puis reposa brusquement son verre sur la table.

— Mais si, mais si. Elle ressemble trait pour trait à une femme de mon district. J'aurais pu parier une bonne somme que c'était elle, mais elle ne s'appelait pas Breckenridge.

Il gloussa.

— Et je ne crois pas qu'elle serait ici habillée comme ça.

Il abaissa un regard amusé sur son verre de whisky, comme s'il repensait à une plaisanterie personnelle.

Quelque chose dans son comportement donnait à West des fourmis dans le cou.

— Comment ça, elle ne serait pas ici habillée comme ça ? À quoi devrait-elle ressembler ?

Bothwick releva la tête.

— C'était une fille facile, elle s'est mise dans l'embarras. Je ne pense pas qu'elle se serait rendue à un événement de la société à Bath en ayant l'air de se trouver sur le marché du mariage.

West avait repris son whisky, et il le tenait si fort qu'il craignait de briser le verre. Cet homme ne pouvait pas parler d'Ivy, si ? Il avait dit qu'elle ne s'appelait pas Breckenridge. Pourtant, West ne pouvait ignorer le sentiment de malaise qui l'envahissait. Il décida de tirer tout ce qu'il pouvait de l'homme, soupçonnant qu'il était loin d'être un gentleman.

— J'ai connu des filles comme ça.

Bothwick rit encore.

— Je veux bien le croire. Je parie que des tas de jeunes idiotes vous ont déjà poursuivi de leurs avances.

Il but une nouvelle gorgée de son whisky et le reposa, puis se pencha plus près, parlant à voix basse.

— Votre réputation est légendaire. Il y a des histoires que vous aimeriez partager ?

Sa prédiction que cet homme était un pourceau de gouttière s'étant avérée exacte, West poursuivit son manège. Il se pencha légèrement sur sa gauche, enfonçant son flanc dans l'accoudoir de la chaise.

— Je préférerais entendre parler de cette fille dont vous avez parlé. Surtout si elle ressemblait à ma partenaire de danse, qui est, comme vous avez pu le constater, assez belle.

— En effet, c'est précisément pour cette raison que j'ai cru que c'était la même fille. Mary, c'est ainsi qu'elle s'appelait, était incomparable.

Sa manière de prononcer le mot « incomparable » et la lueur de connivence dans son regard firent naître les pires soupçons chez West : Bothwick était l'enfant de salaud qui l'avait détruite.

Il l'avait appelée Mary. C'était peut-être la preuve la plus accablante de toutes.

— Mais comme vous le dites, cela ne peut pas être la même personne.

West s'efforça de garder un ton agréable. Il avait envie d'étrangler l'homme jusqu'à ce que ce serpent ne puisse plus respirer.

Bothwick secoua la tête.

— Non, je ne vois pas comment ce serait possible.

West ne pouvait s'empêcher de pousser cet homme à révéler tout ce qu'il savait. Tout ce qu'il avait *fait*.

— Elle était facile, vous dites ? Je suppose que vous le savez de première main.

Il s'obligea à afficher un rictus méchant.

Bothwick lui décocha un sourire insolent.

— Je ne devrais pas en parler, mais ce n'est pas comme si j'insultais une *dame*.

Il but une nouvelle gorgée de whisky, et West pria pour qu'il s'étouffe avec.

— Elle est tombée éperdument amoureuse de moi, du moins c'est ce qu'elle disait. Elle a su que j'étais l'héritier d'une vicomté et a visé bien au-dessus de son rang. Quand elle s'est offerte à moi dans l'espoir que je l'épouse, je n'ai pas pu refuser. J'ai vraiment essayé, mais elle était plutôt tenace. J'ai bien peur qu'elle m'ait eu à l'usure.

Il reposa une fois encore son verre sur la table.

West était certain que ce porc dégoûtant mentait.

— Alors bien sûr, vous avez succombé.

— Qu'est-ce que je pouvais faire ?

Il écarquilla les yeux et haussa les épaules avant d'éclater de rire une fois de plus. Il croyait partager une plaisanterie. La seule chose que West avait envie de mettre en commun avec ce type, c'était son poing sur sa mâchoire.

Il faillit défier l'homme sur-le-champ, mais cela n'aurait pas servi à grand-chose, si ce n'était à déterrer le passé d'Ivy. Elle avait sans nul doute travaillé dur pour l'oublier.

West avala le restant de son whisky et se leva, si vite qu'il heurta la table. Le verre de whisky de Bothwick se renversa, et le reste du liquide ambré retomba en cascade sur lui.

Satisfait de ce petit assaut, West souhaita bonne soirée à l'homme et prit congé de lui plutôt rapidement. S'il ne l'avait pas fait, il aurait réduit l'homme en une bouillie méconnaissable.

En sortant des salles communes, il repensa à son projet de revoir Ivy le lendemain. Il en avait toujours envie, mais à présent leur rencontre serait tout à fait différente. Il ne lui restait plus qu'à réfléchir à ce qu'elle serait.

CHAPITRE QUINZE

Après toute l'excitation de la soirée précédente, le sommeil avait fui Ivy. Elle s'était finalement endormie un peu avant l'aube, et donc levée assez tard ce matin. L'épuisement et le stress avaient mis ses nerfs à rude épreuve, la laissant agitée et anxieuse.

Elle regarda son biscuit à moitié mangé et repoussa son assiette. Puis elle prit sa tasse de thé, qu'elle finit par reposer sans la terminer.

Les vertiges et les nausées qu'elle avait ressentis la nuit dernière continuaient à l'assaillir chaque fois qu'elle songeait à ce qui s'était passé. Jamais elle n'aurait imaginé revoir Peter, et surtout pas alors qu'elle dansait dans les bras d'un duc au cours d'un maudit bal.

Pourquoi s'était-elle évanouie ?

Elle serra le poing, tant le dégoût d'elle-même la submergeait. Elle avait travaillé si dur pendant si longtemps pour se faire une nouvelle vie, et tout ce qu'elle avait accompli s'était retrouvé balayé en un instant. Elle était redevenue cette fille stupide qui avait gâché sa vie.

Fermant les yeux, elle se dit que c'était du passé, qu'elle

était ici aujourd'hui, et en sécurité. Mais si Peter l'avait reconnue… Qu'allait-il faire ? Si Lady Dunn découvrait qui elle était vraiment, ce qu'elle avait fait…

Ivy ouvrit les yeux et se leva brusquement, comme si elle allait courir. Ses muscles étaient contractés et prêts à fuir, ses nerfs plus tendus que les cordes d'un arc.

Non, rien de mal n'allait arriver. Elle avait des amies qui la soutenaient. Elles s'étaient montrées d'une incroyable gentillesse et d'une immense prévenance la veille au soir. Ni Lucy ni Aquilla n'avaient insisté pour savoir ce qui s'était passé, mais elle voyait bien qu'elles se posaient des questions. Et quand elles apprendraient la vérité, si elle la leur racontait, elles comprendraient, n'est-ce pas ? Mais si ses secrets étaient divulgués, pourraient-elles continuer à la soutenir ? Aujourd'hui, elles étaient comtesses. Et elle n'était personne.

Lady Dunn entra dans le salon. Elle n'utilisait pas sa canne et semblait plus agile que d'habitude aujourd'hui.

— J'ai entendu dire que vous étiez enfin sur pied.

Elle s'approcha d'Ivy, les traits marqués par l'inquiétude.

— Vous allez bien, ma chère ? Vous m'avez fait un peu peur la nuit dernière.

Ivy prit une profonde inspiration qui ne fit que diminuer légèrement sa tension tandis qu'elle reprenait sa place sur la chaise qu'elle avait abandonnée. Lady Dunn se percha sur l'extrémité du canapé adjacent.

— Je me sens mieux aujourd'hui, merci, dit Ivy, surprise de voir à quel point son ton semblait égal.

— Bien.

Lady Dunn la dévisageait comme si elle ne la croyait pas vraiment.

— Je suis désolée que votre soirée ait été écourtée. Vous étiez si belle. Et vous avez dansé avec un duc !

Ses yeux pétillaient de joie.

— Est-ce qu'il vous a reconnue de la partie de campagne ?

— Oui, dit Ivy, parce qu'au moins cette partie était vraie. Il s'est juste montré gentil.

Lady Dunn agita la main.

— Bah. Je suppose qu'il a vu une belle femme et l'a simplement invitée à danser. C'est le duc des Désirs, après tout.

Elle laissa échapper un petit rire guttural.

Ivy grimaça en entendant le surnom. *Elle* le désirait, c'était certain. Mais elle n'avait pas prévu de le revoir non plus. Dans son esprit, jamais ils n'auraient été plus proches que chacun à un bout d'une salle de bal bondée à Londres. Pourtant, il était ici, à Bath. Parce qu'il voulait la voir. Parce qu'apparemment, il n'avait pas envie que leur relation prenne fin.

Il était venu ici pour qu'elle se prolonge. Mais non, ils n'avaient pas d'aventure. Pas vraiment. Cela avait été une opportunité. Un événement exceptionnel qui emplissait les rêves d'Ivy et rendait sa vie parfaitement satisfaisante tout à coup inadéquate.

Lady Dunn jeta un coup d'œil vers les fenêtres.

— Le soleil est de sortie aujourd'hui, pouvez-vous le croire ? Je me disais que nous pourrions aller nous promener aux jardins de Sydney.

Ivy n'avait qu'une envie, retourner au lit pour se cacher sous les draps. Immédiatement, elle ressentit de la colère envers elle-même. Cela, c'était la fille qu'elle avait été, effrayée et paralysée. Elle refusait de redevenir cette créature pathétique. De plus, c'était son *travail* d'accompagner Lady Dunn. Et elle le ferait avec enthousiasme.

— Cela me paraît formidable.

En fait, c'était le cas. Une marche rapide au soleil serait très bénéfique à l'humeur d'Ivy. Elle regarda Lady Dunn.

— Vous avez l'air de bien vous déplacer aujourd'hui.

— C'est le cas, merci. Une belle journée fait des merveilles sur ma mobilité.

Lady Dunn se releva lentement, mais sans effort.

— Pouvez-vous vous préparer rapidement ?

— Bien sûr.

Ivy se leva, heureuse de pouvoir se concentrer sur autre chose que les événements de la nuit dernière. Elle se sentait mieux après avoir parlé avec Lady Dunn. La vicomtesse ne semblait pas considérer cela comme un incident épouvantable, ce qui ne faisait que confirmer que ce n'était le cas que dans l'esprit d'Ivy. Personne ne savait qui était Peter, et s'il ne l'avait pas reconnue, tout irait bien.

Une heure plus tard, elles pénétraient dans les jardins de Sydney en passant par l'hôtel du même nom.

— Vous devriez les voir lors d'un gala d'été. Ils rivalisent avec Vauxhall, mais ils ont été conçus dans cet esprit, expliqua Lady Dunn.

Ivy n'était jamais allée à Vauxhall et n'imaginait pas que cela changerait un jour. Elles suivaient un chemin pendant que Lady Dunn lui racontait les différents divertissements qui avaient lieu ici.

— Le labyrinthe est particulièrement amusant.

Elles croisèrent plusieurs personnes au cours de leur promenade, dont beaucoup connaissaient Lady Dunn. Elle fut ravie de tomber sur son amie, Mme Shilton, qu'elle n'avait pas vue depuis l'automne dernier.

— Je viens d'arriver en ville, annonça Mme Shilton. Ma fille vient d'avoir son premier enfant.

La femme rayonnait de joie.

Lady Dunn afficha un large sourire.

— Il faut que vous me racontiez cela ! Venez, asseyons-nous un moment.

Elles s'avancèrent vers le banc le plus proche. La femme de chambre de Mme Shilton offrit à Ivy un sourire timide qu'elle lui rendit. Cependant, elle n'engagea pas la conversation. Ivy était plutôt satisfaite de rester sur le côté et de profiter simplement du soleil.

Le gazouillis des oiseaux, les pas sur le chemin de coquillages broyés et la brise qui agitait régulièrement les feuilles dans un doux chant la bercèrent dans une légère transe. Elle ferma les yeux et s'immergea dans le présent, une astuce qu'elle avait apprise voilà longtemps pour se calmer si elle était trop accablée.

— Mademoiselle Breckenridge.

La voix grave et rauque se joignit à la mélodie des sons qui l'entouraient, et, pendant un bref instant, elle l'accueillit. Mais alors la prise de conscience la ramena à la réalité, et ses yeux s'ouvrirent brusquement.

West se tenait à quelques dizaines de centimètres d'elle, ses yeux sombres brillant sous son chapeau. Il était le modèle du gentleman élégant avec son manteau vert foncé, son pantalon chamois et ses bottes brillantes.

— Je me suis rendu chez Lady Dunn et on m'a dit que vous veniez ici, expliqua-t-il.

— Que veux-tu ? lui demanda-t-elle, jetant un œil vers Lady Dunn qui lui tournait le dos. Elle était encore en pleine conversation avec Mme Shilton.

— Beaucoup de choses, mais commençons par ton bien-être.

Il s'approcha un peu plus près, plongeant son regard dans le sien de manière intense.

— J'étais plutôt inquiet hier soir. Tu sembles aller bien aujourd'hui.

— Je vais mieux, merci.

Elle détourna les yeux, incapable de supporter la manière dont il la regardait. Il ne la touchait pas, mais elle se sentait submergée par lui, et pas dans le mauvais sens du terme. Sauf que *c'était* mauvais. Ou mal. Ou quelque chose comme ça.

Elle n'avait pas envie de ressentir pour lui cette attirance irrésistible.

— Bon après-midi, Votre Grâce, lui cria Lady Dunn depuis le banc.

Ivy se raidit et se dirigea vers sa patronne. Elle sentit dans son dos que West la suivait.

Le duc alla se placer devant le banc et s'inclina devant les deux dames. Lady Dunn le présenta à son amie.

— C'est un plaisir de faire votre connaissance, dit-il à Mme Shilton avec son excès de charme habituel.

Il se tourna vers Lady Dunn.

— Pourrais-je emmener votre dame de compagnie pour une brève promenade ?

Lady Dunn lança un regard à Ivy. Dans son regard, la surprise fut brève, mais manifeste. Et il y avait également une pointe d'interrogation.

— Oui, si elle y est disposée.

Ivy pouvait dire non. Elle pouvait mettre un terme à cette mascarade avec West sur-le-champ. Mais elle prit son bras quand il le lui offrit.

— Nous ne serons pas longs, précisa-t-elle à la vicomtesse.

Lady Dunn inclina la tête, et West l'entraîna.

— Tu ne peux pas m'emmener en promenade, dit Ivy d'un ton probablement trop acerbe.

— Pourquoi pas ? Enfreindrais-je une loi dont je ne suis pas au courant ?

— Tu te montres volontairement obtus. Nous nous sommes donné beaucoup de mal pour… dissimuler notre… relation à Greensward. Pourquoi la rendre publique à présent ?

— Je ne vois aucune *publicité*. J'escorte une femme charmante pour une promenade.

— Je marche au bras du duc des Désirs. Je n'ai aucune envie que l'on pense que je suis ta dernière conquête.

— Conquête ? À quel moment suis-je devenu un guerrier ?

Il secoua la tête.

— Peu importe. Ce n'est pas ainsi que je souhaitais que les choses se déroulent.

Il fit la moue.

Évidemment, il avait un plan. Il avait toujours un plan. Et celui-ci l'impliquait, elle. Hier soir, il lui avait dit qu'il était venu à Bath pour la voir.

— Que veux-tu ? lui demanda-t-elle encore.

— Je voulais te parler du foyer Walcot.

Elle ralentit et tourna la tête pour le regarder. C'était la dernière chose à laquelle elle s'attendait.

— Walcot ?

— J'y suis allé hier, et j'aimerais payer les réparations du hall d'entrée. J'ai cru comprendre que tu aimerais que certains des résidents apprennent à faire ce genre de choses.

Ivy s'arrêta et le fixa.

— C'est exact, dit-elle lentement. Je suis surprise que tu te sois impliqué.

— Pour être franc, je le suis aussi.

Il lui adressa un petit sourire.

— Tu as eu un sacré effet sur moi, Ivy. J'avoue sans mal que je me suis rendu au foyer pour te trouver, mais j'ai été inspiré et leur ai proposé mon aide.

Elle pinça les lèvres.

— Pour me faire plaisir.

Le sourire de West s'effaça.

— Pourquoi faut-il que tu penses toujours au pire ?

Parce qu'elle y était habituée.

— Ce n'est pas mon intention.

— Mais c'est dans ta nature.

Il regarda derrière elle un instant, puis riva ses yeux sur les siens.

— Tu as un passé sombre. Je veux le comprendre.

Ivy se détourna de lui et se mit à marcher, l'entraînant avec elle.

— C'est le passé. Je préfère qu'il reste où il est.

Ils marchèrent en silence pendant un moment jusqu'à ce qu'il dise :

— J'ai fait la connaissance de Lord Bothwick hier soir.

Une nouvelle vague de nausée secoua Ivy. Elle s'agrippa à son bras et ralentit à nouveau le rythme.

Il enroula la main autour de la sienne, et tourna la tête.

— *Ivy.*

Elle se raidit et redressa les épaules, accélérant une fois encore.

— Je vais bien, mais nous devrions faire demi-tour.

Il la guida à l'écart du chemin, sous un arbre, afin qu'ils soient partiellement dissimulés par le large tronc. Il se tourna de sorte que le dos d'Ivy soit à quelques centimètres de l'arbre, et se plaça devant elle.

— C'est l'homme de ton passé.

Ivy espérait avoir gardé quelques couleurs sur le visage, mais elle se sentait presque aussi étourdie que la nuit dernière pendant leur valse.

— Qu'est-ce qui te fait penser cela ?

Non, elle ne voulait pas connaître la réponse à cette question. Elle n'avait absolument pas envie de discuter de cela.

— Lord Bothwick n'est pas l'homme de mon passé.

C'était un peu vrai. Il n'était pas encore Lord Bothwick à cette époque.

West plissa les yeux et avança vers elle de sorte qu'elle appuie son dos sur l'écorce rugueuse du tronc de l'arbre.

— Mais bon sang, Ivy ! Je tiens à toi.

Il se rapprocha trop près de son visage, et elle sentit la chaleur et la frustration qui émanaient de lui.

— Quand baisseras-tu ta garde avec moi ?

Il la regardait et lui parlait comme s'il avait des droits, mais il n'en avait pas.

— *Jamais*.

Elle lui jeta le mot comme un couteau, dans l'espoir de le faire fuir, sinon de le blesser.

— Je n'ai pas tes protections, tes *privilèges*. La seule chose que je possède, c'est ce mur que j'ai construit pour ne plus souffrir. Et je ne permettrai pas que *toi* ni aucun autre homme n'y touchiez.

— Ivy…

Elle lui coupa la parole, refusant d'écouter ce qu'il voulait dire.

— Je suis lasse d'être une curiosité pour toi. Je ne t'ai pas invité à Bath. Je serais heureuse que tu me laisses tranquille.

Son cœur se serra violemment en prononçant ces mots. Elle désirait autre chose… un sentiment intangible de sécurité qu'elle ne parvenait même pas à nommer.

Il la regarda dans les yeux.

— Moi, je n'en serai pas heureux.

Il entremêla ses doigts aux siens.

Pendant un instant, elle savoura ce contact. Jusqu'à ce qu'elle se rappelle que rien de tout cela n'était réel. Que ce n'était qu'un rêve éveillé qui allait sûrement prendre fin, et probablement mal ! Elle retira sa main de la sienne et se glissa loin de l'arbre.

Il bougea en même temps qu'elle, mais ne se rapprocha plus.

— Je vais te ramener auprès de Lady Dunn.

— Et ensuite, tu partiras ?

— Oui.

Il le dit lentement, d'un ton hésitant, comme si cela lui demandait des efforts.

— Pour l'instant.

Elle secoua la tête.

— Pour toujours. Nous ne pouvons pas continuer.

— Il reste le foyer.

— Tu peux prendre les dispositions nécessaires avec M. Alves, j'en suis sûre. Il n'y a aucune raison pour que nous poursuivions notre relation, quelle qu'elle soit.

Elle voyait bien qu'il n'était pas prêt à capituler.

— West, si tu tiens à moi, comme tu le prétends, tu me laisseras tranquille. C'est ce que je veux.

— J'habite au numéro douze du Paragon pour au moins quelques semaines. Si tu changes d'avis…

— Cela n'arrivera pas. Adieu.

Elle se tourna et s'éloigna de lui sur des jambes qui menaçaient de céder et de la faire s'étaler sur le sol. Mais cela n'arriva pas, car elle était forte, et elle avait survécu à bien pire que cela.

Elle garda la tête haute, comme elle le faisait toujours, et ne jeta pas un regard en arrière.

~

West la regarda partir en proie à une abjecte frustration. Il serra les poings sur les côtés et jura à mi-voix. Cela s'était passé aussi mal qu'il aurait pu l'imaginer. Elle voulait vraiment qu'il sorte de sa vie.

Il aurait dû retourner à Stour's Edge. Et pourtant, il en était incapable. Tout semblait inachevé, même si elle aurait souhaité qu'il en soit autrement. Non, il resterait et s'occuperait de la réparation du foyer. Et avec un peu de chance, il aurait l'occasion de la revoir.

Et il y a avait Bothwick. Elle n'avait pas admis que c'était l'homme qui l'avait détruite, mais West n'en avait pas besoin. Il avait vu sa réaction, senti le tremblement qui avait envahi tout son corps. Il savait que c'était Bothwick, et il trouverait un moyen de punir cet homme.

Peut-être fallait-il qu'il écrive à Axbridge pour lui demander son aide. Il pourrait être le second de West. Bon sang, envisageait-il réellement de provoquer l'homme en duel ?

West secoua la tête et expira un peu pour apaiser l'agitation qui régnait en lui. Il s'engagea sur le chemin, et repartit par où il était venu. Lady Dunn était toujours sur le banc avec son amie, et Ivy se tenait sur le côté. Elle ne le regardait pas. En fait, il ne savait pas si elle était consciente de sa présence.

Il ne parvenait pas à détacher son regard d'elle et souhaitait qu'elle tourne les yeux dans sa direction. Il était si déterminé qu'il faillit heurter Lady Lamberton.

Son rire doux glissa sur lui.

— Mon Dieu, Clare. Êtes-vous pressé ?

Pas vraiment, mais il allait saisir l'occasion pour éviter une rencontre prolongée.

— Oui.

Elle lui présenta son amie, auquel West ne prêta pas la moindre attention. Il jeta un œil à Ivy. À présent elle le regardait. Ses lèvres avaient presque disparu en une ligne fine et désapprobatrice. Elle détourna brusquement la tête, dans un mouvement de rejet brusque et impitoyable.

West se rendit alors compte que Lady Lamberton lui touchait le bras. *Bon sang !* Il recula d'un pas.

— Marchez donc un peu avec nous, Clare, insista Lady Lamberton.

Elle enroula son bras autour du sien.

— Ce vers quoi vous vous précipitez peut bien attendre, n'est-ce pas ?

West vit Lady Dunn se lever, et Ivy se précipiter à ses côtés. Elles firent demi-tour pour prendre la direction de l'hôtel.

— Oui, je suppose, murmura-t-il.

— Oh, bien.

Lady Lamberton l'entraîna, et son amie prit son autre bras. Si Ivy le regardait, et il doutait qu'elle le fasse, il offrait certainement une image idéale de séducteur, coureur de jupons. Être perçu de cette manière ne l'avait jamais dérangé auparavant, mais aujourd'hui il voulait se défaire de cette réputation.

Qu'est-ce qui lui arrivait ?

Ivy l'avait changé. Il le savait. Seulement il n'avait pas compris à quel point. Il savait seulement qu'il n'avait pas hâte d'entamer une nouvelle liaison. Et que les avances de Lady Lamberton ne l'intéressaient pas.

Il recherchait l'attention d'une dame de compagnie à la langue tranchante et au caractère bien trempé, capable de le réduire en miettes d'un seul regard féroce. Tout comme elle était capable de le mettre à genoux chaque fois qu'elle prononçait son nom.

Quand elle l'avait appelé West un peu plus tôt, il avait failli la coller contre lui pour l'embrasser. Et juste avant, quand il l'avait presque plaquée contre l'arbre, il avait eu envie de caresser son visage et de presser ses lèvres contre les siennes, pour lui montrer à quel point elle lui manquait, et combien il tenait à elle.

Mais il ne l'avait pas fait, et il y avait de fortes chances qu'il ne le fasse jamais.

West acheva sa promenade absurde et se demanda dans quel enfer il s'était fourré.

CHAPITRE SEIZE

lors qu'elles traversaient le pont Pulteney sur le chemin du retour vers George Street, Lady Dunn interrogea Ivy au sujet de West.

— Le duc semble s'intéresser à vous.

Ivy se crispa. Elle n'arrivait pas à penser à lui sans réagir.

— Pas particulièrement. Il s'enquérait simplement de ma santé. Il est passé à la maison pour s'en informer.

Ivy tenait à en faire part à Lady Dunn, qui en serait informée dès son arrivée à la maison.

Ses lèvres se relevèrent en un sourire satisfait.

— Vraiment ? Il aurait pu écrire une note ou, plus vraisemblablement, il aurait pu ne rien faire du tout.

— Il se montrait simplement poli.

— Je suppose. En dépit de sa réputation, je l'ai toujours trouvé plutôt charmant et gentil.

Ivy ne pouvait pas contester le jugement de la vicomtesse, mais elle ne voulait pas non plus encourager ce sujet en acquiesçant.

Lorsqu'elles prirent Milsom Street, Lady Dunn posa sa tête contre le dossier.

— Ah, mais ne serait-ce pas merveilleux s'il *était* intéressé ? Vous pourriez vivre votre propre histoire de Cendrillon !

Elle tourna la tête pour regarder Ivy.

— Je ne pourrais jamais épouser un duc, ma dame.

— Je suis d'accord que cela ferait jaser, mais cela pourrait arriver.

— Ce n'est pas parce que cela *pourrait* arriver que ce sera le cas, répondit Ivy. Dans tous les cas, je n'ai aucune envie de me marier ni de quitter mon emploi.

Lady Dunn tapota le genou d'Ivy.

— Ce serait terrible de vous perdre, ma chère.

La voiture tourna au coin de la rue et s'arrêta rapidement devant leur maison de ville. Ivy souffla, soulagée.

Le valet de pied aida la vicomtesse à descendre, puis Ivy. En montant les marches, Lady Dunn informa Ivy qu'elle allait monter se reposer. Ivy s'y attendait. Elle allait travailler sur les bas qu'elle fabriquait pour quelques-unes des filles du foyer.

Bon sang ! Songer au foyer ramena West sur le devant de ses pensées, une fois encore. Elle serait heureuse quand il quitterait Bath et qu'elle n'aurait plus à s'inquiéter de le croiser.

Peu de temps après, Ivy était assise dans le salon avec un plateau de thé et de gâteaux lorsque le majordome annonça l'arrivée d'Aquilla et de Lucy.

Aquilla attendit à peine que le majordome soit parti pour se précipiter auprès d'Ivy sur le canapé.

— Est-ce que tu vas bien ?

Ivy sourit devant la sollicitude de son amie.

— Oui, merci.

Lucy desserra son béguin avant de le retirer et de le poser sur une table. Elle prit place sur un fauteuil près du canapé.

— Tu nous as fait une sacrée frayeur la nuit dernière. Je ne t'avais jamais vue te pâmer.

— Tu ne m'avais jamais vu non plus valser ! Cette danse donne des nausées effroyables.

Lucy éclata de rire et porta la main à sa bouche.

— Il n'y a que toi pour trouver qu'une danse avec le duc des Désirs *donne des nausées.*

Aquilla se joignit à elle, et même Ivy dut admettre que c'était amusant dit de cette manière. Elle sourit, mais ne rit pas avec elles.

Une fois qu'elles furent calmées, Aquilla passa la main sur le bord du canapé.

— Que s'est-il passé ?

Ivy agita la main.

— J'ai eu des vertiges. Plutôt embarrassant, n'est-ce pas ?

Ses amies échangèrent des regards. Elles semblaient… sceptiques.

— Est-ce qu'il se passe quelque chose avec Clare ? s'enquit Lucy avec un regard pénétrant en fronçant les sourcils. Il semblait plutôt… intime quand il t'a portée jusque dans la salle de repos.

— Aurait-il dû me laisser m'effondrer sur le sol ?

Ivy se souvenait avoir repris conscience dans ses bras. Pendant un bref instant, elle avait oublié où elle se trouvait. Elle avait eu envie d'enrouler ses mains autour de son cou, et de presser sa bouche contre cette de West.

Elle voulait plus que cela, elle voulait revivre cette nuit-là.

— Bien sûr que non ! s'exclama Lucy. Ce n'est pas ce que je voulais dire. Je parlais du moment qui a suivi. Quand tu étais allongée. Il semblait plutôt inquiet.

— Oui, et il m'a même rendu visite aujourd'hui pour s'enquérir de ma santé. Il se trouve que le duc des Désirs est un homme bien élevé et prévenant. Qui l'aurait cru ?

— Vraiment ? demanda Aquilla en souriant. Peut-être devrions-nous le rebaptiser le duc Adorable.

Ivy leva les yeux au ciel.

— S'il vous plaît, n'allons pas si loin. C'est toujours un réprouvé.

L'était-il, cependant ? L'image de l'élégante Lady Lamberton accrochée à lui, hier soir et aujourd'hui, brûlait Ivy comme de l'acide.

Lucy la scruta d'un air inquisiteur.

— Je persiste à dire qu'il y avait plus que cela. J'ai vu la façon dont il te regardait. Tu oublies que nous sommes des femmes mariées à présent. Nous savons à quoi ressemble un homme qui prend soin d'une femme.

Ivy se hérissa. Elle n'avait pas envie de discuter de cela.

— C'est une canaille et un coureur. Il regarde toutes les femmes de cette manière. Je l'ai vu se comporter de manière scandaleuse à Greensward.

Hum, *aux premières loges*, mais elle ne le dit pas. Elle l'avait aussi vu secourir Mlle Kirkland, s'arranger pour que la nouvelle maîtresse d'école soit placée au foyer de Wendover, et faire en sorte qu'Emmaline ne soit pas ruinée. C'était peut-être un séducteur, mais pas une canaille. Mais même ainsi, rien de tout cela ne ferait changer Ivy d'avis au sujet du mariage.

— Je vous en prie, n'essayez *pas* de me mettre en couple avec des gens comme lui. N'essayez pas de me mettre en couple avec quiconque. Ce n'est pas parce que vous êtes heureuses en ménage que je dois l'être aussi. *Ma* situation est toujours la même et je n'ai aucune envie qu'elle change.

Lucy et Aquilla la dévisagèrent un moment, et la seconde prit la parole.

— Ce n'est pas ce que nous voulions faire.

Lucy secoua la tête.

— Non, vraiment pas. Mes excuses. Bien entendu, tu es satisfaite. Tu ne revendiques pas de vouloir quelque chose de plus que ce que tu as. Avant de rencontrer Dartford, je t'enviais.

— Tout comme moi, ajouta Aquilla. Rappelle-toi, je t'ai demandé de m'aider à devenir dame de compagnie.

Oui, c'était vrai. Mais ensuite, elle avait épousé Sutton.

— Tu n'aurais pas été heureuse, lui dit Ivy.

Elle se tourna pour regarder Lucy.

— Toi non plus. Vous étiez toutes les deux destinées à tomber amoureuses et à vous marier. Ce n'est pas mon cas.

— Comment peux-tu le savoir ? lui demanda Aquilla.

Ivy haussa une épaule.

— Je le sais, c'est tout.

Elle avait accepté son destin, et toutes ces discussions au sujet d'un avenir qui ne se produirait jamais, et dont elle ne voulait même pas, la fatiguaient.

— Maintenant, croyez-vous que nous pourrions parler d'autre chose ?

— Bien sûr, dit Aquilla. Oh ! Lady Fairfax organise un déjeuner en plein air aux jardins de Sydney la semaine prochaine. Malheureusement, Ned et moi devons retourner à Sutton Park avant. Avec un peu de chance, tu pourras t'y rendre avec Lady Dunn.

— Je t'en prie, dis-moi que tu iras ! insista Lucy avec une grimace. Sinon je serai seule.

Ivy toucha la main de Lucy, désolée de s'être fâchée contre elles. Elles ne voulaient que bien faire, et ce n'était pas leur faute si elle était incroyablement sensible quand il s'agissait de West. Ou, apparemment, du sujet du mariage. Quand diable était-ce arrivé ?

— Je ne te laisserai jamais seule, dit-elle.

Lucy sourit et lui serra la main.

— Nous non plus.

*L*e jour suivant, West entra dans la pénombre de la taverne et chercha Dartford et Sutton. Ils l'avaient invité à les retrouver cet après-midi, et comme ils étaient un lien avec Ivy, il avait accepté leur offre.

Ne les voyant pas, West trouva une table vide où s'asseoir. Une servante s'approcha et lui donna une chope de bière. Elle haussa un sourcil sur lui et laissa son regard errer sur lui. C'était une invitation claire, mais West l'ignora, et elle partit.

Il n'acceptait jamais les avances des servantes et de leurs semblables, mais en général, il flirtait au moins avec elles. Mais il n'arrivait même plus à le faire. Pas alors que son esprit était consumé par Ivy.

Il était allé au foyer ce matin-là pour s'occuper des réparations, et elle était là. Ils n'avaient pas interagi, mais il l'avait vue assise avec deux des résidents qu'elle aidait à lire et à écrire. Il avait été ému par son dévouement à la cause de ces personnes, et il savait que, quoi qu'il arrive, il trouverait le moyen de soutenir les foyers. En fait, il allait se renseigner sur ceux de son district dès son retour chez lui.

Dartford et Sutton entrèrent et firent de chaleureuses salutations.

— Content que tu aies pu venir, dit Dartford d'un ton jovial.

La servante leur apporta de la bière, et Sutton porta un toast.

— Aux amis.

— Aux amis, dit Dartford en tapant sa tasse contre celle de Sutton. Je, euh... je n'en avais pas beaucoup avant Lucy, dit-il avant de boire une gorgée. Bon sang, je n'en avais *aucun* ! Je n'en voulais pas non plus.

West connaissait Dartford pour l'avoir croisé en ville à plusieurs reprises, mais il n'avait pas vraiment prêté attention.

— Qu'est-ce qui a changé ?

— C'est une histoire bien triste avec laquelle je ne vous ennuierai pas, mais il me suffira de vous dire que c'est grâce à Lucy que j'ai pu laisser les gens se rapprocher de moi, devenir des amis.

Sutton hocha la tête, en posant sa chope.

— Elle t'a changé. Ou l'amour t'a changé.

— Les deux, je suppose, répondit Dartford.

Il regarda West et éclata de rire.

— Tu dois nous trouver bien tristes !

— Pas du tout. Vous êtes heureux en mariage.

West savait que c'était possible, il en avait vu de nombreux exemples, mais son expérience personnelle avec ses parents était, bien entendu, tout à fait différente.

— Je suppose que cela ne sera pas ton cas de sitôt ? lui demanda Sutton.

— Non, effectivement.

La réponse lui venait automatiquement. Le spectre du mariage de ses parents était toujours présent dans un coin de son esprit.

Sutton tourna sa chaise et posa l'avant-bras sur la table.

— Et le duché ? Tu as certainement des devoirs à ce niveau.

— J'ai un cousin, et il a un fils.

Sa mère détestait que West ait choisi ce plan pour la succession. Ce qui était probablement *pourquoi* c'était son plan.

— Eh bien, je suppose que tu es libre, alors, lui dit Dartford. Cependant, méfie-toi de Cupidon. Ton point de vue sur le mariage pourrait bien changer.

— Si tu rencontres la femme qu'il faut, gloussa Sutton. Dieu sait que cela m'a pris un temps fou.

Dartford ricana.

— Tu en as fait un art absolu. Tout comme Clare le fait avec les femmes. Qui est-ce que tu te tapes en ce moment ?

— Personne.

West savait que c'était juste pour faire la conversation, mais sa réputation commençait à l'agacer. Mais comme ils n'y étaient pour rien, il n'allait pas s'en prendre à eux. Non, s'il devait vraiment en vouloir à quelqu'un, c'était à lui-même. Pourtant, il n'avait pas de regrets.

Sutton et Dartford échangèrent un regard furtif, et West en eut des picotements dans le cou.

— Y a-t-il quelque chose que vous voulez savoir ?

Dartford s'assit en avant sur sa chaise et posa les bras sur la table.

— Je vais tout simplement le dire. Nos femmes voulaient qu'on te parle. À propos de Mlle Breckenridge.

— Note bien que nous étions censés être discrets, ajouta Sutton. Mais nous ne sommes pas très doués pour les commérages. Ou quoi que ce soit.

— La collecte d'informations, lui répondit West. Vous feriez de terribles espions.

— Probablement, convint Dartford. C'est une bonne chose que le royaume ne compte pas sur nous.

West ne put s'empêcher de rire devant leur capacité d'autodérision.

— Je déteste l'idée de vous renvoyer chez vous les mains vides, mais il n'y a vraiment rien à dire.

— C'est ce que je leur ai dit ! répondit Sutton. Mais j'ai bien peur que ma femme ne se soit montrée catégorique. Elle a dit qu'elle connaissait Mlle Breckenridge, et qu'elle s'était comportée bizarrement au rassemblement.

— Uniquement parce qu'elle était malade. Et sûrement effrayée après avoir vu Bothwick.

West cherchait toujours un moyen de se venger en son nom.

— Très bien, dit Dartford avant de boire une gorgée. Navré de t'avoir ennuyé avec ces bêtises. À présent, nous pouvons passer à des sujets bien plus amusants.

West n'aimait pas que les gens aient remarqué quelque chose entre lui et Ivy, même s'il s'agissait uniquement de ses amies. Devait-il vraiment en être surpris ? Avec ses attentions, il ne s'était pas vraiment fait discret. Il l'avait invitée à danser lors d'un rassemblement, puis l'avait portée dans ses bras hors de la salle de bal. Ensuite, il lui avait rendu visite et l'avait suivie dans un jardin public, où il l'avait emmenée en promenade. Il avait l'air d'un maudit prétendant, et il ne pouvait en vouloir à personne de le soupçonner.

Avait-il envie d'être un prétendant ?

Oui.

C'était une dame de compagnie avec un passé douteux. Ce n'était pas le genre de femme qu'il aurait dû courtiser. Mais pourquoi pas, après tout ? À quoi bon être duc s'il ne pouvait pas faire tout ce qui lui plaisait ?

Bonne question, puisqu'elle ne voulait pas de lui. Il aurait dû retourner à Stour's Edge. Rester ici ne faisait que le torturer, et il s'était occupé des réparations à Walcot. Il prévoyait d'envoyer d'autres fonds pour des réparations supplémentaires, et mettrait son secrétaire en contact avec Alves pour gérer les détails.

Fort heureusement, la conversation dévia sur les chevaux, puis sur la montgolfière, nouveau domaine de prédilection de Dartford. West était heureux de songer à autre chose qu'à Ivy pendant un instant, mais au moment où il quitta la taverne, il se sentit à nouveau déstabilisé. Incertain quant à son avenir.

Le majordome ouvrit la porte de la maison de ville et le salua à son arrivée.

— Sa Grâce est dans le salon.

West se figea.

— Ma mère ?

— Je crois bien, Votre Grâce.

Bon sang de bonsoir. West ne l'avait pas vue depuis, quoi, une douzaine d'années ? Non, plus que ça. Il en avait perdu le compte. Que diable faisait-elle à Bath ? Comment avait-elle su qu'il était là ?

Il lança son chapeau et ses gants au majordome, qui parvint à les rattraper sans ciller.

— Dois-je faire monter le thé ?

— Non, aboya West en montant les escaliers deux par deux.

Il avait hâte de la jeter dehors.

Il franchit le seuil et s'arrêta. Elle se tenait près des fenêtres et se tourna, ses cheveux maintenant gris couverts d'un simple béguin. Elle portait des vêtements de la même teinte. En fait, elle présentait un tableau plutôt monochrome, qui correspondait parfaitement à sa personnalité.

— Que fais-tu ici ? l'interrogea-t-il sans préambule en entrant dans la pièce.

Elle serra plus fortement son réticule, ramenant ses mains à sa taille.

— J'ai entendu dire que tu étais en ville, et je voulais te voir.

— Tu vis à plus de deux cents kilomètres d'ici.

— Oui.

Elle rejeta les épaules en arrière et releva le menton, lui adressant ce regard hautain dont il se souvenait si bien.

Il eut soudain l'impression d'avoir à nouveau douze ans, quand elle avait découvert les dessins de nus qu'il avait faits de la servante de cuisine. Sa mère l'avait battu au sang avec une règle, imprimant sa colère en marques rouges sur lui. Elle lui avait interdit de le dire à son père, le menaçant de le battre à nouveau. Ce qu'elle avait fait la fois suivante, quelques mois plus tard, quand elle l'avait surpris à faire quelque chose de « vilain », à savoir, dans ce cas précis, se faire plaisir.

— J'ai cru comprendre qu'il y avait une femme ici et que tu pourrais envisager de te marier. Je suis venu m'assurer qu'elle est digne. Je suis ravie que tu aies enfin décidé de te mettre au pas.

Une nouvelle colère brûlante se mêla à son ancienne animosité, pour faire naître une puissante fureur au creux de ses tripes. Il s'approcha d'elle à pas lents.

— Qui t'a dit ça ? demanda-t-il d'une voix douce, mais menaçante qu'il ne prit pas la peine de déguiser.

Elle déglutit et remonta les mains à hauteur de sa poitrine.

— J'ai des gens à Stour's Edge qui me sont loyaux.

West se demanda qui aurait pu lui dire une telle chose. Il n'y avait guère que Hemphill, mais il avait toute confiance en lui. De plus, il l'avait embauché après le départ de sa mère. Aux yeux de West, il était peu probable qu'ils aient pu nouer une quelconque relation.

— Je licencierai tout le monde si tu ne me dis pas de qui il s'agit.

Elle fronça les sourcils d'un air sévère, ce qui lui donna un air plus âgé, et plus… flétri.

— Ne me menace pas.

— Je ne te menace pas, grogna-t-il. Je menace mon personnel. *Mon* personnel !

— Tu as toujours été un faquin égoïste.

Elle secoua la tête.

— Très bien. Mme Best m'a écrit.

C'était la gouvernante. Comment avait-elle eu cette information de la part d'Hemphill ? West creuserait la question quand il rentrerait chez lui.

— Tes informations sont inexactes. Il n'y a pas de femme. Tu as fait tout ce chemin pour rien.

Elle soupira, et son front se plissa un instant.

— Ce n'était pas pour rien. J'ai pu te voir. Tu as l'air en forme.

Il la dévisagea. Elle voulait faire un compliment ? Ou avoir un échange agréable ? Elle devait être folle.

— Tu ne peux pas vraiment penser que j'aurais envie de te voir. Ou alors tu n'as pas remarqué que je n'ai répondu à aucune de tes lettres en presque dix ans ?

— Bien sûr que j'ai remarqué. C'est un sujet de perpétuelle déception pour moi. Je t'ai abandonné de la pire des manières. Jamais je n'aurais dû laisser ton père avoir une telle influence sur toi.

Il n'allait pas supporter cela. Sa lèvre se retroussa, et son corps se crispa sous le coup de la fureur.

— Je t'interdis de le calomnier.

Elle se contenta de hausser les épaules.

— Comme tu voudras.

— Je *veux* que tu t'en ailles et que tu ne reviennes jamais. En fait, arrête aussi d'écrire ces maudites lettres.

Il prit sur-le-champ la décision de ne plus jamais en lire une.

— Clare, tu as le devoir de te marier et de fournir un héritier. Je manquerais à *mon* devoir si je ne m'assurais pas que tu respectes tes obligations. Il est grand temps que tu te maries. Cesse donc de te comporter en coureur de jupons et prends une femme.

Elle plissa la bouche en une moue de dégoût.

— Je suppose que tu pourrais te marier et continuer ton comportement dégoûtant. Je ne serais pas surprise que tu sois aussi infidèle que ton père.

— Et à quoi t'attendais-tu, chère mère, sachant qu'il était marié à une mégère frigide ?

Elle inspira brusquement.

— Tu oses m'insulter !

— Je dis la vérité, et tu le sais.

— J'aurais dû te punir davantage. J'aurais dû te battre jusqu'à te débarrasser de cette insolence et de cette arrogance. Et de tes appétits. C'est de ma faute si tu es un débauché.

Il en avait entendu plus qu'assez.

— *Sors d'ici !*

Elle avança en l'évitant largement, mais s'arrêta juste à sa hauteur.

— Je continuerai à prier pour toi. Il n'est pas trop tard pour que tu demandes l'absolution de tes péchés.

West se détourna d'elle et se rendit directement dans son bureau privé pour se servir un verre de whisky. Ses mains tremblaient alors qu'il inclinait la carafe contre le verre. Le liquide ambré pâle se répandit sur sa main. Il avala son verre d'un trait et savoura la brûlure de l'alcool qui apaisa la tension qui nouait ses entrailles.

La honte et le dégoût de lui qu'il ressentait étant enfant refirent surface. Il se versa un autre whisky qu'il but aussitôt. Plus elle l'avait ridiculisé et puni pour ses transgressions, plus il s'était rebellé contre elle. À treize ans, il avait convaincu la servante de cuisine qu'il avait dessinée de le laisser prendre sa virginité. Puis il avait sauté la bonne de l'étage. Puis une autre. À quinze ans, il avait séduit la femme de chambre de sa mère. Celle-ci les avait surpris et en avait été horrifiée. Sauf que… West était presque certain qu'elle avait regardé un instant avant de hurler sa fureur.

Il s'était senti mal d'avoir fait perdre son emploi à la femme de chambre et avait fait en sorte que son père lui écrive une recommandation.

C'était cette rébellion qui l'avait poussé à rechercher des relations sexuelles avec des femmes mariées. Il savait que cela rendrait sa mère folle. Et c'était ce qui était arrivé. Il repensa à Lady Lamberton, qui avait été l'une de ses premières liaisons. Il eut soudain envie d'aller chez elle et de la sauter jusqu'à en oublier son propre nom, sans parler des souvenirs douloureux que sa mère avait ravivés.

Oui, il n'avait qu'à faire cela. Il reposa le verre de whisky et retourna au salon. Il avait presque atteint la porte quand il s'arrêta net.

Qu'était-il en train de faire ?

Il ne voulait pas de Lady Lamberton. Il avait seulement envie de défier et exaspérer sa mère. Dans quel but ? Elle ne pouvait plus lui faire de mal. Pas s'il ne la laissait pas faire.

Il n'avait rien à prouver, ni à elle ni à personne. Sauf peut-être à lui-même. Il était peut-être temps de laisser son passé derrière lui et d'embrasser son avenir.

Seulement, le futur qu'il pressentait vouloir était complètement hors de sa portée.

CHAPITRE DIX-SEPT

*I*vy quitta le foyer l'après-midi suivant après avoir livré plusieurs paires de bas pour les filles plus âgées. Elles s'étaient montrées très reconnaissantes, et les aider avait remonté le moral d'Ivy après son humeur maussade des derniers jours.

Le fait que West n'ait pas été au foyer contrairement au jour précédent avait également aidé. Elle l'avait résolument évité, et pourtant avait été profondément consciente de sa présence. Elle craignait qu'ils soient liés à jamais.

Mais ce n'était pas possible. Elle n'avait aucune raison de le revoir, et aucun projet non plus. Peut-être était-il même en train de quitter Bath aujourd'hui. *Peut-être* le verrait-elle en passant près de sa maison de ville dans le Paragon. Son cœur se serra.

Il lui faudrait peut-être emprunter un autre chemin.

Elle était tellement perdue dans ses pensées qu'elle ne vit pas l'autre piéton avant de le heurter. L'homme la rattrapa par les bras pour la stabiliser.

— Attention, là !

Il gloussa, et le son la glaça jusqu'aux os.

Elle leva les yeux sur Peter Bothwick, désormais vicomte Bothwick, l'homme qui lui avait volé sa vertu avant de lui tourner le dos.

Ivy faillit tomber en s'éloignant violemment de lui.

— C'est *vraiment* toi ! murmura-t-il alors que ses yeux bleus familiers s'écarquillaient.

Oh, elle les avait aimés, c'était même la chose qui l'avait attirée en premier chez lui. Saisissants et limpides, ils l'avaient regardée comme si elle était la femme la plus belle et la plus importante au monde.

Il s'était avéré que les yeux étaient capables de mentir.

Elle fut tentée de nier, mais à quoi bon ? Il savait qui elle était.

— Parbleu, tu es plus belle aujourd'hui que tu ne l'étais il y a tant d'années. Je pensais bien que c'était toi au rassemblement, mais je ne parvenais pas à faire le lien.

Il secoua la tête, visiblement déconcerté.

— Évidemment que non, dit-elle d'un ton froid. Que ferais-je dans une situation respectable telle que celle-ci après ce qui s'est passé ?

Il fit la moue, et elle remarqua toutes les lignes autour de ses lèvres. Il avait l'air de froncer souvent les sourcils. Parfait. Elle espérait qu'il était malheureux.

— C'était... regrettable, dit-il, mais sa voix ne montrait pas la moindre trace de cette émotion.

Ou de toute autre émotion, en réalité.

— Nous nous sommes laissés emportés.

— Tu as dit que tu voulais m'épouser.

— J'ai bien peur qu'à l'époque mes choix n'aient pas vraiment été de mon ressort. Mon père, Dieu ait son âme, avait déjà choisi une femme pour moi.

Il se rapprocha, et son regard s'adoucit.

— Si je pouvais revenir en arrière et changer ce qui s'est

passé, je le ferais. Je me suis souvent demandé ce qui t'était arrivé, Mary.

— Ne m'appelle pas comme ça, cracha-t-elle. Je suis Mlle Breckenridge aujourd'hui.

— Je vois. C'est probablement pour le mieux, murmura-t-il. Tu sembles t'en être bien sortie. Danser avec un duc… Est-ce qu'il te fait la cour ?

La référence à West déclencha une nouvelle vague de détresse à travers son corps, amplifiant l'horreur de cette rencontre.

— Non. Je suis dame de compagnie.

Il pencha la tête sur le côté, la scrutant attentivement, parcourant son corps du regard.

— J'imagine que ce n'est pas vraiment excitant ni gratifiant. Je suis marié maintenant, bien entendu, mais je crois que le destin a fait en sorte de nous réunir à nouveau.

Il sourit, et elle ressentit une bouffée de nausée.

— À présent que je suis vicomte, je vais passer la saison à Londres. Ma femme restera à la maison pour s'occuper de nos deux enfants. Je serais ravi de te prendre comme maîtresse. Ce qui serait certainement mieux que de travailler laborieusement comme dame de compagnie.

Il serait *ravi*.

— J'en serais *révulsée*.

Une colère et une souffrance vieilles de dix ans l'envahirent. Elle vit rouge et se mit à trembler.

— Tu parles de tes enfants, et pourtant tu ne demandes même pas de nouvelles du nôtre ! Ou peut-être as-tu oublié que j'étais enceinte ?

Il blêmit.

— Je…, commença-t-il avant de pincer les lèvres et se redresser. Que lui est-il arrivé ?

— C'était une fille, et elle est mort-née.

Ivy avait accouché prématurément. L'enfant était petite,

née sans vie, et elle s'en était trouvée atrocement soulagée. Mais également dévastée pour ces vies qui auraient pu être, la sienne et celle de son enfant, si les choses avaient été différentes. Si elle n'avait pas été jetée dehors et n'avait pas fini frigorifiée et affamée dans un foyer. Si elle n'avait pas été réduite à presque rien, elle était certaine que le bébé aurait survécu. C'était une culpabilité et une honte que jamais elle ne pourrait surmonter.

— Je suis navré d'entendre ça, mais je suis certain que c'est une bénédiction. Les choses se seraient passées différemment pour toi si tu avais eu un enfant accroché à tes jupes.

Le sang d'Ivy se glaça dans ses veines. Elle serra les poings. Elle rêvait de cogner sa bouche suffisante ou de le frapper directement entre ses jambes. Ses lèvres se retroussèrent, et elle le toisa avec tout le vitriol qu'elle ressentait.

— Oui, cela aurait été très gênant. Mais tu ne sais rien à propos des désagréments. Ni de la responsabilité. Ou de l'honneur. Tu es un être humain méprisable, Peter. Je préférerais retourner au foyer que d'être ta maîtresse.

Elle le contourna avec l'intention de s'éloigner. Mais évidemment, il n'allait pas la laisser partir si facilement, pas comme il l'avait fait dix ans plus tôt.

Il lui saisit le bras, ses doigts mordant la chair à travers ses vêtements.

— Que dirait ta patronne si elle savait qui tu es vraiment ?

Ivy tourna la tête pour le regarder.

— Tu veux vraiment jouer à cela ? Je suis certaine que tout le monde aimerait savoir que c'est toi qui m'as détruite.

Il blêmit de nouveau, mais ses yeux étaient durs.

— Ce serait ta parole contre la mienne.

— Certes, mais je crois que les gens pourraient me croire si c'est toi qui racontes l'histoire en premier.

Elle ricana, le corps tremblant de rage et de douleur.

— Cela vaut peut-être mieux pour toi de garder ta bouche fermée.

Il la relâcha en la poussant un peu.

— Fais attention à toi. Je pourrais trouver plein de manières de te rendre la vie impossible.

Il se retourna et partit.

Ivy resta figée un moment, tremblante, sentant sa bravoure s'estomper. La peur se mêla aux autres émotions sombres. Que ferait-il ? Que *pouvait-il* faire ?

Elle se retourna lentement, progressant péniblement dans la rue, l'esprit agité de scénarios désastreux dans lesquels il pouvait à nouveau ruiner sa vie. *Une fois de plus.*

Non. Elle ne laisserait pas une telle chose arriver. Elle ne le pouvait pas.

Elle avait la gorge rauque à cause de ces larmes qu'elle ne versait pas, et sa tête se mit à palpiter. À chaque pas elle se sentait plus blessée et vaincue. Une violente rafale souffla sur elle, plaquant sa jupe contre ses jambes et arrachant son béguin de sa tête. Il tomba en arrière, mais les liens l'empêchèrent de se détacher totalement. Une goutte de pluie lui frappa le front, et elle leva les yeux sur le ciel en colère. Elle avait été trop distraite pour remarquer l'arrivée de l'orage.

Elle balaya son environnement du regard et nota le numéro sur la maison de ville : le douze.

Une autre goutte tomba sur son nez. Sans réfléchir, elle releva son ourlet et s'élança sur les marches. Elle souleva le heurtoir qu'elle frappa vivement.

Le majordome ouvrit la porte et la gratifia d'un regard légèrement surpris.

— Puis-je vous aider ?

— J'ai besoin de voir Sa Grâce.

Elle entra sans attendre qu'il l'y invite.

— Dites-lui…

La raison lui revint : elle ne pouvait pas lui donner son nom.

— Bon après-midi, tonna la voix de West depuis le haut de l'escalier.

Ivy releva la tête et faillit s'effondrer en le voyant. Il commença à descendre.

— Voici ma collègue au sujet du foyer, expliqua-t-il au majordome. J'ai négligé de vous informer que j'avais une réunion.

Il adressa un sourire chaleureux à Ivy.

— Nous allons nous voir à l'étage.

Il continua de descendre, mais Ivy se précipita et le retrouva à mi-chemin des escaliers.

Il se tourna et remonta avec elle, mais sans la toucher.

— Attends que nous soyons dans le salon, lui murmura-t-il.

Elle garda les yeux rivés droit devant. Elle avait l'impression que son corps ne lui appartenait pas. Elle se sentait comme disloquée et détachée.

Dès qu'ils eurent atteint le salon, il ferma la porte et se tourna vers elle.

— Que se passe-t-il ? Tu es incroyablement pâle.

Elle entendit l'inquiétude dans sa voix, vit la considération dans son regard, et perdit alors tout contrôle.

Ses genoux cédèrent et elle glissa presque jusqu'au sol. Presque, car West la prit dans ses bras et la porta jusqu'à un canapé où il la déposa délicatement.

Ses joues étaient baignées de larmes et son corps était secoué par les plus horribles et déchirants des sanglots. Elle luttait pour respirer alors qu'il lui retirait son béguin et caressait ses tempes, ses joues, son front.

Il s'assit à côté d'elle et lui murmura des paroles apaisantes qu'elle ne comprenait pas. Elle était trop loin, trop perdue dans ses émotions. Elle se cramponna à ses revers et laissa sa tête tomber sur son épaule. Il l'entoura de ses bras et la serra contre lui, tout en lui massant le dos.

Peu à peu, sa tourmente intérieure commença à s'apaiser. Elle renifla.

Il s'écarta, ses yeux étaient toujours d'une gentillesse inébranlable. *Je vous en prie, ne mentez pas*, les supplia-t-elle en silence.

— Je reviens tout de suite, dit-il, attendant qu'elle lui fasse un minuscule signe de tête avant de se lever et de traverser la pièce.

Quelques instants plus tard, il revint avec un mouchoir et un verre de liquide ambré. Il se rassit sur le canapé tandis qu'elle s'essuyait les yeux et se mouchait. Il prit le tissu qu'il jeta sur une table, puis lui tendit la boisson.

— C'est du whisky. Tu en as besoin.

Elle n'allait pas remettre en question sa logique ou sa manière de prendre soin d'elle. Elle but une timide gorgée et faillit tousser lorsque le breuvage pénétra dans sa gorge. Bientôt, il la réchauffa de l'intérieur, et elle prit une nouvelle gorgée, plus conséquente.

— C'est bien. Encore une.

Elle but encore, jusqu'à ce qu'il n'y en ait presque plus. Il lui prit le verre des mains et le posa sur la table.

— Maintenant, veux-tu me dire la raison qui t'amène ici, ou préfères-tu que je te ramène chez toi ?

En proposant de la ramener chez elle avec générosité et intégrité, il lui fit comprendre à quel point il était radicalement différent de Pierre.

— Je veux te dire pourquoi je suis ici.

Elle ne reconnaissait même pas sa propre voix. Elle était sombre, rauque, et toute petite. Elle retira ses gants qu'elle posa sur ses genoux, puis lui tendit la main.

— Je m'appelle Mary Snowden.

∼

Sa main était comme de la glace, mais toujours aussi douce et agréable. Il résista à l'envie d'en embrasser les articulations, puis de la retourner et de presser ses lèvres et sa langue sur sa paume.

— Mary Snowden, répéta-t-il, perdu.

Son arrivée l'avait choqué, et son effondrement plus encore. Ce n'était pas l'Ivy qu'il avait appris à connaître. Elle se maîtrisait et était stoïque, bien loin de la femme vulnérable assise devant lui.

— C'est mon vrai nom. Quand tu as deviné Mary ce jour-là…

Ses lèvres se courbèrent en un petit sourire, mais très bref. Il en fut déçu.

— Je ne sais pas comment tu as su, mais tu avais raison. J'ai changé mon nom après avoir été détruite.

Soudain, il songea à la raison pour laquelle elle pourrait être si bouleversée.

— Tu n'as pas vu Bothwick, n'est-ce pas ?

Elle opina, et il bondit du canapé, submergé de rage.

— Je vais le tuer.

Elle lui attrapa la main, et il se tourna pour la regarder.

— Non, tu ne le feras pas. Même si j'apprécie que tu le veuilles.

Il se laissa lentement retomber à côté d'elle, mais il était toujours tendu de colère.

— Qu'est-ce qu'il a fait ? demanda-t-il froidement en essayant de maîtriser ses émotions.

— Ce mufle m'a proposé de faire de moi sa maîtresse.

La colère de West augmenta. Il allait trouver cette misérable ordure et lui faire regretter d'avoir parlé à Ivy.

Elle lui toucha la main pour attirer son attention. Bon sang, elle semblait si pâle et vulnérable, dépouillée de toutes ces protections qu'elle gardait constamment dressées. Sa colère s'estompa un peu.

— S'il te plaît, lui demanda-t-elle. Laisse-moi simplement te raconter.

Il s'obligea à se détendre et serra la main d'Ivy entre les siennes.

— Dis-moi.

— C'était il y a longtemps… dix ans. J'étais jeune et très, très stupide. Il était beau.

Elle lui jeta un regard plein d'autodérision.

— Que puis-je dire… ? Il l'*était* à l'époque.

Elle eut un frisson, et il lui serra la main pour l'encourager.

— Je l'ai rencontré au rassemblement trimestriel. Notre attirance a été immédiate : il m'a embrassée le soir même, et nous avons fait des plans pour nous revoir. Parfois c'était près d'une vieille abbaye en ruines, parfois sur notre ferme. Il m'a clamé son amour et a promis de m'épouser. Je savais combien c'était scandaleux de me donner à lui, mais puisque nous allions nous marier, je me suis dit que tout irait bien.

L'envie qu'avait West de frapper l'homme redoubla.

— Mais il ne t'a pas épousée.

Elle secoua la tête.

— Mes parents ont eu vent de mon incartade et m'ont chassée de chez eux.

Elle s'interrompit et détourna le regard, les traits tendus. Il serra sa main plus fort. Il avait envie de la décharger de sa douleur, de la faire passer à travers le lien entre leurs mains jusque dans son propre corps.

Il lui fallut un moment avant de reprendre son récit, mais elle ne le regarda pas.

— J'ai échoué dans un foyer pendant quelques années. La bienfaitrice, qui s'appelait Lady Breckenridge, a constaté que j'avais reçu une bonne éducation, et que j'étais bien élevée.

Elle m'a aidée à trouver un emploi de dame de compagnie et incitée à changer de nom.

Elle le regarda de nouveau, les yeux brillants et limpides.

— Tu as pris le sien.

— Oui, sur son insistance. Nous correspondons encore de temps en temps. Je lui dois tout.

— Il y a des gens bien dans ce monde, tout comme il y a des scélérats.

Comme Bothwick. Et comme les maudits parents d'Ivy. Quel genre de personne sans cœur fallait-il être pour jeter sa jeune fille à la rue comme un déchet ? Quelqu'un comme sa propre mère.

— Oui, dit-elle en plongeant son regard dans le sien. Je crois que tu fais partie des gentils.

— Je ne sais pas si c'est vraiment exact, mais, en effet, j'essaie d'aider les gens à trouver le bonheur, et j'essaie de leur apporter de la joie.

— Je sais.

Elle lâcha sa main pour lui toucher le visage, frôlant sa joue de ses doigts froids.

— Tu le ferais pour moi ?

— Je ferais n'importe quoi pour toi.

Les mots s'étaient précipités hors de sa bouche, et il pensait chacun d'eux.

— Alors, fais-moi oublier toutes ces choses horribles qui se bousculent dans ma tête.

— Ivy…

Jamais elle ne serait Mary pour lui. Cette femme était son passé, et il voulait son présent et son avenir.

— Tu en es sûre ?

Elle enroula sa main autour de son cou.

— Plus que jamais.

Elle posa ses lèvres sur les siennes, et il serra sa taille.

Elle ouvrit la bouche et sa langue s'enroula contre la

sienne. Elle l'embrassa lentement, et il la laissa le guider. Ivy leva son autre main à son visage et la posa sur sa joue, frôlant de son pouce l'endroit où leurs bouches se rejoignaient. La pression de ses doigts sur sa tête et le contact de sa langue contre la sienne se conjuguaient pour lui procurer la sensation la plus érotique de sa vie. Il avait fait énormément de choses avec de nombreuses femmes, mais ce baiser d'Ivy était plus grand que la somme de tout ce qu'il avait connu avant.

Il continua encore et encore, ses lèvres et ses dents éveillant en lui des sommets de désir qu'il n'avait jamais connus. Son corps s'embrasait pour elle. Il l'entoura de ses bras et l'attira contre lui. Quand ses seins effleurèrent son torse, il sentit des étincelles de désir éclater en lui. Il inclina la tête et approfondit le baiser, plongeant sa langue dans la bouche de la jeune femme.

Elle se cramponna farouchement à lui quand il glissa ses lèvres sur son menton. Elle renversa la tête en arrière, lui offrant l'accès à la colonne soyeuse de son cou. Il remonta sa main et toucha sa poitrine à travers les trop nombreuses couches de ses vêtements. Elle haleta et il desserra le devant de sa robe, avide de la toucher.

Le devant tomba, exposant son jupon et son corset. Il y avait encore trop de vêtements, et il était bien trop impatient pour les dénouer à cet instant. Il baissa le corset de quelques centimètres et plongea les doigts dans sa blouse pour trouver son sein. Il passa la main en dessous et le remonta de sorte que sa chair déborde du vêtement. Il suçota la douceur de sa peau tandis que ses doigts trouvaient la pointe durcie de son mamelon. Elle enfouit les doigts dans ses cheveux pendant qu'il l'embrassait.

Il glissa du canapé et la fit tourner, s'installant entre ses jambes. Il s'écarta et leva les yeux vers elle, tout en remontant l'ourlet de sa robe.

— Tu n'as qu'à me demander d'arrêter, et je le ferai.

Elle attrapa le tissu et le remonta, exposant ses jambes couvertes de bas. Évidemment qu'elle n'allait pas se dérober. Pas maintenant. C'était une femme forte et indépendante qui avait fait son propre chemin. Autrefois, elle avait été une victime, à la merci des autres, mais plus maintenant. Elle pouvait choisir son destin, et il avait simplement la chance de le partager avec elle.

Il fit remonter sa main le long de sa jambe, l'enroulant autour de son genou tout en embrassant son mollet. Elle s'inclina en arrière et s'ouvrit à lui, relevant ses vêtements jusqu'à sa taille, de sorte qu'elle se retrouva totalement exposée à son regard affamé. Elle était exquise avec ses jambes pâles et douces, mais fermes et musclées.

Il les écarta et se régala du spectacle des pétales roses de son sexe. Il frôla la chair de son pouce, la faisant gémir. Il leva les yeux sur son visage. Elle avait les yeux fermés, la tête rejetée en arrière contre le canapé.

— Regarde-moi, Ivy.

Il pressa son pouce contre elle, trouvant son point le plus sensible.

Elle ouvrit les yeux, mais à peine. Elle se lécha les lèvres en baissant les yeux sur lui.

Il œuvra sur sa chair en caresses circulaires. Elle était mouillée, et prête pour lui, mais d'abord, il lui donnerait du plaisir. Il glissa son doigt dans son fourreau, et elle cria, serrant les jambes.

— *West.*

Se penchant en avant, il suça son clitoris, maintenant ses hanches tandis qu'elle se cambrait sur le canapé. Sa langue prit le relais de son doigt et il lui fit l'amour avec sa bouche, la suçant, la léchant, la *dévorant*. Il s'abandonna au désir, pas pour son plaisir à lui, mais pour elle. Il maintint ses cuisses écartées et enfouit sa langue profondément en elle. Elle se souleva du coussin, ses hanches remuant sauvagement contre sa bouche.

Ses hanches à lui se balancèrent en réponse, sa verge brûlant d'être libérée et enfoncée en elle. Bientôt.

Il se servit de ses doigts pour la pénétrer. Elle essayait de ne pas faire de bruit, gémissant alors qu'il ravageait à nouveau sa chair avec ses lèvres et sa langue. Puis ses muscles se contractèrent et elle jouit dans un crescendo éblouissant et vertigineux.

Il recula et se leva, puis la prit dans ses bras.

Elle respirait toujours très fort, presque pantelante.

— Où allons-nous ?

— Dans ma chambre.

Il la porta dans le couloir arrière dont se servaient les domestiques, et jusqu'en haut des escaliers. Sa chambre était sur la droite, et il parvint à ouvrir la porte tout en la gardant dans ses bras. À l'intérieur, il la posa près du lit.

Il retira son veston qu'il jeta à terre, les yeux rivés sur ceux d'Ivy.

— Déshabille-toi.

Il retira ses chaussures en s'aidant de ses orteils tout en déboutonnant son gilet d'un geste habile. Elle restait là à le fixer, les joues rougies, le regard toujours embrumé par son orgasme. Il haussa un sourcil en la regardant d'un air de défi.

— Je vais gagner.

Elle s'anima alors, retirant ses chaussures d'un coup de pied, puis retirant sa robe avant de faire glisser son jupon au sol.

Il se débarrassa de son gilet et dénoua sa cravate pendant qu'elle s'occupait des lacets de son corset. Au bout d'un moment, elle laissa échapper un juron bien peu féminin. Il sourit.

— As-tu besoin d'aide ?

Elle le regarda d'un air sévère, mais joueur.

— Oui.

Elle se tourna pour lui présenter son dos.

Il jeta sa cravate au sol et passa sa chemise par-dessus sa tête, la laissant glisser du bout de ses doigts. Puis il s'attaqua à son corset, desserrant les lacets suffisamment pour pouvoir le descendre par-dessus ses hanches et le jeter sur le côté.

Elle commença à se tourner, mais il saisit ses épaules et la maintint en place.

— Non. Reste là. Comme ça.

Il saisit l'ourlet de sa blouse et la fit passer par-dessus sa tête avant de la jeter sur la pile de vêtements à leurs pieds.

— Pose tes mains sur le lit.

Elle aplatit ses paumes contre la couverture. Il suivit la ligne de sa colonne avec son doigt, de sa nuque à la courbe juste au-dessus de son derrière. Son derrière parfait et rond qui n'attendait que ses caresses. Il toucha chaque fesse et se rapprocha, plaquant son aine contre sa chair. Elle gémit quand il appuya sa verge, toujours protégée par son pantalon, au ras de son intimité.

— Tes cheveux, dit-il dans un râle. Détache-les.

Elle passa les mains derrière elle et entreprit de retirer les épingles de ses boucles. La masse soyeuse roux doré se détacha, et l'odeur de son savon au citron et aux épices le submergea.

West déboutonna sa braguette et retira son pantalon, avant de faire de même avec ses chaussettes. Nu, il saisit ses hanches et la souleva légèrement.

— Écarte les jambes.

Elle fit comme il le lui demandait, et il glissa son sexe entre ses cuisses pour la taquiner. Elle se pencha en avant sur le lit et poussa ses hanches en arrière vers lui. Elle écarta davantage ses jambes en s'appuyant sur lui, pour qu'il entre en elle. Mais il n'en fit rien. Il faisait des mouvements de va-et-vient, lentement, leur faisant miroiter ce qui allait se passer ensuite.

— Sur le lit, grogna-t-il.

Elle grimpa et se tourna sur le dos avant de retirer ses bas et de les ajouter à la pile sur le sol.

Il la suivit sur le lit et contempla ses formes délicieusement pulpeuses.

— Tu es si belle.

Il caressa ses seins, d'abord doucement, avant de céder au besoin primitif qui l'habitait. Il se pencha pour en prendre un dans sa bouche. Sa langue glissa sur sa chair ourlée avant de sucer le bourgeon rouge.

Elle se cambra et enroula ses doigts dans ses cheveux, le tirant vers elle. Il sentait le corps d'Ivy tout entier qui remuait, ses hanches qui cherchaient les siennes, sa respiration haletante.

Il saisit son autre sein, si doux et rond, qui remplissait sa main. Il ferma ses doigts autour du mamelon, le faisant rouler avant de le serrer. En réaction, elle enfonça ses doigts dans son cuir chevelu, ses doux cris emplissant la chambre.

— S'il te plaît, West. Je ne peux pas attendre.

Il tenait à peine le coup. La voir jouir en bas l'avait presque fait basculer. Il s'écarta de son sein pour l'embrasser sur la bouche. Elle s'ouvrit immédiatement à lui, plongeant sa langue dans la bouche de West. Il gémit, le corps brûlant de désir.

Elle referma la main autour de son sexe, et il faillit se répandre dans sa paume.

— *Ivy*.

Elle le guida jusqu'à son intimité, et il posa sa main sur celle d'Ivy pour se glisser en elle.

Une chaleur étouffante l'engloutit quand il s'enfonça. Il bougea lentement, et c'était une foutue torture, mais elle s'agrippa à sa hanche pour l'attirer en elle. Il ne pouvait plus attendre. Il fallait qu'il bouge. Maintenant.

— Mets tes jambes autour de moi.

Elle déplaça son bassin, ce qui l'enfonça davantage, et enroula ses jambes autour de sa taille. Un désir pur et simple le gagna, et il fit claquer ses hanches contre celles de la jeune femme, frappant vite et fort.

Il l'embrassa encore, leurs lèvres et leurs langues se heurtant tandis que leurs corps bougeaient de concert. Elle se souleva du lit, ses hanches s'écrasant contre celles de West. Elle se cramponna à son dos où ses ongles s'enfoncèrent dans sa chair. C'était primitif et impérieux, rien de comparable aux méthodes de séduction qu'il employait.

Mais elle était différente. Il était fou de désir pour elle.

Elle jouit à nouveau et ses muscles intimes se contractèrent autour de lui alors qu'elle criait contre sa bouche. Il donna des coups de reins frénétiques alors que le sang affluait dans son membre. Il était totalement perdu et il cria alors qu'il se répandait en elle.

Il lui fallut plusieurs minutes, alors qu'il était à moitié allongé sur elle, leurs cœurs battant à l'unisson, les yeux clos dans un sentiment de plénitude qu'il n'avait jamais connu, pour réaliser ce qu'il avait fait. Il ne s'était pas retiré avant de répandre sa semence. Ce n'était pas infaillible ; néanmoins, il le faisait toujours. *Presque* toujours.

Eh bien, c'était fait maintenant. Et il ne le regrettait pas le moins du monde.

CHAPITRE DIX-HUIT

Les yeux fermés, elle tournoyait dans l'obscurité, en apesanteur et satisfaite. Elle se sentait portée par un épanouissement tel qu'elle n'en avait jamais connu, et elle était en paix.

Ivy passa sa main le long du dos de West alors qu'il déplaçait son poids. Il quitta son corps, mais embrassa sa tempe, ses lèvres glissant sur sa chair. Il posa la main sur le côté de son visage, et amena sa bouche contre la sienne.

Puis il s'écarta, lui caressant toujours la joue.

— Je vais te trouver quelque chose pour te nettoyer.

Elle ouvrit brusquement les yeux, assaillie par la réalité. Elle avait voulu oublier, et elle l'avait fait. Elle avait oublié qu'elle était la dame de compagnie d'une dame et qu'elle ne devait pas se retrouver au lit avec le duc des Désirs.

Elle s'assit.

— Oui, s'il te plaît.

Il sortit un moment, puis revint vers elle avec un linge.

— Il y a une cruche, mais l'eau est froide.

— Je n'ai pas besoin de ça.

Elle se nettoya et laissa le linge sur le lit, puis se rhabilla le plus vite possible.

— Tu es pressée ? lui demanda-t-il.

— Oui. Lady Dunn se repose l'après-midi, mais si je ne suis pas de retour avant son réveil…

Elle secoua la tête. La vicomtesse ne s'en formaliserait pas, surtout qu'elle savait qu'Ivy s'était rendue au foyer aujourd'hui. Seulement Ivy n'y avait pas été tout ce temps-là.

Après avoir enfilé ses bas, elle mit sa blouse, puis son corset. Elle eut du mal avec les lacets, ses doigts s'emmêlaient.

— Laisse-moi t'aider.

Il sortit du lit dans toute sa spectaculaire gloire nue. Ivy détourna le regard, mais cela n'avait pas d'importance. Dans son esprit, elle voyait encore les muscles ciselés de son torse, et la chair épaisse de son membre entre ses jambes. Elle était certaine que l'image resterait, lui rappelant cette journée particulière.

Une fois ses lacets serrés, elle s'écarta de lui et passa son jupon par la tête. Ensuite, il l'aida à tirer sa robe par-dessus ses sous-vêtements.

Elle s'écarta et le regarda alors qu'il fronçait les sourcils.

— Je peux me débrouiller.

— Ivy…

Elle entendit la question dans sa voix et voulait le couper avant qu'il ne lui demande des choses auxquelles elle ne voulait pas répondre.

— Je dois y aller.

— Oui, mais nous devrions parler. Au moins une minute.

Elle referma sa robe sans le regarder.

— À propos de quoi ?

— À propos de ce qui s'est passé.

Il glissa un doigt sous son menton qu'il releva gentiment.

— Je ne vais pas te laisser t'enfuir.

Un sentiment d'indignation naquit dans son ventre, et elle rejeta son contact.

— Tu ne vas pas me *laisser faire*.

Elle cilla, se disant qu'il était fou. Ou du moins, stupide.

— Tu n'as pas ton mot à dire sur ce que je fais. C'était une erreur. Je n'aurais jamais dû venir.

Il enfila son pantalon.

— Ce n'était pas une erreur. C'était merveilleux.

Elle enfonça les pieds dans ses chaussures et commença à chercher ses épingles à cheveux. Cela lui prit une minute, mais elle rassembla ce qu'elle pouvait et fit de son mieux pour ramener ses cheveux sur sa tête. Elle devait avoir l'air ridicule, mais elle se couvrirait avec son béguin. Où diable était-il passé ?

— Ivy ?

Il avait enfilé sa chemise ainsi que ses chaussettes et ses bottes.

Elle perdait un peu pied, oubliant presque qui il était là. Ce qui était absurde. Comme si elle pouvait l'oublier ! Oublier ce qu'ils venaient de faire.

Elle tourna les yeux vers lui.

— Tu diras toujours que c'était merveilleux quand je finirai par avoir un enfant ?

L'angoisse l'envahit et elle se pencha légèrement, comme un roseau cédant sous le vent. Elle ne s'effondrerait pas à nouveau. C'était *hors de question*.

— Oui. Je le dirai pour toujours.

Il s'approcha d'elle, fronçant les sourcils.

— Je me suis oublié tout à l'heure. S'il y a un enfant…

Elle lui coupa la parole une nouvelle fois, sans s'intéresser à ce qu'il allait dire.

— S'il y a un enfant, ce sera mon problème. Mais n'aie crainte. J'ai oublié de te parler de cette partie. Bothwick m'a fait un enfant. Alors tu vois, je peux faire face à ce genre de désagrément.

Après sa rencontre avec Peter, ce mot lui restait en travers de la gorge.

Il écarquilla les yeux.

— *Ivy*. Pourquoi tu ne m'as rien dit ?

En effet, puisqu'elle lui avait dit tout le reste.

— Parce que c'est privé.

Elle n'en avait jamais parlé à quelqu'un d'autre après avoir quitté la maison. Pas jusqu'à aujourd'hui. Même Lady Brecken-ridge ne savait pas qu'Ivy avait perdu un bébé. C'était arrivé bien avant qu'elles ne fassent connaissance dans un autre foyer.

— Qu'est-il arrivé à l'enfant ?

Il avait posé la question d'une voix grave et sombre, le regard plein d'appréhension.

— Il est mort.

Il voulut la prendre dans ses bras, mais elle recula.

— Non.

Elle entendit sa voix qui se brisait et rassembla sa colère. Pas contre lui, contre elle-même. Elle avait bêtement cédé à ses désirs, et elle ne pouvait s'en prendre qu'à elle-même. La culpabilité et la honte lui égratignaient la gorge et rédui-saient ses entrailles en bouillie.

— Laisse-moi partir.

Elle sortit de sa chambre en titubant dans un petit couloir qui menait à un salon.

Il arriva derrière elle, la touchant à peine.

— Je vais te raccompagner. Allons d'abord récupérer tes gants et ton béguin.

Il la raccompagna au bas de l'escalier de service, puis dans le salon. Son chapeau était sur le canapé et ses gants sur le sol. Il alla les récupérer et les lui rapporta.

Elle lui arracha le béguin et se dirigea vers un miroir sur

le mur. Ses cheveux étaient en pagaille, mais elle enfonça le chapeau par-dessus, camouflant efficacement le désordre. Elle noua promptement les rubans sous son menton, puis se retourna pour prendre ses gants, puisqu'il l'avait suivie.

— Je comprends que tu aies besoin de partir, mais nous n'en avons pas terminé.

Elle tira vivement sur ses gants, entraînant une douleur entre ses doigts.

— Oh que si ! Je profite de ma vie. Tu n'as rien fait d'autre que de me tenter sur une voie que j'ai déjà empruntée et sur laquelle je ne souhaite pas revenir.

Il la fixa d'un regard noir.

— Je ne suis pas comme lui.

Non, c'était certain. Mais cela ne signifiait pas qu'il était meilleur.

— Je pars maintenant, et tu ne peux pas me raccompagner comme ça.

Elle n'osa pas baisser le regard vers l'endroit où sa chemise s'ouvrait, révélant un délicieux aperçu de sa poitrine et de sa gorge. Trop tard.

Elle le contourna en prenant soin de ne pas s'approcher trop près, même si elle était attirée par lui comme un aimant.

— Je te rendrai visite, lui dit-il.

Elle avait envie de lui dire de ne pas prendre cette peine, mais pas autant qu'elle avait envie de partir. Avant de changer d'avis. Prenant une profonde inspiration, elle ouvrit la porte et s'en alla sans se retourner.

~

West faillit la suivre, mais il se souvint qu'il n'était qu'à moitié vêtu.

Bon sang !

Il se retira dans son bureau, ses pieds chaussés de bottes

martelant le sol alors qu'il se dirigeait droit sur la bouteille de whisky. Il s'en versa et se figea.

Il avait fait la même chose très récemment quand il avait servi un verre à Ivy. Tout ce qu'elle lui avait dit lui trottait dans la tête.

Le whisky lui aspergea la main. Avec un juron, il remit la carafe en place et envoya promptement ce qu'il s'était versé dans le gosier. Posant le verre sur le buffet, il lécha le liquide sur sa main. Il avait son odeur et son goût.

Jamais il n'aurait imaginé qu'elle avait traversé tant d'épreuves. À présent son investissement envers les foyers faisait sens. Quand il pensait à elle en tant que résidente… Il avait envie de tuer Bothwick.

Et un bébé…

Une colère blanche enfla en lui, et il dut prendre de grandes respirations pour apaiser son cœur qui s'emballait. *Il allait tuer Bothwick.*

Oui, il allait le défier. Mais il ne pouvait pas attendre Axbridge. Il songea à Sutton et Dartford. Ils lui apporteraient leur aide, surtout quand ils apprendraient pour quelle raison il le faisait.

Bon sang !

Il s'enfonça dans un fauteuil près de la cheminée et étira ses jambes devant lui, les épaules voûtées. Il ne pouvait pas défier Bothwick. Parce que la raison en deviendrait publique, ou une version tordue de la réalité, et il ne pouvait pas infliger une telle chose à Ivy.

Il frissonna en repensant à l'angoisse dans ses yeux, à la manière dont elle s'était effondrée dans ses bras. Il était prêt à tout pour la protéger, même si cela signifiait *ne pas* défier Bothwick.

Maudit soit-il.

West pouvait peut-être le tuer directement. Un duc pouvait s'en tirer avec un meurtre, non ?

Il laissa échapper un affreux rire sans joie.

Il scruta les motifs du tapis tout en teintes de vert foncé, bleu, et brun. Tout se brouilla lorsqu'il songea à la dernière chose qu'elle lui avait dite : elle avait eu un bébé, et il était mort. Il se souvint alors de leur conversation sur la colline de Wendover, lorsqu'elle l'avait interrogé sur les enfants qu'il avait engendrés. Son intérêt pour la question et la pointe de déception dans sa voix prenaient tout leur sens. Il avait mal au cœur pour elle.

Jamais il n'avait envisagé d'avoir des enfants, et voilà que soudain il en voulait. Avec elle.

Il avait été horrifié en réalisant son erreur de ne pas s'être retiré d'elle, mais à présent, il se sentait étrangement à l'aise. Si elle était enceinte, il l'épouserait, bien sûr.

Et si elle ne l'était pas ?

Il ne pouvait pas revenir en arrière. Cela faisait des semaines qu'il en avait conscience.

Il *la* voulait. Dans ses bras. Dans son lit. Dans sa vie. Comme sa duchesse.

Est-ce qu'il l'aimait ? Il le croyait. Elle était différente de toutes les femmes qu'il avait connues. Elle le faisait rire, le frustrait et donnait des ailes à son cœur.

Aussi heureux que cette découverte pût le rendre, il était certain qu'elle ne ressentait pas la même chose. Elle avait toujours ce regard prudent, cette méfiance. Au vu de son passé, il ne pouvait pas lui en vouloir. C'était un miracle qu'elle lui en ait donné autant.

Ce qui signifiait qu'elle devait ressentir *quelque chose* pour lui. Et il pouvait s'en servir.

Il se leva d'un bond de la chaise et remonta à l'étage où il sonna Seaver, qu'il envoya livrer un mot pour les Lords Dartford et Sutton. Après s'être lavé et rhabillé, il prit la direction de la taverne, en espérant que les autres pourraient l'y retrouver comme il l'avait demandé.

West but une bière et attaquait la seconde quand Dartford et Sutton arrivèrent, se glissant sur les chaises de sa table dans le coin.

— Ton message semblait inquiétant, déclara Sutton en relevant le bord de son chapeau.

La missive de West leur demandait de le rejoindre à la brasserie pour l'aider à régler un problème.

— Je ne sais pas si c'est *inquiétant*, mais j'ai besoin d'aide pour ne pas faire de bêtises.

Dartford haussa un sourcil en le regardant.

— Tu crois qu'on n'en ferait pas ?

— Peut-être, dit West. Surtout quand je vous dirais que cela implique une dame.

— Oh, bon sang !

Dartford retira son chapeau qu'il posa sur la table.

— La probabilité d'une erreur est d'au moins quatre-vingt-dix pour cent.

West inclina la tête avec un sourire.

— Sans votre aide, j'estime mes chances à un bon cent pour cent, alors je prendrai ce que vous avez à offrir.

La barmaid apporta de la bière pour Dartford et Sutton.

— Cela concerne-t-il Mlle Breckenridge ? s'enquit Sutton. Si ce n'est pas le cas, je ne sais pas si je pourrais t'aider. Aquilla est persuadée qu'il y a quelque chose qui couve entre vous deux, et je ne peux pas la décevoir.

West se cala sur sa chaise et croisa les bras sur sa poitrine.

— Lady Sutton a raison. Je veux la demander en mariage, mais je ne crois pas qu'Ivy acceptera.

Il secoua la tête.

— Non, je suis presque certain qu'elle refusera.

Dartford ricana.

— Bon sang, pourquoi pas ? Tu m'as l'air d'un brave type en dépit de ta réputation sulfureuse.

— Les réputations peuvent être trompeuses, déclara

Sutton avec plus qu'une touche d'ironie. Nos femmes m'appelaient le duc Malhonnête. Elles avaient raison, mais pas pour les motifs qu'elles pensaient.

West était au courant de la réputation de Sutton : il faisait croire à une femme qu'il songeait à l'épouser rapidement, pour ensuite la quitter sans chercher à lui faire la cour. Au-delà de ça, West ne comprenait pas vraiment ce que Sutton voulait dire, et il ne voulait pas non plus le demander. Si Sutton avait envie d'en dire plus, il le ferait. West savait de source sûre comment les réputations pouvaient avoir un impact sur quelqu'un, pour le meilleur ou pour le pire. Si le passé d'Ivy venait à être connu, cela serait dévastateur pour elle. Même si *lui* ne s'en souciait pas : dans tous les cas, il allait l'épouser.

— Donc tu as besoin d'aide pour persuader Mlle Breckenridge ? l'interrogea Dartford.

Il prit sa chope et souffla un peu.

— Je ne sais pas si nous pourrons t'être d'une grande aide à ce niveau. À moins que tu ne veuilles que l'on parle à nos épouses ? Et leur demander de la convaincre ?

— Non, rien de tout ça. Si je ne parviens pas à la convaincre moi-même, alors rien ne le pourra.

Il pouvait peut-être la convaincre de l'accepter s'il y avait un enfant, pour autant elle ne serait pas très heureuse, et quel genre de mariage cela donnerait-il ? Pas le genre qu'il voulait. Il désirait un mariage dans lequel les deux personnes s'engageaient volontairement, avec de l'espoir pour l'avenir.

— Je me disais qu'il fallait que je demande à sa patronne, Lady Dunn, la permission de la courtiser.

Cela lui paraissait être la chose logique à faire étant donné que ses parents ne faisaient plus partie de sa vie. De plus, Lady Dunn soutiendrait probablement sa cour. Pourquoi découragerait-elle sa dame de compagnie de fréquenter un duc ?

— C'est une approche intelligente, déclara Sutton. Que veux-tu qu'on fasse exactement ?

— J'espérais que vos femmes pourraient occuper Ivy, *Mlle Breckenridge*, pendant que je parlerais à Lady Dunn. Elles pourraient peut-être l'inviter à boire le thé.

Dartford acquiesça lentement.

— Certainement, mais il faudra que ce soit après-demain. La grand-mère de Lucy organise quelque chose à la maison demain.

— Et je crains qu'Aquilla et moi ne partions le matin, dit Sutton, avec un regard plein d'excuses. Nous devons retourner à Sutton Park.

Dartford regarda West.

— Cela te conviendrait-il ?

— Oui, merci.

West détestait devoir attendre une journée, mais c'était un faible prix à payer. Il espérait seulement être capable de convaincre Ivy de l'épouser à la fin.

Dartford souleva sa chope.

— Aux femmes.

— À *nos* femmes, le corrigea Sutton avec un regard appuyé autour de la table. Crois-moi quand je dis que trouver la bonne est terriblement difficile.

— Sans blague ! approuva Dartford avec un sourire.

Sutton leva les yeux au ciel.

— Oui, ça m'a pris un certain temps, mais quand j'ai rencontré Aquilla, les choses étaient juste… différentes.

West savait précisément ce qu'il voulait dire. En tout point, Ivy était différente de toutes les autres femmes qu'il avait fréquentées. Il fallait juste qu'il parvienne à l'en convaincre.

CHAPITRE DIX-NEUF

Ivy n'avait jamais craint d'être en marge des autres. En fait, elle y avait trouvé réconfort et sécurité, un havre de paix par rapport à la vie qu'elle aurait pu avoir si Lady Breckenridge n'avait pas décidé de l'aider. Ce soir ne faisait pas exception. Assise dans un coin du salon de jeux des salles communes, elle était reconnaissante de rester en retrait. Surtout après tout ce qui s'était passé la veille.

Ce soir était *peut-être* un peu différent. Même si elle était ravie de rester dans l'ombre, elle ne se sentait pas particulièrement à l'aise, ni en sécurité. Elle s'attendait à ce que West ou Peter arrive à tout moment et bouleverse son équilibre précaire. Bien entendu, elle n'était pas *certaine* qu'ils viendraient, mais elle était malgré tout sur ses gardes.

Elle avait à peine dormi la nuit dernière. À la place, songer à son après-midi avec West et à ses éventuelles conséquences l'avait consumée.

Elle *ne pouvait* pas être enceinte. Peut-être qu'en se le répétant suffisamment, cela se réaliserait ? Elle n'avait que cela à quoi se raccrocher.

Comme si elle l'avait conjuré par ses pensées, West entra

dans le salon de jeux. Il balaya l'espace du regard, et Ivy s'af-fala sur sa chaise, comme pour se fondre dans le décor et devenir invisible à ses yeux.

Mais non. Ses yeux plongèrent dans les siens, et il se dirigea aussitôt et directement vers l'endroit où elle était assise. Autant pour la discrétion. Il semblait avoir récemment abandonné cet objectif.

— Bonsoir, dit-il, en se plantant à côté de sa chaise. Je suis ravi de te voir.

Elle ne leva pas les yeux sur lui.

— Tu ne devrais pas être ici.

— C'est un bal public.

Elle lui adressa un regard exaspéré.

— Je veux dire que tu ne devrais pas être *ici* à parler avec *moi*.

— Pourquoi pas ? Je ne voudrais être nulle part ailleurs.

À présent, elle le dévisageait, les yeux étrécis.

— S'il te plaît, arrête, siffla-t-elle.

— Je suis venu te demander de danser. Tu devrais rées-sayer la valse.

Pinçant les lèvres, elle reporta son attention sur Lady Dunn. Assise à une table près du centre de la pièce, elle ne semblait pas avoir remarqué que le duc des Désirs discutait avec sa dame de compagnie.

— Non, merci.

Comme il ne faisait pas mine de s'en aller, Ivy lui jeta un regard noir.

— Tu devrais t'en aller.

— Non, merci, lui répondit-il. Si c'est ainsi que je dois te faire la cour, alors qu'il en soit ainsi. Je resterai là jusqu'à ce que tu changes d'avis.

La cour ? Elle se leva de sa chaise et se pencha vers lui.

— Que diable es-tu en train de faire ?

— Je te fais la cour.

Il se tourna vers elle, et ses traits lui étaient devenus si familiers qu'elle se demandait comment elle pourrait vivre sans les voir. Ses yeux s'assombrirent, et le coin de sa bouche se souleva.

— Je vais t'épouser, Ivy.

Sa respiration se bloqua. Il ne pouvait pas être sérieux.

— Tu es toujours aussi arrogant.

— À ce sujet, oui.

— Au sujet de *tout*. Tu m'as dit posséder une compétence particulière.

— C'est ce que j'ai dit, en effet, murmura-t-il.

Se marier. Avec le duc des Désirs. Son pouls s'emballa, et elle se détourna de lui pour faire face au centre de la pièce.

— Je t'en prie, va-t'en.

— Si tu insistes. Mais je reviendrai.

Elle tourna la tête et le regarda fixement.

— Non. Je veux que tu me laisses tranquille.

Elle serra les dents alors que la tension grimpait dans son corps.

Il se rapprocha un tout petit peu plus.

— Pourquoi ? Je t'offre le mariage. Tu serais ma duchesse.

— Le mariage ne m'intéresse pas, surtout avec un homme de ta réputation. Tu es un coureur de jupons, un libertin, un séducteur. Je ne doute pas un instant que tu continueras dans cette voie.

Elle ne pouvait pas rester ici une seconde de plus. Elle commença à partir, mais discrètement, et très brièvement, il lui toucha le bras.

— Je ne suis plus cet homme. J'ai changé. *Tu* m'as changé. Je t'en prie, ne t'en va pas.

— Tu ne me laisses pas le choix. Tu ne vois pas que tu ne fais qu'empirer les choses ? Chaque fois que tu te montres aussi attentif envers moi, les gens le remarquent. Tu es le duc des Désirs. Je ne suis personne. J'aime n'être personne. De plus, j'aimerais garder mon *emploi*.

Ivy s'éloigna de lui sans se soucier de savoir où elle allait. Une fois à l'extérieur du salon de jeux, dans la salle octogonale, elle tourna à gauche et franchit une porte. C'était la cage d'escalier menant à la galerie des musiciens. Elle ne monta pas, mais se tint dans l'ombre le temps de retrouver son calme.

West voulait l'épouser. Était-ce à cause du risque de grossesse ? Elle ne voulait pas de sa pitié. Mais n'était-ce vraiment que cela ? Serait-il possible qu'il veuille l'épouser pour elle ?

Si elle portait un enfant, elle serait idiote de refuser. Il y avait une immense différence entre élever un bâtard dans des circonstances difficiles et élever l'enfant d'un duc. Elle ferait ce qui était le mieux pour le bébé, même si cela impliquait de devoir supporter son style de vie libertin.

Son cœur se serra d'angoisse alors qu'elle s'appuyait contre le mur.

— Te voilà.

La voix masculine la fit sursauter.

Ivy se concentra sur la faible lumière et inspira brusquement. Ce n'était pas West, mais Peter. Un sentiment d'appréhension l'envahit.

— Que fais-tu ici ?

Peter s'avança dans la cage d'escalier.

— Je t'ai vue quitter le salon de jeux. Que faisais-tu à parler avec le duc de Clare ? Il me semblait que tu avais dit qu'il ne te courtisait pas.

Elle s'aplatit contre le mur, affolée à l'idée d'être piégée.

— Ce n'est pas le cas.

Même si ce n'était pas faute d'essayer de sa part.

Peter s'approcha d'elle.

— Il essaie peut-être d'obtenir ce que tu m'as donné il y a tant d'années. Je ne lui en voudrais pas. Tu es incroyablement belle, bien plus séduisante que dans ta jeunesse. Je suppose que tu es aussi plus expérimentée aujourd'hui. J'aimerais assez le découvrir.

Il se rapprocha assez près pour envahir son champ de vision.

Ivy plaqua les mains sur son torse pour le repousser.

— Tu es ignoble.

Elle tenta de le dépasser, mais il l'attrapa par la taille et la plaqua conter le mur.

— Je n'ai pas encore fini. Je crois que j'aimerais avoir un échantillon maintenant. Tout de suite.

Elle le repoussa plus fort, plantant ses mains dans ses côtes.

— Ne me touche pas !

Il trébucha en arrière, mais rebondit rapidement avec un grognement. Il revint vers elle.

— N'oublie pas que je peux faire de ta vie un enfer. J'ai été attentif ce soir. Je sais qui est ta patronne. Que dirait Lady Dunn si elle savait la vérité à propos de toi ?

Les épaules d'Ivy s'affaissèrent. Elle ne voulait pas faire honte à la vicomtesse. Elle ne le pouvait pas.

— Que veux-tu ?

— Un baiser pour commencer. Tu seras ma maîtresse. Je te trouverai une maison ici à Bath et je te transférerai à Londres pour la saison.

Il lui adressa un sourire encourageant.

— Ce ne sera pas difficile pour toi. En effet, ce sera une grande amélioration par rapport à ta situation actuelle. Je ne veux pas être un mufle, nous étions bien ensemble à l'époque. Ce sera bien cette fois aussi. Tu verras.

Ivy le fixa, se demandant comment il pouvait croire qu'elle voudrait de lui après la manière dont il l'avait abandonnée.

— J'étais terriblement stupide à l'époque.

— Oui, mais maintenant tu m'auras pour prendre soin de toi.

La rage et la douleur enflèrent en elle et explosèrent. Sans réfléchir et sans se poser de questions, elle leva la main et le frappa à l'œil. Il fit un bond en arrière, lui accordant l'ouverture dont elle avait besoin.

Et elle courut.

~

Après avoir vu Ivy quitter le salon de jeux, West s'était rendu directement dans le salon de thé voisin, qui, comme lors du dernier rassemblement, servait de salle où seuls les gentlemen pouvaient boire et parier. Il fit signe à un valet de pied et prit place à une table vide.

— Whisky.

Le valet de pied hocha la tête.

West se renfrogna. *Elle est têtue*, se dit-il. Sauf qu'il savait que ce n'était pas aussi simple, car elle avait évoqué sa réputation. C'était, malheureusement, un argument valable pour ne pas l'épouser. Il n'avait jamais manifesté l'envie de prendre une duchesse ni le désir de rester fidèle à une femme durant une longue période.

Comment diable était-il censé la convaincre qu'il avait changé, que pour la première fois de sa vie, il ne désirait qu'une seule femme, et ce pour aussi longtemps qu'il était capable de l'imaginer ? Pour toujours.

Il avala le whisky d'un trait et fit signe au valet de pied de lui en amener un autre. Alors qu'il l'apportait à la table, West vit Bothwick entrer. Il faillit bondir de sa chaise sous le coup de la fureur, mais il ne bougea pas. Il avait beau en avoir envie, il ne pouvait pas simplement aller le frapper.

À la place, il but son second whisky.

Puis le regard de Bothwick se posa sur lui. Il fronça les

sourcils et se dirigea résolument vers la table de West, qui se tendit : il était prêt à frapper, et il avait même hâte de le faire.

Un valet de pied arriva à la table en même temps que Bothwick. Le vicomte commanda un whisky, et le valet de pied repartit.

Bothwick tira une chaise sur laquelle il se laissa tomber avec une grimace.

— Je vous ai vu parler à cette femme... Mlle Breckenridge ? Elle n'est pas celle que vous croyez. Mais peut-être que ça n'a pas d'importance si vous cherchez juste à vous la taper.

Une fois encore, West dut se faire violence pour rester assis sur sa chaise. Le valet de pied apporta sa boisson, et Bothwick lui demanda aussitôt d'en apporter une autre.

Le vicomte vida son verre et se pencha en avant, observant West avec un regard intense.

— Prenez garde qu'elle n'essaie pas de vous piéger pour vous épouser.

— Ce serait mon vœu le plus cher, répondit West, en tapant des doigts sur la table alors qu'il était parcouru d'une énergie bouillonnante.

Bothwick écarquilla les yeux.

— Qu'est-ce qui se passe ? Vous êtes fou ? C'est une vulgaire traînée. Je parle en connaissance de cause. C'est l'idiote dont je vous ai parlé, celle qui a essayé de me piéger dans ses filets pour m'emmener devant le pasteur, la traînée.

West en avait entendu plus qu'assez. Il se leva brusquement, renversa sa chaise sur le sol, et tendit les bras pour attraper Bothwick par le revers de son veston. Enroulant les doigts dans le tissu, West le tira de la chaise tout en faisant le tour de la table.

— C'est toi la traînée.

Il lâcha Bothwick et balança son poing dans la mâchoire de l'homme.

Celui-ci tituba en arrière et porta la main à son visage.

— Que diable !

West s'approcha de lui avec l'envie de le frapper à nouveau.

— N'insulte pas ma future femme !

Comprenant que West entendait poursuivre ses brutalités, Bothwick fit volte-face et s'enfuit dans le salon de jeux. *Le maudit bâtard.* West fondit sur lui et l'attrapa par l'arrière de son manteau. Il planta ses pieds dans le sol et tira Bothwick en arrière, le retournant pour pouvoir le frapper une seconde fois.

Les yeux de Bothwick étaient écarquillés lorsque West lui asséna un coup sur le nez. Il entendit les os se briser, et le sang gicla. L'homme tomba, étalé sur le dos. Il posa sa main contre son visage en sang.

West écumait de rage.

— Je demande satisfaction !

Secouant la tête, Bothwick porta son autre main à son visage alors que le sang continuait à couler sur sa bouche et son menton. Quelqu'un lui tendit un linge, et West émergea de sa torpeur pour se rendre compte que le salon de jeux était devenu sinistrement silencieux. Il quitta Bothwick du regard et constata que tout s'était arrêté, et que tout le monde dans la pièce le fixait. Un mouvement attira son attention. Dartford se frayait un chemin vers lui.

Quand il arriva auprès de West, il avait le regard noir et le front tendu.

— Est-ce que tu viens de le provoquer en duel ?

Apparemment. West n'y avait pas vraiment réfléchi avant de parler. Il avait fantasmé à ce sujet, certes, mais jamais il n'aurait imaginé le défier réellement. Mais à présent qu'il l'avait fait, il n'avait pas de regret.

— J'ai demandé satisfaction, oui.

L'homme qui avait tendu le mouchoir à Bothwick l'aida à

se relever. Le sang du vicomte avait imprégné le tissu. Un valet de pied se précipita avec un autre mouchoir. Bothwick laissa tomber le premier imbibé de sang et appuya le second sur son visage. Quand il prit la parole, ses mots étaient quelque peu déformés.

— Tu… veux… pouser… une pauvre… traînée ?

Il tourna les yeux vers la porte qui menait à la salle octogonale, qui elle-même menait au couloir et au vestibule.

West suivit le regard de Bothwick et se figea. Juste à l'intérieur se tenait Ivy, le visage blême et les yeux écarquillés.

— Arrive pas à croire que tu veuilles te battre en duel pour quelqu'un comme *elle*.

Bothwick toussa dans le linge.

Puisque tous les regards se tournaient vers Ivy, il n'y avait aucun doute sur la personne à laquelle il faisait référence. Bonté divine !

Lady Dunn, qui était assise à une table près du centre de la pièce, se leva.

— Que se passe-t-il ?

— Je crois que Clare va l'épouser, répondit une femme en montrant Ivy du doigt.

La comtesse de Dartford s'était rendue aux côtés d'Ivy et lui tenait la main. Un autre mouvement attira l'attention de West. Sa mère, car évidemment il ne manquait plus qu'elle, arriva dans le salon de jeu en provenance de la salle de bal. Elle arborait un regard sombre et inquisiteur, passant de West à Bothwick, à Ivy puis de nouveau à West avec une désapprobation suprême.

— Je dirais que ton pronostic sur la possibilité de tout faire rater était malheureusement exact, chuchota Dartford près de son oreille.

West aurait ri si la situation n'avait pas été aussi tragique. Que venait-il de faire ? Il venait de déclarer au monde qu'il était prêt à défendre l'honneur d'Ivy, et par Dieu, il le ferait.

Il se tourna vers Ivy.

— Oui. Je l'épouserai, si elle consent à m'avoir.

Une voix stridente s'éleva dans la salle.

— C'est absurde !

Tout le monde se retourna vers la duchesse de Clare, qui venait de parler. West lui lança un regard hargneux, comme s'il pouvait l'abattre d'un simple coup d'œil.

La duchesse secoua la tête.

— Tu ne peux pas épouser quelqu'un comme elle, ni te battre en duel pour elle.

West n'aurait jamais frappé une femme, mais il avait très envie de lui jeter quelque chose. Il se contenta d'un autre regard venimeux.

Ivy tourna les talons et quitta la pièce, la comtesse de Dartford sur les talons. Lady Dunn se leva à son tour et les suivit, bien qu'à un rythme plus lent. Pourtant, West ne l'avait jamais vue se déplacer aussi vite.

Il commença à avancer, mais Dartford le saisit par le bras.

— Tu dois les laisser partir. C'est déjà un désastre.

Oui, effectivement. West se retourna et jeta un regard froid à Bothwick.

— Nomme ton second.

CHAPITRE VINGT

Le cœur battant à tout rompre et à bout de souffle, Ivy se précipita le long du couloir jusqu'au vestibule.

— Mademoiselle Breckenridge… Ivy !

Le son de la voix de Lady Dunn l'obligea à ralentir. Lucy posa la main sur son bras, lui offrant un léger sentiment de sécurité. Mais c'était fugace. Il fallait qu'elle sorte d'ici. Maintenant.

Elles attendirent à l'entrée que Lady Dunn les rattrape. Elle fit un geste en direction de sa voiture, l'une de celles garées juste devant. La plupart des gens marchaient jusqu'aux salles communes. Toutefois, ce soir, Lady Dunn n'avait pas souhaité faire le trajet à pied, bien que ce ne soit qu'une courte distance.

Le silence régnait alors qu'elles s'avançaient vers la voiture. Lady Dunn monta en premier et prit place sur le siège qui faisait face à la route, et Ivy et Lucy s'installèrent de l'autre côté.

Lady Dunn semblait un peu pâle alors qu'elle regardait Ivy. Elle pinça brièvement les lèvres avant de lui demander :

— Qu'était-ce donc que tout ceci ? Clare souhaite-t-il vraiment vous épouser ?

À l'évidence, puisqu'il l'avait dit devant *tout le monde*.

— Oui.

Lady Dunn s'affaissa contre le dossier alors que la voiture commençait à bouger.

— Merci mon Dieu pour ça, au moins.

Sauf qu'Ivy ne voulait pas l'épouser.

— J'ai refusé sa proposition.

Lady Dunn la regarda en clignant des yeux et elle resta un instant bouche bée.

— Pourquoi diable feriez-vous une chose pareille ? Ne soyez pas stupide, Ivy.

La colère bouillonna au creux de la poitrine d'Ivy. Elle n'était pas stupide.

— Si vous saviez ce que j'ai traversé, vous ne m'insulteriez pas de la sorte.

Lady Dunn frappa sa canne une fois sur le plancher de la voiture.

— Alors il est peut-être grand temps de me le dire !

Oui, c'était peut-être le moment. Ivy jeta un coup d'œil à Lucy, qui lui adressa un regard encourageant. Elle prit la main de Lucy et la serra gentiment.

— J'ai grandi dans le Yorkshire. Dans la ville de Pickering, pour être exacte. Je suis l'aînée de quatre enfants. Ma famille jouissait d'une vie confortable, et on attendait de moi que j'épouse quelqu'un d'éminent dans la région.

Elle avait l'impression qu'il s'agissait de la vie de quelqu'un d'autre. Et effectivement, quand elle la racontait, elle avait l'impression que tout était arrivé à une autre. Presque.

— À l'âge de dix-sept ans, j'ai assisté à un rassemblement, où j'ai rencontré Bothwick. Il n'était pas encore vicomte, mais il était très en vue. À bien y repenser, il était *trop* en vue.

J'aurais dû viser un peu plus bas. Mais il m'a tout de suite fascinée. Et lui s'est entiché de moi.

Elle déglutit et prit une grande inspiration, sa main s'accrochant à celle de Lucy avec une tension féroce.

— Il a prétendu m'aimer, et disait que nous allions nous marier. Je l'ai cru et lui ai autorisé des familiarités.

— Il vous a abîmée, dit Lady Dunn sans détour.

Un tremblement de dégoût secoua le corps d'Ivy.

— Oui. Il m'a fait un enfant et a refusé de m'épouser. Mes parents ont rejeté la faute sur moi et n'ont même pas essayé de l'obliger à se marier. Au lieu de cela, ils m'ont chassée.

— Oh, *Ivy*.

Lucy poussa un cri guttural qui faillit avoir raison d'Ivy, mais elle ferma les yeux un instant et se força à continuer.

— Je suis allée dans un foyer.

Elle se prépara mentalement à révéler la suite, et faillit ne pas pouvoir prononcer les mots.

— Le bébé est mort-né.

Elle dut s'arrêter et reprendre son souffle, et elle fixa les yeux sur le coin de la voiture pour ne pas voir les visages de Lady Dunn ou de Lucy. Leur compassion, à supposer qu'elles en témoignent, anéantirait sa détermination.

— Après cela, j'ai déménagé dans un autre foyer pour que personne ne sache que j'avais eu un enfant. J'y ai fait la connaissance de la bienfaitrice, Lady Breckenridge. Elle a compris que je n'étais pas comme les autres résidents et m'a aidée à trouver un emploi de dame de compagnie. J'ai changé mon nom et commencé une nouvelle vie. Je n'ai jamais regardé en arrière. Jusqu'à maintenant.

L'angoisse lui obstruait la gorge. Elle finit par regarder Lucy alors que la voiture s'arrêtait devant la maison de ville. Une larme roula de l'œil de son amie, et Ivy détourna rapidement le regard.

Le valet de pied ouvrit la portière et aida Lady Dunn à

sortir. Ivy et Lucy suivirent et entrèrent dans la maison comme si elles faisaient partie d'un cortège funèbre. Ce qui, aux yeux d'Ivy, constituait une bonne description, puisque la vie qu'elle avait construite, celle qu'elle avait travaillée si dure à gagner, venait d'être anéantie.

Lady Dunn demanda au majordome d'envoyer du brandy au salon, puis les précéda dans les escaliers. Elle retira ses gants et s'installa sur son fauteuil préféré près de la cheminée.

Ivy prit place sur le canapé d'en face, et Lucy s'assit juste à côté d'elle. C'était étrange d'avoir quelqu'un à ses côtés. Il y a dix ans, elle s'était retrouvée complètement seule. Si elle réfléchissait à la manière dont les choses auraient pu évoluer si une seule personne lui avait montré son soutien… Cela ne méritait pas d'être pris en considération.

— Voilà une histoire tragique, sans le moindre doute, dit Lady Dunn, non sans une touche de compassion. Cependant, il s'agit d'un passé lointain, et, en vérité, grâce à votre ingéniosité, c'est arrivé à une autre personne. Aujourd'hui, vous êtes Ivy Breckenridge, dame de compagnie, et le duc de Clare souhaite faire de vous sa duchesse.

Elle se pencha en avant, la scrutant de son regard vif et direct.

— Bonté divine, mais au nom de quoi vous *refuseriez*-vous à lui ?

— Parce que…

Elle allait répondre que c'était à cause de son passé, mais Lady Dunn venait de dire qu'il ne comptait pas. N'est-ce pas ?

— Vous dites que mes transgressions passées n'ont pas d'importance ?

Lady Dunn émit un petit bruit de gorge.

— Pas si vous épousez un duc.

Le majordome arriva avec une carafe de brandy et versa trois verres qu'il laissa sur le plateau. Il s'inclina et s'en alla.

— Mais tout le monde a entendu ce que Bothwick a dit.

Lady Dunn agita la main avant de prendre son verre.

— Rien de tout cela n'a d'importance.

Elle but son brandy à petites gorgées.

— À moins qu'il n'existe une autre raison pour laquelle vous ne souhaitez pas épouser Clare. Dans ce cas, je vous dirais de vous en remettre, car si vous ne l'épousez pas, vous serez détruite. Dans tous les cas, je suppose que vous ne travaillerez plus avec moi. Dommage.

Elle adressa un sourire triste à Ivy.

Celle-ci la fixait sans savoir si la vicomtesse était heureuse pour elle ou non.

— C'est le duc des Désirs, lança-t-elle, manquant s'étouffer sur le stupide surnom. Je ne veux pas être mariée à quelqu'un comme lui.

Sauf que c'était aussi quelqu'un qui avait fait des choses très héroïques. Il disait qu'il avait changé… c'était peut-être vrai. Seul le temps pourrait le dire, et si l'épouser était sa seule option…

La pièce sembla se refermer sur elle, et sa vision se troubla. Elle baissa les yeux sur le verre de brandy. Elle se pencha en avant, le prit sur le plateau et but une longue gorgée fortifiante. Jusqu'à ce qu'il n'y en ait plus.

Elle reposa le verre vide sur le plateau.

— Je ne suis pas certaine de pouvoir assumer d'être le centre d'attention comme ce soir.

La honte qu'elle avait enfouie refit surface et la paralysa.

— Nora l'a surmonté, intervint Lucy.

Leur amie avait épousé un duc, le duc Interdit, cinq ans plus tôt. Elle était revenue dans la société après avoir été abîmée neuf ans auparavant.

Ivy voyait les similitudes, et pourtant elle ne pensait pas que leurs situations étaient vraiment comparables.

— Nora a été surprise en train d'embrasser un réprouvé. Ma situation est un *peu* plus scandaleuse.

— Vous y arriverez aussi, répondit sèchement Lady Dunn. Votre parcours aurait beau être sans reproches, on trouverait toujours à parler sur vous. Les gens feront toujours des commérages. Vous seule pouvez décider de ce que vous désirez, ma chère. De ce que vous pourrez *endurer*.

C'était la question. Elle avait enduré beaucoup de choses et espéré que tout cela était derrière elle.

Lucy lui toucha le bras.

— Il me paraît sincèrement tenir à toi. Il a rencontré Andrew et Ned hier pour élaborer un plan.

Elle jeta un coup d'œil à Lady Dunn.

— Pendant que tu aurais pris le thé avec moi demain, il allait demander à Lady Dunn la permission de te faire la cour.

L'émotion serra la gorge d'Ivy.

— Eh bien, voilà qui est terriblement romantique ! s'exclama Lady Dunn avec un sourire. Et même si je ne peux pas cautionner son comportement ce soir, je peux bien admettre en privé que c'était aussi romantique. Bothwick l'a bien mérité.

— Mais un duel ? s'interrogea Lucy qui prit son verre de brandy pour en boire une gorgée.

Ivy enroula sa main autour de l'avant du coussin du canapé tandis que son corps se crispait.

Lady Dunn fronça les sourcils.

— C'est un problème. Espérons que nous serons en mesure de lui faire entendre raison. Cependant, la fierté et l'honneur masculins sont des adversaires difficiles.

— Je ne veux pas qu'il se batte en duel.

Ivy était presque certaine qu'il gagnerait contre Bothwick, mais à la simple idée de le perdre… Une douleur écrasante la transperça.

— Je l'aime vraiment.

Elle le dit au moment où la prise de conscience se fit dans son esprit.

Lucy termina son brandy d'un seul trait et se leva d'un bond.

— Viens, retournons aux salles communes, et mettons un terme à ces idioties.

Ivy la suivit, éprouvant un sentiment d'impatience qui n'était pas tout à fait englouti par la peur. Pour la première fois, depuis longtemps, elle entrevoyait une lueur d'espoir.

Lady Dunn leur sourit.

— C'est une excellente idée. Allez-vous marcher ? Prenez un des valets avec vous.

— Merci, lui dit Ivy.

Elle alla se placer à côté de la chaise de Lady Dunn et s'accroupit pour pouvoir la regarder dans les yeux.

— Je suis vraiment désolée d'avoir provoqué tout ceci.

— Ne vous inquiétez pas pour moi, ma chère. C'est plus excitant que ce que j'ai vécu depuis des années.

Elle toucha la joue d'Ivy.

— J'en suis venue à tenir vraiment beaucoup à vous. Vous êtes une jeune femme très forte, que j'ai été fière d'avoir à mon service. J'ai beau être triste de vous perdre, je suis aussi vraiment ravie de voir que vous aurez votre fin heureuse.

Ivy déposa un baiser sur la douce joue de la femme et se leva. Alors qu'elle et Lucy quittaient rapidement la maison de ville, elle espérait qu'une fin heureuse était encore possible.

❧

Après la sortie d'Ivy, deux gentlemen conduisirent Bothwick dans le salon de thé. West avait envie de les suivre et peut-être de mener le duel maintenant. Le salon de thé était assez grand. Comme ils étaient à l'intérieur, ils pourraient utiliser des épées. Il leur fallait juste des armes…

Dartford lui donna un coup de coude.

— Clare ?

— Mmmh ?

— Il faudrait peut-être que nous y allions.

West était conscient que les gens regardaient toujours dans sa direction. Ils chuchotaient à présent, certains pas vraiment discrètement. Il se tourna vers Dartford.

— Accepterais-tu d'être mon second ?

Dartford acquiesça, bien qu'un peu à contrecœur.

— Si je le dois.

West aurait voulu qu'Axbridge soit ici.

— J'ai besoin que tu y ailles et que tu prennes les dispositions. Je t'attendrai dans la salle octogonale.

— Si je le dois, répéta-t-il en expirant longuement.

Il se rendit dans le salon de thé.

West quitta le salon de jeux sans se soucier des gens qui le fixaient attentivement. Une fois dans la salle octogonale, il se mit à faire les cent pas.

Quelques instants plus tard, sa mère entra.

— Que penses-tu être en train de faire ? lui demanda-t-elle d'un ton sévère.

Les souvenirs de sa réprimande assaillirent West. Il cessa de bouger et la regarda fixement.

— J'attends mon second.

Elle serra les mains sur sa taille.

— Tu ne peux pas te battre en duel.

Il contracta la mâchoire.

— Je peux, et je vais le faire.

— Je ne te laisserai pas épouser cette… *dame de compagnie.*

Elle prononça les mots comme s'il s'était agi d'obscénités.

— Tu n'as pas ton mot à dire.

— Je vais m'assurer que tout le monde sache ce qui s'est passé ici, et je vais obtenir la vérité de la part de Bothwick, que je serai plus qu'heureuse de partager.

— Pas s'il est mort, rétorqua West, sans se préoccuper de la choquer, tout en espérant que ce soit le cas.

Après tout, la provoquer était l'un de ses passe-temps favoris.

Elle haleta et West fit un pas vers elle, la lèvre relevée en un rictus méchant.

— Si tu fais quoi que ce soit qui puisse nuire à Ivy, que ce soit dans son corps ou sa réputation, je ferai en sorte que tu vives le restant de tes jours dans la pauvreté.

Elle écarquilla les yeux, et les muscles autour de sa bouche se contractèrent alors qu'elle pinçait les lèvres en une moue sévère.

— Tu ne le ferais pas.

— Si c'est ce que tu crois, alors tu ne me connais pas très bien. Mais cela ne m'étonne pas. Ça n'a jamais été le cas.

Il savait qu'il n'ouvrirait jamais une autre de ses lettres, si jamais elle osait en écrire à nouveau.

— Je sais que tu es abject, intéressé, et sybarite, le vilipenda-t-elle.

— Nous en avons terminé.

Il la regardait fixement, incrédule à l'idée que cette femme ait pu l'enfanter.

Elle pinça les lèvres une fois encore et fit volte-face pour sortir par le couloir.

West se remit à faire les cent pas. Quelqu'un d'autre entra et s'arrêta, clignant des yeux en le regardant. West alla s'adosser au mur, où il croisa les bras et attendit le retour de Dartford.

Quelques minutes plus tard, celui-ci revint, l'air soucieux.

— Bothwick espère que tu changeras d'avis. Il ne souhaite pas se battre en duel.

Ce satané lâche.

— Alors il n'aurait pas dû se conduire comme un imbécile prodigue.

— Donc tu n'annules pas votre défi ? l'interrogea Dartford.

— Absolument pas, répondit West qui s'éloigna du mur pour faire un pas vers lui. Si Bothwick avait fait à ta femme ce que ce type a fait à Ivy, tu l'aurais défié aussi.

Dartford ne cilla pas.

— Il serait probablement déjà mort, confirma-t-il avant d'inspirer un grand coup. Demain à l'aube. Je ne savais pas où. Aurais-tu un endroit en tête ?

Ce n'était pas le cas.

— Viens, nous allons y réfléchir, et j'enverrai une note à Bothwick. Il attend de nos nouvelles.

— Parce qu'il espère que je serai aussi lâche que lui, cracha West.

Ils sortirent dans le soir de septembre. Il faisait doux, et l'air embaumait l'automne qui arrivait : les feuilles qui tourbillonnaient et la promesse de longues nuits sombres.

Des nuits qu'il passerait seul.

— Andrew !

West se tourna vers là d'où venait la voix. Deux silhouettes couraient depuis Alfred Street, leurs jupes relevées alors qu'elles s'élançaient vers les salles des fêtes.

— Lucy !

Andrew s'avança vers elles.

West hésita. La seconde silhouette, Ivy, ralentit. Elle repoussa une mèche de cheveux de son visage et aspira de l'air pendant que sa respiration haletante faisait se soulever et s'abaisser rapidement sa poitrine.

Ils se regardèrent un long moment, et pour West, il n'y eut plus qu'elle, debout dans le halo d'un réverbère, ses cheveux roux doré un peu ébouriffés et ses joues rosies par l'effort. Elle n'avait jamais été aussi belle. Son cœur se contracta douloureusement.

Elle s'approcha de lui d'une démarche lente, mais délibérée. West ne bougea pas. Il avait peur de faire un geste, d'avoir imaginé son arrivée.

— Tu es encore là, lui dit-elle.

— Oui.

Elle s'arrêta juste devant lui, assez près pour qu'il repère une perle de transpiration sur son front.

— Je craignais que tu ne sois parti te battre en duel quelque part.

Il avait envie d'essuyer cette unique goutte d'humidité de sa chair et de la prendre dans ses bras.

— Pas avant l'aube.

Elle plissa les yeux et fronça les sourcils.

— Pas si tu veux m'épouser.

— Tu vas m'épouser ?

Elle hocha la tête, ses dents s'accrochant une brève seconde à sa lèvre inférieure.

— Si tu annules le duel.

Et laisser Bothwick impuni ? Le dégoût étreignit la gorge de West.

— Je ne peux pas faire ça. Mon honneur… *ton* honneur l'exige.

Elle s'avança et posa une main sur son torse.

— Si quelque chose tournait mal et que tu…

Elle ferma les yeux un court instant, et quand elle les rouvrit, il les trouva d'une clarté et d'un vert exceptionnels.

— Je ne peux pas épouser un homme mort.

CHAPITRE VINGT-ET-UN

*J*vy retint son souffle en observant le jeu d'émotions sur son visage : l'étonnement, la colère, la détermination et quelque chose qu'elle pensait être… de l'amour. Elle voyait à quel point cela comptait pour lui, combien il tenait à la défendre.

— J'apprécie que tu veuilles protéger mon honneur, dit-elle doucement. Mais je n'ai pas besoin que tu fasses cela. J'ai survécu à Bothwick avant, et je recommencerai.

Sa bouche se courba en un sourire de son propre chef.

— Cela te ferait-il plaisir de savoir que je l'ai frappé tout à l'heure ?

Ses yeux s'écarquillèrent brièvement.

— C'est vrai ?

— Au risque de faire monter ton indignation à des sommets encore plus élevés, il m'a accostée dans la cage d'escalier et a tenté de me toucher. Je l'ai frappé pour pouvoir m'enfuir.

La bouche de West se crispa, et ses yeux se réduisirent à de dangereuses fentes.

— Je vais le tuer.

Il commença à se tourner vers l'entrée des salles des fêtes, mais elle l'attrapa par le bras et l'entraîna plus loin.

— Non. Tu n'en feras rien.

Elle le tira jusqu'à l'endroit où se tenaient Dartford et Lucy.

Celle-ci la fixait d'un air impatient, avant de poser les yeux sur West, visiblement en colère.

— Que s'est-il passé ?

— West vient d'accepter d'annuler le duel, dit Ivy, en glissant sa main dans la sienne.

Elle leva les yeux vers lui.

— Dartford est ton second ?

L'expression de West se détendit légèrement.

— Oui.

Ivy se tourna vers le comte.

— Pourriez-vous informer le second de Bothwick qu'il n'y aura pas de duel ?

— Avec plaisir, dit Dartford en souriant.

— J'ai toujours envie de le tuer.

Ivy serra les doigts de West.

— Tu lui as brisé le nez de manière spectaculaire, devant un public plutôt nombreux. N'est-ce pas suffisant ?

— Non.

C'était plus un grognement qu'autre chose.

Le cœur d'Ivy se réchauffa de le voir si énervé.

— Cela me suffit.

— Écoute ta future femme, lui lança Dartford. C'est beaucoup plus simple que de ne pas le faire.

— Il a raison, confirma Lucy en se blottissant contre Dartford avec un sourire.

Dartford passa le bras autour de Lucy qu'il serra contre lui.

— Je vais attendre encore quelques heures avant d'informer Bothwick. Je pense que je vais le laisser mijoter un moment.

West souffla un peu.

— Si c'est la seule chose que nous puissions faire…

Il semblait déçu.

— Eh bien, il me semble que tout est réglé ! s'exclama Dartford d'un ton jovial.

Il baissa les yeux vers Lucy, toujours blottie contre lui.

— On y va, mon amour ?

Lucy s'écarta de lui pour étreindre rapidement Ivy.

— Je t'aime, murmura-t-elle.

Le bonheur fit apparaître un sourire sur les lèvres d'Ivy.

— Je t'aime aussi.

Lucy passa son bras dans celui de Dartford, et ils partirent en direction du Circus.

Ivy et West prendraient la direction opposée. S'ils partaient ensemble. Elle vit le valet de pied qui se tenait à quelques mètres de là, et se tourna vers West.

— Dois-je renvoyer le valet de pied à la maison ?

West la dévisagea pendant un moment.

— Est-ce que tu viens d'accepter de m'épouser ?

Un autre sourire s'étira sur sa bouche. Elle se dit qu'elle n'avait jamais autant souri de sa vie.

— Oui.

La bouche de West se posa sur la sienne brusquement, rapidement, et elle sentit qu'il souriait contre elle. Quand il recula, ses yeux brillaient de joie.

— Tu viens de faire de moi l'homme le plus heureux d'Angleterre. Non, du monde.

— Tu ne peux pas m'embrasser en public.

Il haussa un sourcil sombre en la regardant.

— Après la soirée que nous venons de passer ?

Elle jeta un coup d'œil autour d'elle et ne vit que le valet de pied. Elle se hissa sur la pointe des pieds et lui murmura :

— Je préfère que tu m'embrasses en privé.

— Alors, trouvons un endroit privé.

Il passa son bras sur le sien et descendit la rue vers le valet de pied.

— Je raccompagnerai Mlle Breckenridge chez elle, merci.

L'homme regarda Ivy, qui hocha la tête pour marquer son acquiescement. Il se retourna et partit. Elle se pencha plus près de West, en quête de sa chaleur.

— Je préférerais ne pas rentrer chez moi.

— Où voudrais-tu aller ?

— Chez toi. Si tu y consens.

— Si j'y consens ? Mais plus que ça, bon sang, je suis totalement aux anges ! s'exclama-t-il en accélérant le pas. Dépêchons-nous.

Un rire jaillit de la poitrine d'Ivy, et elle marcha plus vite pour le suivre.

— Es-tu en train de rire ? lui demanda West alors qu'ils s'engageaient dans Alfred Street. Et tu es excessivement souriante. Je ne suis pas sûr de te reconnaître.

Ivy afficha un masque sombre.

— Est-ce mieux ainsi ?

Il s'arrêta au milieu de la rue et la plaça sous un réverbère.

— Non. Je veux que tu souries, que tu ries, et que tu cries mon nom sous peu quand je vais t'emmener au lit.

Une vague de chaleur submergea Ivy et elle se plaqua contre lui.

— Je t'aime.

Il plissa légèrement le front.

— Zut.

Elle recula, surprise.

Il passa un bras autour de sa taille pour l'attirer contre son torse.

— Je voulais le dire en premier. Je t'aime.

Il l'embrassa sur le front.

— Je t'aime.

Il embrassa sa joue.

— Je t'aime.

Ses lèvres s'attardèrent sur celles d'Ivy durant un long moment.

Quand ils s'écartèrent, elle poussa un soupir contre lui.

— Tu es encore en train de m'embrasser en public.

— Oui, et pendant ce temps, l'intimité patiente.

Il remit sa main sur son bras et reprit la marche en direction de Lansdown Road.

— West, qui était cette femme dans le salon de jeux ?

Ivy avait son idée sur la question, mais ne voulait pas faire de suppositions. Elle le sentit se raidir sous sa main.

— C'était la duchesse de Clare, bientôt duchesse douairière.

Sa mère. C'était ce qu'elle avait pensé.

— Est-ce qu'elle vit ici ?

— Non, elle vit en Cornouailles. Un membre de mon personnel à Stour's Edge l'a prévenue que j'étais intéressé à courtiser une femme.

Il tourna brièvement la tête vers elle.

— *Toi.*

Les entrailles d'Ivy se réchauffèrent.

— Tu es venu à Bath pour me faire la cour ?

— Je vais être parfaitement honnête, et je veux que ce soit de cette manière que fonctionne notre mariage. Je ne savais pas ce que j'allais faire. Je savais seulement que tu me manquais terriblement, et je ne pouvais pas te laisser disparaître de ma vie.

Elle était heureuse de son honnêteté et étourdie par son amour. Elle avait quand même envie de savoir pour sa mère. Elle voulait tout connaître de lui.

— Pourquoi est-elle venue de Cornouailles ? La duchesse, je veux dire.

— Voyons si je peux commencer par le tout début, dit-il, et cela l'intrigua. Je t'ai expliqué pourquoi je… j'aide les femmes, tout comme je t'ai dit que j'aime le sexe, et cela a toujours été le cas. Cela a commencé quand j'étais assez jeune.

Il s'arrêta brusquement quand ils tournèrent sur le Paragon.

— Attends. Je vais te montrer.

Il lui fit traverser la rue jusqu'à sa maison de ville. Lorsque le majordome ouvrit la porte, il la présenta comme sa nouvelle duchesse et la fit aussitôt monter deux étages pour la conduire directement dans sa chambre à coucher.

Dès qu'il eut refermé la porte, il se retourna et la plaqua contre le bois, son corps brûlant contre celui d'Ivy. Il l'embrassa, ses lèvres et sa langue explorant les siennes avec une précision enivrante. Elle s'agrippa à ses épaules, le retenant contre elle pendant qu'il dévorait sa bouche. Quand il s'écarta, ses lèvres se courbèrent en un sourire masculin et sensuel.

— Je ne pouvais pas attendre un instant de plus pour faire ça.

Il se détourna d'elle et se dirigea vers un bureau dans le coin. Il revint avec un parchemin à la main.

Elle fixa le dessin, ses lèvres s'entrouvrant sur un sourire émerveillé.

— C'est moi !

Elle leva brièvement les yeux sur lui avant d'étudier le portrait une fois de plus.

C'était un croquis d'elle allongée sur son lit, ses cheveux étalés sur les oreillers, ses membres étendus dans une pose séduisante. Elle était entièrement nue, et les détails étaient exacts, de la pointe de ses mamelons érigés aux boucles entre ses jambes. La chaleur grimpa dans son cou et prit possession de ses joues.

— C'est magnifique, souffla-t-elle.

— C'est toi qui es magnifique, lui répondit-il. J'essayais simplement de me souvenir de chaque plan et contour de ton corps.

Elle finit par poser les yeux sur les siens.

— Pourquoi voulais-tu me montrer ça ?

— J'ai commencé à dessiner des femmes nues à l'âge de douze ans, après avoir vu une des servantes.

Elle pencha la tête sur le côté, se disant qu'il devait y avoir autre chose.

— Tu as « vu » l'une d'entre elles ?

Il regarda le plafond un moment, puis sa bouche se détendit en un sourire d'autodérision.

— J'ai regardé l'une d'entre elles. Oui, j'ai été vilain. Le fait est que j'étais déjà curieux des femmes et de leur corps à l'époque. Ma mère a trouvé mes croquis et m'a battu. C'était quelque chose qu'elle faisait régulièrement, mais jamais plus sévèrement que lorsqu'elle me surprenait en train de me faire plaisir.

Ivy commençait à comprendre ce désir d'utiliser la violence contre quelqu'un qui avait blessé la personne que l'on aimait.

— Plus elle me punissait, plus j'avais la volonté de la défier. Et c'est ce que j'ai fait. Mes premières liaisons étaient un affront direct que je lui faisais. Je ne m'en rendais pas compte à l'époque, mais je m'en aperçois aujourd'hui.

Il prit le dessin qu'il reposa sur son bureau. Quand il revint, il lui caressa le visage de ses deux mains, en prenant ses joues.

— Je n'ai jamais aimé personne avant, Ivy. Je suppose que j'aimais mon père, mais probablement pas autant que je détestais ma mère. L'amour est un sentiment que je n'ai jamais connu et que je n'ai jamais recherché. Alors, imagine ma surprise quand je t'ai rencontrée et que l'amour m'a submergé ? Je n'ai pas pu résister.

Elle se pencha vers lui, et il glissa les mains sur sa nuque et l'arrière de sa tête.

— Tu étais affamé. Tout comme moi. Dans ma famille, on ne se disait pas qu'on s'aimait. Mais j'aimais vraiment ma sœur.

Elle baissa les yeux et fixa le devant de son gilet rouge sombre.

— Et j'ai aimé Peter. Bothwick, je veux dire.

Il lui releva le menton et la regarda droit dans les yeux.

— Ce n'était pas de l'amour, mais de l'engouement, je suppose. Écoute-moi, Ivy. Ce qu'il y a entre nous, ce n'est ni de la convoitise, ni un engouement, ni une fantaisie passagère. Je t'aime de tout mon cœur, de toute mon âme. Tu es la personne la plus forte que j'aie jamais connue, et tu m'inspires pour devenir un homme meilleur.

Sa gorge se serra sur les larmes qui montaient.

— Jamais je n'aurais imaginé qu'une telle chose m'arriverait.

Il prit sa main qu'il glissa sous son gilet, juste au-dessus de sa chemise.

— Ressens-moi. Je suis réel. C'est vraiment en train de t'arriver. Cela nous arrive à tous les deux.

Elle pressa la paume contre sa peau chaude.

— West.

Il l'embrassa encore, sa bouche revendiquant farouchement la sienne. Soudain, elle fut désespérée de le sentir encore. Elle repoussa son veston, et il l'aida en le faisant glisser de ses épaules. Leurs mains travaillaient de concert de manière frénétique pour se débarrasser mutuellement de tous leurs vêtements. Ils s'étaient dirigés lentement vers le lit tout en œuvrant, et lorsqu'elle ne fut plus vêtue que de sa tunique et lui de son pantalon, Ivy se laissa tomber à genoux et le déboutonna.

Elle glissa la main à l'intérieur pour y trouver son sexe, et elle libéra son membre. Il fit descendre le vêtement le long de ses hanches tandis qu'elle léchait le sommet lisse, perlé d'humidité. Il se démena pour se dégager de son pantalon tandis qu'elle caressait sa longueur avec sa main, et que ses doigts parcouraient les veines engorgées. Elle suça et lécha l'extrémité, le titillant.

Une fois nu, il saisit l'arrière de sa tête et chercha à s'enfoncer plus profondément dans sa bouche. Elle s'ouvrit pour lui, le guidant à l'intérieur pendant qu'elle caressait ses bourses. Il recula, mais elle ne le relâcha pas. Elle se servit de son autre main pour attraper sa hanche et guider ses mouvements, alors qu'elle suçait sa longueur. Il faisait des mouvements de va-et-vient, et sa respiration devint plus dure et plus forte.

Les jambes d'Ivy tremblaient, et son ventre palpitait de désir. Il sortit brusquement de sa bouche et se pencha pour la prendre sans ses bras. Il la jeta sur le lit, et elle retira rapidement sa tunique. Il grimpa sur le matelas avec un grognement primitif, les yeux réduits à deux perles noires assombries par le désir. Mais au lieu de venir vers elle, il s'allongea sur le dos et tendit la main vers elle.

Elle se rapprocha de lui, l'incertitude atténuant l'éclat de son excitation.

— Passe ta jambe au-dessus de moi.

Elle s'exécuta et chevaucha ses hanches. Il posa le pouce juste à l'endroit où elle avait besoin d'être touchée, et des étincelles jaillirent en elle. De son autre main, il lui caressa les seins. Doucement d'abord, puis plus fermement, alors que sa main l'entourait et que ses doigts lui pinçaient le mamelon.

— Penche-toi, exigea-t-il dans un râle.

Une fois encore, elle suivit ses instructions et retomba sur lui. Il captura son sein avec sa bouche, et ses doigts taquinèrent son sexe. Quand il la pénétra d'un doigt, elle cria. Il parvenait à maîtriser les deux parties de son corps pour la pousser au bord du désir. Ses hanches se tordaient contre sa main alors qu'il plongeait en elle encore et encore. Son pouce appuya sur son bourgeon sensible, et elle tomba, le corps tremblant sous la puissance du choc.

Mais il n'attendit pas qu'elle s'apaise. Il la déplaça légèrement, de sorte de placer son membre contre son intimité. Il se guida en elle, lentement, jusqu'à ce qu'il soit à moitié entré. Puis il poussa profondément, agrippant les hanches d'Ivy alors qu'il la faisait descendre sur lui.

Ivy cria à mesure que son orgasme s'intensifiait. Il la comblait parfaitement. Puis il commença à remuer, balançant ses hanches, son sexe s'enfonçant profondément et se retirant presque totalement avant de l'empaler à nouveau.

Elle voulut bouger avec lui, mais ne pouvait pas contrôler son corps alors que les spasmes de son orgasme se déchaînaient en elle. Il la guida d'une main ferme, avec des coups de reins mesurés.

— Monte-moi, lui dit-il. Comme un cheval.

— Je ne suis presque jamais montée à cheval, parvint-elle à articuler.

Elle haleta quand le plaisir la submergea. Toute sa chair était chaude et sensible. Elle était totalement déconnectée d'elle-même.

Il l'attira contre lui et tourna habilement pour la prendre sous lui. Il écarta ses cheveux de son visage et l'embrassa longuement, sa langue balayant la sienne. Ses coups de reins ralentirent, il frottait ses hanches contre celles d'Ivy. Elle se cambra pour aller à sa rencontre, le corps à la fois rassasié et léthargique, les membres lourds.

Il attrapa ses cuisses pour enrouler ses jambes autour

de ses hanches. Ce geste fit basculer son bassin vers le haut et l'ouvrit de sorte qu'il se presse contre son sexe. Puis il se remit à bouger plus rapidement, et son corps se réveilla avec un désir renouvelé. Elle cria alors qu'il frappait ce point encore et encore, la menant une fois de plus à la déraison. Ses coups de reins s'intensifièrent, se firent plus rapides et fiévreux. Il cria son nom en s'enfonçant profondément en elle. West posa ses lèvres contre celle d'Ivy, et il avala son gémissement lorsqu'elle s'effondra dans ses bras.

Plus tard, ils étaient allongés ensemble, les membres entremêlés. Il la tenait contre sa poitrine, ses lèvres effleuraient sa tempe, sa joue, son front.

Ivy n'avait pas envie de rompre le charme.

— Je devrais probablement retourner chez Lady Dunn.

— Elle t'attend ?

Il l'embrassa à la racine des cheveux.

— Je crois que oui.

— Je peux te ramener, mais seulement pour ce soir. Demain, nous partons pour Londres pour que j'obtienne un permis spécial. Je veux faire de toi ma duchesse dès que possible.

Ivy souleva la tête de sa poitrine.

— Peut-on inviter Lucy et Dartford à venir ?

— Mon amour, tout ce que tu veux est ce que mon cœur désire. *Tu* es ce que mon cœur désire.

Elle grimaça.

— J'ai bien peur de te devoir des excuses. Pour ton surnom.

Il écarquilla les yeux et éclata de rire.

— C'est toi qui l'as initié ?

— Je ne peux pas m'attribuer tout le mérite. En effet, j'ai plaidé pour le duc de la Débauche ou peut-être était-ce de la Dépravation. Je ne me souviens pas exactement, et, vraiment, l'un ou l'autre aurait fait l'affaire. Lucy et Aquilla pensaient que « des Désirs » était plus séduisant.

Elle fit glisser sa main de son téton jusqu'à sa clavicule.

— Non pas que tu aies besoin d'aide à ce niveau.

Il plissa les lèvres et il l'embrassa rapidement sur la bouche.

— Non. Mais cette vie est terminée. Je suis toujours le duc des Désirs, je l'espère, mais uniquement pour toi.

Il l'embrassa encore, et ses lèvres étaient douces contre celles d'Ivy.

— Uniquement pour toi.

ÉPILOGUE

— Tu es certaine de vouloir faire ça ? l'interrogea West alors que la voiture s'arrêtait devant la maison en pierre.

Il regarda sa femme fixer la façade par la fenêtre, les traits tendus. Elle avait les mains jointes sur les genoux, les articulations blanchies.

Il posa sa main sur les siennes.

— Nous ne sommes pas obligés de sortir.

Elle secoua la tête, comme si elle se réveillait.

— Si. Moi, j'en ai besoin.

Le valet de pied ouvrit la portière et posa le marchepied. West descendit, puis aida Ivy à faire de même.

Elle prit une grande inspiration et se mit en marche vers la maison, mais la porte s'ouvrit à la volée avant qu'elle n'atteigne le perron. Une jeune femme s'avança, bouche bée. Ses cheveux, d'un roux doré bruni, montraient qu'elle était une parente d'Ivy. Sa sœur Fanny, West aurait pu le parier.

Elle se précipita en avant, s'arrêtant brusquement juste devant Ivy.

— Mary, est-ce que c'est toi ?

Ivy regarda sa sœur, et West remarqua qu'elle était encore raide.

— Oui. Fanny, tu es devenue une très belle jeune femme.

La jeune fille entoura brusquement Ivy de ses bras, et c'est à ce moment-là que West la vit se détendre. Elle serra fort Fanny contre elle. West en eut la gorge nouée, alors il toussa et ajusta le bord de son chapeau plus bas sur son front.

Lorsqu'elles s'écartèrent, Fanny posa les yeux sur la voiture, puis sur Wes.

Ivy se tourna vers lui.

— Fanny, voici mon mari, le duc de Clare.

La jeune fille écarquilla les yeux, et West craignit que sa mâchoire ne tombe au sol cette fois. Puis elle tourna de nouveau le regard vers Ivy.

— Tu es une duchesse ?

Ivy hocha la tête, un sourire aux lèvres. West savourait ce moment dont il était témoin. Elle était partie d'ici blessée et vaincue. La voir faire un retour triomphal faisait littérale-ment déborder son cœur de joie.

— Qu'est-ce qui se passe ?

Une femme sortit de la maison en s'essuyant les mains sur son tablier.

Fanny se retourna, les yeux brillants.

— Oh, Mère ! C'est Mary. Elle a épousé un duc !

Sa mère scruta Ivy de la tête aux pieds. West vit le visage de sa femme devenir stoïque.

— Bonjour, Mère.

Il entendit son ton glacial, et n'avait absolument pas l'in-tention de le lui reprocher.

Mme Snowden s'adressa alors à West.

— Vous êtes vraiment un duc ?

Il s'avança vers elle et s'inclina.

— Clare.

— Je ne te demanderai pas comment tu as réussi à faire ça, lança-t-elle à sa fille. Je suis ravie de voir que tu as trouvé ta voie.

— J'ai l'impression que ce doit être une histoire merveilleuse, dit Fanny. J'adorerais savoir comment tu es passée de gouvernante à duchesse.

Elle jeta à sa mère un regard intéressant. C'était un peu osé, et demandait une explication. Mais West doutait d'en obtenir une. Elle se tourna vers lui.

— Avez-vous des enfants, Votre Grâce ? C'est ainsi que vous vous êtes rencontrés ?

Il réfréna un sourire. Fanny était bien vive.

— Non. Nous nous sommes rencontrés lors d'une partie de campagne.

Ivy lui avait expliqué avoir raconté à Fanny qu'elle était devenue gouvernante pour lui expliquer son départ.

— Eh bien, entrez prendre le thé tant que vous êtes là, dit Mme Snowden, l'air un peu résigné.

— Si ça ne te dérange pas, dit Ivy.

Mme Snowden ne répondit pas, et se contenta de faire demi-tour pour entrer dans la maison. Fanny passa son bras dans celui d'Ivy.

— Entre et parle-moi de ton domaine, et de la vie de duchesse. Je vais probablement finir mariée à M. Duckworth au printemps prochain, alors il faut que je vive à travers toi.

— M. Duckworth ?

Ivy fit la grimace, et West gloussa. Jamais il ne l'avait vue faire ceci.

— Peut-être devrais-tu faire une saison, plutôt. Ivy se tourna vers West.

— Tu ne crois pas ?

Ils avaient discuté de la possibilité d'amener Fanny à Londres pour la saison, à condition que ses parents soient d'accord. Ivy n'était pas certaine qu'ils la laisseraient partir, même si elle était duchesse à présent.

Fanny poussa un cri de joie.

— Une saison ?

Elle traîna Ivy à l'intérieur.

— Mère ! Je vais avoir une saison !

Ils passèrent l'heure suivante à boire du thé et à subir d'abord le malaise évident de sa mère, puis celui de son père. Mme Snowden avait envoyé quelqu'un le chercher à l'étable.

Il était assis en face de West et l'observait d'un air sceptique, comme s'il n'arrivait pas à croire qu'un duc était assis dans sa maison. Au moment du départ, la sœur d'Ivy était prête à venir avec eux tout de suite. Et Ivy l'était aussi. Cependant, les Snowden étaient réticents. West se lança alors dans un long argumentaire sur les raisons pour lesquelles il serait bénéfique pour Fanny, tout comme pour eux, de lui permettre d'avoir une saison. Ils finirent par céder et acceptèrent qu'elle vienne à Londres au printemps.

West patienta près de la voiture pendant qu'Ivy faisait un câlin à sa sœur pour lui dire au revoir.

— Je te verrai bientôt, lui dit-elle en l'embrassant sur la joue. Et je t'écrirai.

Fanny essuya une larme.

— Je suis si heureuse que tu sois venue !

Elles s'étreignirent une fois encore, puis Ivy se dirigea vers la voiture. West remarqua l'humidité qui illuminait ses yeux alors qu'il l'aidait à monter. Il grimpa derrière elle, et rapidement ils furent en route.

Il l'attira contre lui et l'embrassa sur la tempe.

— Ta sœur est adorable.

Ivy s'essuya les yeux.

— Je ne m'étais pas rendu compte à quel point elle m'avait manqué. Je ne pensais pas la revoir un jour.

— Je suis heureux qu'elle vienne à Londres.

Ivy se tourna dans ses bras et leva vers lui un regard plein d'amour.

— Merci. Tu es vraiment le meilleur des hommes.

Il éclata de rire.

— C'est seulement à cause de toi ! répondit-il en lui touchant le menton. Comment te sens-tu ?

— Étonnamment paisible. Je ne les déteste pas. Et je n'ai pas besoin de les revoir. Ni même de leur écrire.

Il avait remarqué que sa mère ne le lui avait pas demandé, et n'avait pas non plus proposé de le faire. Ils roulèrent en silence pendant un petit moment. Elle s'appuya contre lui et il lui caressa le dos.

— C'était étrange, lui dit-il. De les entendre t'appeler Mary. Je voulais te demander comment tu avais choisi ton nouveau nom. Je sais comment tu en es venue à Breckenridge, mais pourquoi Ivy ?

— Au foyer, il y avait un mur où poussait du lierre sur le côté. Je le trouvais joli, mais une des anciennes résidentes m'a dit que c'était une nuisance, que malgré tous leurs efforts pour l'empêcher de pousser, il finissait toujours par survivre, et même par prospérer.

Elle se redressa et le regarda droit dans les yeux.

— J'ai décidé que je voulais être comme ce lierre : quoi qu'il se passe, je persisterais. Je survivrais. Et comme le nom sonnait bien en anglais, j'ai opté pour Ivy.

Il sentit sa poitrine se gonfler d'admiration.

— Je ne pensais pas qu'il était possible de t'aimer davantage.

Il l'embrassa tendrement, ses lèvres caressant doucement celles de sa femme.

Elle remonta ses mains autour de son cou et jeta une jambe sur ses genoux pour le chevaucher.

— Ivy, qu'es-tu en train de te faire ?

— Je te séduis.

Elle déposa des baisers le long de sa mâchoire et lui mordilla le lobe.

Des vagues de désir le submergèrent, amenant son membre à une excitation instantanée et totale.

— Nous devrions attendre d'avoir atteint l'auberge.

Elle souleva ses jupes et plongea la main entre elles pour trouver les boutons de sa braguette. Sa bouche glissa le long de son cou.

— Pourquoi ?

— À cause de l'enfant ?

Il avait été ravi quand ses règles n'étaient pas arrivées. Il avait du mal à croire à quel point sa vie avait changé au cours des derniers mois, et il n'aurait pas pu être plus heureux.

— Tout ira bien, le rassura-t-elle.

Elle releva la tête et le regarda avec une lueur taquine au fond des yeux.

Puis elle cita :

— « *On dit qu'un amant réservé fait toujours un mari méfiant* ». Comment mon duc des Désirs a-t-il pu devenir aussi prude ?

Il rit doucement et plongea la main entre eux, trouvant sa douce et humide chaleur.

— Goldsmith, évidemment.

Il enfonça son doigt en elle, provoquant un léger halètement.

— Je ne peux te laisser dénigrer mon personnage de la sorte. Pour toi, je suis le duc de la Débauche.

Il pressa les lèvres contre les siennes, et lui murmura :

— Et ne t'avise jamais de l'oublier.

Retrouvez Jo, la sœur de Nora, dans *Le Duc Provocateur* et rencontrez Bran, le comte de Knighton, qui semble incapable de garder ses vêtements. Désormais veuve, Jo devient la gouvernante de la fille de Bran, et le courant passe entre eux. Rencontrez deux personnes qui luttent pour suivre les règles de la société et protéger leur cœur dans *Le Duc Provocateur* !

Merci beaucoup d'avoir lu *Le Duc des Désirs*. J'espère que vous l'avez aimé ! Lisez la suite pour découvrir les histoires des personnages que vous avez rencontrés, tels qu'Emmaline et Lionel, qui réchauffent les pages du duc Dangereux !

Si vous voulez savoir quand mon prochain livre sera disponible et être averti des ventes spéciales, inscrivez-vous à ma newsletter en anglais sur https://www.darcyburke. com/join ou en français https://darcyburke.com/français.bulletin et suivez-moi sur les réseaux sociaux :

Facebook: https://facebook.com/DarcyBurkeFans
Twitter @darcyburke
Instagram darcyburkeauthor

Vous aimez les romans Régence ? Jetez un œil à la série *Le Club des Ducs Fringants*, six livres co-écrits avec ma meilleure amie, Erica Ridley. Découvrez les hommes inoubliables de la taverne la plus célèbre de Londres, Le Duc Fringant. Avec ces sublimes séducteurs à l'esprit et au charme à revendre, épris de liberté et d'aventures, une nuit n'est jamais suffisante.

J'espère que vous accepterez de laisser un avis sur le site de

votre boutique en ligne ou de votre réseau préféré ! J'aime tellement mes lecteurs. Merci, merci, *merci*.
xoxo,
Darcy

DU MÊME AUTEUR

Les Insaisissables

Le Comte sans héritier

L'inaccessible Duc

Le Duc audacieux

Le Duc Malhonnête

Le Duc des Désirs

Le Duc Provocateur

The Duke of Danger

The Duke of Ice

The Duke of Ruin

The Duke of Lies

The Duke of Seduction

The Duke of Kisses

The Duke of Distraction

The Unexpected Duke

The Charming Marquess

The Wounded Viscount

The Untouchables: The Pretenders

A Secret Surrender

A Scandalous Bargain

A Rogue's Redemption

À PROPOS DE L'AUTEUR

Darcy Burke est l'auteure à succès USA Today de romance sexy, sentimentale historique et contemporaine. Darcy a écrit son premier livre à 11 ans, une fin heureuse entre un cygne accro à la magie et une femelle cygne qui l'aimait, avec des illustrations extrêmement pauvres.

Native de l'Oregon, Darcy vit en bordure des vignes avec son mari guitariste, une fille artiste d'un incroyable talent, et un fils débordant d'imagination qui écrira sans doute un jour mieux qu'elle (et peut-être dès demain). Ils forment une famille-à-chats un peu folle, avec deux bengals, un petit chat en quête de notoriété qui porte le nom d'un fruit, un vieux maine-coon rescapé plutôt arrogant, et une collection de chats du voisinage qui trainent sur la terrasse et entrent quelquefois. Vous trouverez Darcy au chai, dans son confortable fauteuil d'écrivain avec son portable et un ou trois chats sur les genoux, en train de plier son linge (ce qu'elle adore), ou encore devant le télévision avec sa famille. Ses havres de bonheur sont Disneyland, le week-end du Labor Day au Gorge, Le Danemark et partout au Royaume-Uni – tant que sa famille y est aussi. Retrouvez Darcy en ligne à https://www.darcyburke.com et suivez-la sur ses réseaux sociaux.